Niall Leonard • Crusher – Ein Netz aus Lügen

© Rolf Marriott

DER AUTOR

Niall Leonard ist ein erfolgreicher Drehbuchautor von international ausgestrahlten TV-Serien. Er ist in Nordirland aufgewachsen, lebt heute aber mit seiner Familie in London. Nach seinem Debütroman *Crusher – Traue niemandem* erscheint mit *Crusher – Ein Netz aus Lügen* der zweite Band seiner actiongeladenen Thriller-Reihe.

Von dem Autor ist ebenfalls bei cbt erschienen:
Crusher – Traue niemandem (30897, Band 1)

CRUSHER

Niall Leonard

Ein Netz aus Lügen

Aus dem Englischen
von Tanja Ohlsen

cbt

cbt ist der Jugendbuchverlag
in der Verlagsgruppe Random House

MIX
Papier aus verantwortungsvollen Quellen
FSC® C014496
www.fsc.org

Verlagsgruppe Random House FSC® N001967
Das für dieses Buch verwendete
FSC®-zertifizierte Papier *Pamo House*
liefert Arctic Paper Mochenwangen GmbH.

1. Auflage
Deutsche Erstausgabe Januar 2015

First published as »Incinerator« by Random House Children's Publishers UK, a division of The Random House Group Ltd.
Die englische Originalausgabe erschien unter dem Titel »Incinerator« bei Random House Children's Publishers UK.

Aus dem Englischen von Tanja Ohlsen
Lektorat: Ivana Marinović
Umschlaggestaltung: Max Meinzold, München
unter Verwendung von Motiven von Shutterstock/Rudy Balasko und Photocase/dguetschow
jb · Herstellung: kw
Satz: Buch-Werkstatt GmbH, Bad Aibling
Druck und Bindung: GGP Media GmbH, Pößneck
ISBN: 978-3-570-30944-5
Printed in Germany

www.cbt-buecher.de

Für Chris, Chris, Anne,
Terry und Julie.
Danke fürs Zuhören.

EINS

Ich würde mir einen neuen Mopp kaufen müssen. Egal wie viel Bleichmittel ich bei diesem hier nahm, hinterließ er doch immer noch eine leicht rosa gefärbte Spur, und ich vermutete, dass er einfach schon zu viel Blut und Zähne aufgewischt hatte. Als wir hier eingezogen waren, hatte ich ihn in einem alten Schrank gefunden und bislang noch keinen neuen besorgt, weil ich mich, nachdem ich Tausende in die Miete und die neue Ausstattung investiert hatte, nicht dazu überwinden konnte, auch noch einen neuen Mopp zu kaufen, wenn es der alte auch noch tat, abgesehen von der Blutspur …

Ein paar Monate zuvor war ich beim Joggen an dem alten Sportstudio vorbeigekommen, in dem Delroy mir das Boxen beigebracht hatte, im ersten Stock eines hohen Backstein-Lagerhauses über einem Second-Hand-Möbelladen voller Plastiksofas und schäbiger Chintzsessel aus den Häusern alter Menschen, die man ins Pflegeheim verfrachtet hatte.

Zwischen den Fenstern des Sportstudios hatte ein Immobilienmakler ein Schild aufgehängt. »Zu verkaufen« konnte ich lesen und machte mir nicht die Mühe, den Rest zu entziffern. Irgendjemand sollte es kaufen, überlegte ich. Man sollte es wiedereröffnen und Delroy anheuern, um Boxunterricht zu geben. Man könnte Trainingsgeräte kaufen. Der Zahl der Jogger im Park nach zu urteilen gab es hier genügend Fitness-Freaks und kein einziges Studio im weiteren Umkreis. Man bräuchte natürlich jemanden mit Energie und Vorstellungskraft und einem Haufen Geld …

Ich war schon ein gutes Stück weitergelaufen, bis mir auffiel, dass ich dieser Jemand sein könnte. Das Geld, das ich nach dem Tod meines Vaters geerbt hatte, gammelte auf einem Bankkonto in Spanien herum. Warum eigentlich nicht?

Ich entschied mich, Delroy meine Idee zu unterbreiten.

Ein paar Jahre zuvor, als er mir das Boxen beigebracht hatte, war Delroy ein riesiger schwarzer Bär von einem Mann gewesen, der trotz seines massigen Körpers unglaublich schnell war. Damals hatten viele hitzköpfige, halbwilde Jungs das Studio besucht, die bereit waren auf alles und jeden loszugehen – einer davon war ich –, doch Delroy hatte es nie nötig gehabt, sein Gewicht einzusetzen oder auch nur die Stimme zu heben. Keiner von uns wollte ihn je wütend erleben.

Jetzt verbrachte er die meiste Zeit in seinem Wohnzimmer und sah sich auf einem billigen Fernseher mit mieser Bildqualität Boxkämpfe an. Er war immer noch ein großer schwarzer Bär, doch er war nicht mehr so schnell wie früher. Er konnte nicht einmal ohne Hilfe eines Stocks von seinem Sessel aufstehen. Ein Schlaganfall hatte die gesamte linke Seite seines Körpers gelähmt und er hatte ungefähr achtzehn Monate in der Reha verbracht.

Ich hatte ihn ein paar Mal besucht und war immer gelangweilt gegangen und auch frustriert, weil ich ihm nicht helfen konnte. Doch an dem Tag, an dem ich ihm von der Idee erzählte, das alte Sportstudio mit ihm als Trainer wiederzueröffnen, leuchtete Delroys Gesicht auf. Er grinste immer noch schief, doch er schien vor meinen Augen zehn Jahre jünger zu werden. Er sagte, er wolle sich nicht anstellen lassen, aber er würde sich an der Pacht beteiligen. Winnie, seine große, laute Frau, schlug die Hände über dem Kopf zusammen, bedankte sich bei Jesus und meinte, mich hätte der Himmel geschickt, um ihren Mann zu heilen. Ich mochte Winnie, daher fragte ich sie lieber nicht, wer Delroy dann den Schlaganfall geschickt hatte.

Jetzt kam er keuchend und ächzend die Treppe hinaufgestampft. Ich traute mich schon lange nicht mehr, ihm Hilfe anzubieten. Anfangs hatte ich ihm mal gesagt, dass er nicht schon um sechs Uhr auftauchen musste, nur weil ich dann das Studio aufschloss, doch er hatte darauf bestanden.

»Wir sind Partner, Finn. Ich muss hier sein. Du verschläfst ja wahrscheinlich doch nur.«

Ich ging den Eimer ausleeren. Nach ein paar frischen Farbschichten wirkten die Räume heller und größer und ich hatte die kaputten Fenster reparieren lassen. Wir brauchten noch neue Spinde – von den alten ließ sich nur die Hälfte öffnen und die andere Hälfte ging nicht mehr zu. Als ich das grau-rosa Wasser in das altmodische Keramikbecken goss, ließ der Geruch, der aus dem Abfluss aufstieg, vermuten, dass irgendetwas Fettes, Haariges dort hinuntergeklettert und verendet war.

Aber wenn ich mich in den Räumen mit den Laufbändern und Crosstrainern, dem überholten Boxring und den bodentiefen Spiegeln umsah, verspürte ich immer noch eine prickelnde Aufregung. *Maguire's Sportstudio.* Ich besaß und betrieb tatsächlich mit siebzehn ein eigenes Unternehmen, auch wenn Delroy mein Partner war.

Mittlerweile war er oben an der Treppe angekommen und blieb stehen, um wieder zu Atem zu kommen. Ich musste lächeln, als ich ihn schnauben hörte: »Hast du schon die Böden gewischt? Verdammt, Finn, du bist der Boss in diesem Laden. Du musst nicht die Fußböden schrubben.«

Aus dem gleichen Grund, aus dem ich keinen neuen Mopp anschaffte, wollte ich keine Putzhilfe anheuern – wir brauchten kein zusätzliches Personal. Sam und Daisy, die an der Rezeption standen, waren über zwanzig, und vom ersten Tag an hatte ich darauf bestanden, dass sie mich nicht »Boss« nannten, weil mir das unangenehm war.

»Es macht mir nichts aus, den Boden zu schrubben, Delroy. Ehrlich.«

»Dass es dir nichts ausmacht, weiß ich«, erwiderte Delroy. »Aber du machst es nicht ordentlich. Du solltest beim Boxen bleiben. Und beim Teekochen.«

»Möchtest du einen Tee?«

»Na also, Botschaft angekommen.«

»Du weißt doch, wo die Küche ist.«

Zwanzig Minuten später brummte der Laden. Als ich Delroy gesagt hatte, ich würde gerne jeden Tag um sechs aufmachen, hatte er schallend gelacht, aber ich hatte mir gedacht, dass viele Leute wohl gerne morgens trainierten, solange sie noch Energie hatten und bevor sie sich ins Büro schleppten. *Maguire's* würde nie eines der Studios aus den Hochglanzmagazinen werden, in denen makellose Models mit idiotischem Grinsen auf den Laufbändern standen, ohne je ins Schwitzen zu kommen, aber ich dachte, wenn wir billig und sauber genug waren, dann konnten wir Kunden anlocken, denen ein einfaches Fitnessstudio ohne Schnörkel ausreichte.

Bislang ging das Konzept auf. Das Haus, in dem ich mit meinem Dad gewohnt hatte, hatte ich an eine junge polnische Familie vermietet und wohnte jetzt selbst über dem Studio in einem schäbigen Appartement im Dachgeschoss. Es war dunkel und eng und so feucht, dass man darin hätte Champignons züchten können, doch ich hielt mich sowieso nur zum Schlafen dort oben auf.

Während ich als Manager-Schrägstrich-Hausmeister auftrat, kümmerte Delroy sich um die Kämpfe. Sein Körper mochte verkrüppelt sein, aber sein Geist war so schnell wie immer und seinen Augen entging nichts. Er erkannte schlechte Angewohnheiten, noch bevor man sich selbst richtig daran gewöhnen konnte, und verdoppelte die Schlagkraft, indem er einem nur sagte, wie man die Füße besser positionierte. Er konnte die Stärken und Schwächen eines Kämpfers erkennen, indem er ihnen beim Sparring nur zuhörte oder vielleicht am Geruch. Es war mir ein Rätsel, wie seine Instinkte funktionierten, aber sie funktionierten, und die Kämpfer, die auf ihn hörten, merkten, was seine Ratschläge ausmachten.

Als ich mit dem Training bei Delroy angefangen hatte, gab es nicht besonders viele weibliche Boxer, doch seit den letzten Olympischen Spielen hatte sich das geändert. Das erste Mal, als ich zwei Frauen für die Boxstunden aufnahm, zog er eine Augenbraue hoch – die, die noch ihren Dienst tat –, aber wenn es ihm unangenehm war, zwei Mädchen dazu zu ermuntern, aufeinander einzuschlagen, sagte er es jedenfalls nicht.

Fünfzehn Minuten später trieb er sie so heftig an wie früher mich.

»Hört auf zu strahlen, meine Damen, ich will ein wenig Schweiß sehen.«

Zwei Frauen standen sich an diesem Morgen im Ring gegenüber, umkreisten sich, schlugen nacheinander, wichen aus und täuschten an, während Delroy sie beobachtete und ihnen Tipps gab. Ich rannte derweil auf einem Laufband und versuchte, herauszufinden, wie lange ich meine Höchstgeschwindigkeit halten konnte. Doch plötzlich sah ich zur Tür, noch bevor ich realisierte, warum. Normalerweise kam sie sonntags immer um diese Uhrzeit. Ich merkte, dass Delroy mich ansah, und blickte zu ihm. Er runzelte die Stirn, als hätte ich etwas falsch gemacht, doch noch bevor ich feststellen konnte, was ihn ärgerte, hatte er seine Aufmerksamkeit wieder dem Sparring gewidmet.

»Hi, Finn!«

»Hi, Nicky!«

Sie musste sich unbemerkt hereingeschlichen haben.

Von Nickys Haus bis zum Studio waren es fünf Kilometer, und sie sah aus, als wäre sie den ganzen Weg gerannt, dennoch musste sie noch nicht einmal nach Luft schnappen. Sie hängte ihre Tasche an den üblichen Haken, überprüfte den Sitz des Bandes, das ihr honigblondes Haar zurückhielt, stellte sich auf den Crosstrainer vor mir und begann mit ihrem Workout. Ich lief weiter und versuchte, nicht auf die Muskeln ihres Hinterns zu starren. Das war unprofessionell. Ich starrte trotzdem hin, ich konnte nicht anders.

In den letzten Monaten hatte ich Nicky häufig gesehen, doch da war sie meine Anwältin gewesen und es musste sein. Sie hatte sich um das Geld gekümmert, das ich von meinem Vater geerbt hatte, und die Rechtsansprüche auf das Haus in Spanien geltend gemacht, das ich immer noch nicht gesehen hatte. Als ich sie wegen des Studios um Rat gefragt hatte, hatte sie mir geholfen, die Pacht zu übernehmen und den Partnerschaftsvertrag auszuarbeiten. Sie hatte die Verhandlungen geführt, den Transfer des Geldes aus Spanien organisiert und sogar einen Buchhalter aufgetrieben, der für mich die Bücher führte. Unsere Treffen bestanden hauptsächlich darin, dass sie mir Formulare reichte, mir sagte, was darin stand und wo ich unterschreiben sollte, und darin, dass ich unterschrieb. Lesen war nie meine Stärke gewesen, aber bei Nicky machte mich das nicht verlegen, denn sie gab mir das Gefühl, als sei schwere Legasthenie irgendwie süß.

Am Eröffnungstag war sie mit einer Flasche Champagner aufgetaucht, und ich hatte Delroy geholfen, sie zu leeren, obwohl ich das Zeug nicht ausstehen konnte. Sie hatte sich sogar als erstes Mitglied eingetragen, obwohl *Maguire's Sportstudio* für eine Frau ihrer Klasse eigentlich nicht gut genug war. Doch das alles war rein geschäftlich … zumindest redete ich mir das ein.

Nicky stieg vom Crosstrainer, ging zu ihrer Tasche und nahm ein Handtuch heraus. Während sie sich das Gesicht abwischte, bewunderte ich das Spiel der Muskeln auf ihrem Rücken und wie ihre Haut selbst im kalten Neonlicht leuchtete. Sie wandte sich um und fing meinen Blick auf, bevor ich wegsehen konnte. Ich spürte, wie ich rot wurde, und hoffte, dass es ihr entging, daher konzentrierte ich mich darauf, meine Geschwindigkeit zu halten, doch sie kam zu mir herüber.

»Finn, ist Judy schon da?«

»Judy?« Ich hatte keine Ahnung, von wem sie sprach.

»Wir sind zum Sparring verabredet. Ich weiß, es ist noch ein wenig früh, aber …«

Judy! Jetzt fiel es mir wieder ein – eine drahtige kleine Frau mit wirren, zu einem Knoten gebundenen Locken und einer höllischen Rechten.

»Tut mir leid, ich hab sie nicht gesehen«, antwortete ich, schaltete das Laufband aus und sprang hinab, als es langsamer wurde. »Wenn Sie wollen, trainiere ich mit Ihnen.«

»Oh Mann, Finn, du bist doppelt so groß wie ich. Du würdest mit mir den Boden im Ring wischen.«

Ich wandte mich an die beiden Frauen im Ring, die ihre Runde gerade beendet hatten und durch die Seile kletterten.

»Tracey? Hättest du oder Marcia Lust auf eine Runde mit Nicky?«

Tracey sah auf die Uhr.

»Tut mir leid, Finn, ich bin zum Essen verabredet.«

»Ich übernehme das.«

Als ich mich umsah, bemerkte ich Bruno hinter uns. Er war erst seit einer Woche im Studio, aber er war gut in Form. Er war schlank, schlaksig und dunkelhäutig und wirkte arabisch, auch wenn Bruno nicht unbedingt ein arabischer Name war. Aber uns war es egal, wie sich unsere Mitglieder nannten, so lange sie ihre Gebühren bezahlten. Er wirkte nicht besonders helle, und ich fragte mich, ob er wusste, auf was er sich einließ. Er war nur ein oder zwei Kilo schwerer als Nicky und etwa gleich groß.

»Na gut, aber lasst es ruhig angehen, alle beide, ja?«

Ich sah Delroy auf der anderen Seite des Ringes ein wenig zweifelnd dreinschauen. Mir fiel ein, dass er Bruno von Anfang an nicht gemocht hatte, warum, hatte ich nie verstanden. Aber ich dachte, wenn ich aufpasste, sollte es keine Probleme geben.

»Ich ziehe mir die Handschuhe an«, verkündete Nicky.

»Ich helfe Ihnen«, bot ich ihr an. Ich hatte ihr schon oft gezeigt, wie man die Bandagen richtig anlegte, bevor man die Handschuhe anzog, und sie war durchaus dazu in der Lage, aber sie ließ mich trotzdem helfen. Sie schien ein wenig abgelenkt, als ich die Bandagen festzog und ihr die Gelhandschuhe überstreifte.

»He, konzentrieren Sie sich!«, verlangte ich.

»Tut mir leid.« Sie pustete sich den Pony aus dem Gesicht. »Die Arbeit.«

»Das hier hilft dagegen.«

»Ich hoffe es.«

Ich sah zu Delroy hinüber, der Brunos Handschuhe überprüfte. Er hatte von normalen Trainingshandschuhen auf die dicker gepolsterten Sparringhandschuhe gewechselt. Sie waren schwerer als die von Nicky, doch sie war zu zierlich, um ebensolche zu tragen.

»Denken Sie daran, was ich Ihnen gesagt habe. Bleiben Sie in Bewegung. Er schlägt wahrscheinlich härter zu, als Sie es gewohnt sind, also versuchen Sie, sich nicht treffen zu lassen.«

»Danke«, antwortete sie.

»Und Nicky … seien Sie gnädig zu ihm.«

Die ersten Minuten lang war sie das auch. Sie umkreisten einander, versuchten, sich einzuschätzen, schlugen probehalber zu, doch dann setzte Nicky zu einem rechten Haken an, der genau Brunos Kiefer traf und seinen Kopf zurückfliegen ließ. Ich wusste, dass sie stark war, doch es erstaunte mich, wie viel Kraft sie in den Schlag legte, fast, als hätte sie die Kontrolle verloren. Bruno riss die Deckung hoch und vergrößerte den Abstand zu ihr, was sie zwang, ihm näher zu kommen, wenn sie zuschlagen wollte.

Sie war bereit dazu. Links, rechts hieb sie auf seine erhobenen Arme, wich dann gleich zurück und blieb immer in Bewegung, sprang hin und her und änderte die Richtung. Sie erinnerte mich an einen Tiger, den ich einmal in einem heruntergekommenen Zoo in Brighton gesehen hatte. Er war unablässig auf und ab gelaufen und hatte durch die Glasscheibe auf die staunenden Besucher gestarrt, die zurückgestarrt hatten. Es war nicht unbedingt das schönste Bild, das einem in den Sinn kommen konnte.

Mir fiel ein, dass ich nicht wirklich viel über Nicky wusste. Mir war sie immer ruhig, besonnen, unbeirrbar vorgekommen, doch jetzt wurde mir plötzlich klar, dass sie als Anwältin sicherlich täglich viel Stress und Konflikten ausgesetzt war und dass all der Frust und die Aggressionen irgendwie abgebaut werden mussten. Ich überlegte, ob ich gerade Zeuge davon wurde.

Bruno war cooler und geduldiger, als ich erwartet hatte, aber man konnte sehen, dass er langsam genug davon hatte, sich von Nicky herumschubsen zu lassen. Und plötzlich wurde mir bewusst, dass ich auch über Bruno nicht viel wusste. Er war kaum ein halbes Dutzend Mal im Studio gewesen und trainierte immer ruhig für eine knappe Stunde, bevor er wieder ging. Gelegentlich lungerte er in unserer Nähe herum, wenn ich mich mit Delroy unterhielt, und wenn wir ihn ansprachen, grinste er nur und machte weiter mit dem, was er tat, als verstünde er unsere Sprache nicht richtig. Wenn er sprach, dann mit reinstem Londoner Dialekt und nur einem leisen Hauch von arabischem Akzent, daher dachte ich, dass er nur schüchtern war. Doch Delroy sagte immer, dass man die wahre Natur eines Mannes erst erkannte, wenn man ihn im Ring unter Druck setzte.

Brunos Augen schimmerten unter dem Helmrand hervor und auf seinen Wangen glänzte der Schweiß. Er versuchte ein paar Konterschläge, doch Nicky war immer zu schnell, wich nach links oder rechts aus oder tauchte nach hinten weg, sodass seine Hiebe ins Leere gingen. Dann tauchte sie unter seinem offenen Arm auf und versetzte ihm einen heftigen Schlag in die Rippen. Ich spürte, wie um mich herum die anderen Gäste auf ihren Trainingsgeräten langsamer wurden, weil auch sie die Spannung in der Luft spürten und sehen wollten, was sich im Ring abspielte.

Auch Delroy schien die Feindseligkeit und das Adrenalin zu spüren. Normalerweise turnte ihn das an, doch dieses Mal beunruhigte es ihn wohl.

»Okay, Leute! Auseinander!«, rief er und erreichte damit irgendwie Nicky, denn sie trat zurück.

Bruno ließ die Deckung sinken. Er stellte sich in Position, ließ die Fäuste bis auf Hüfthöhe sinken und blieb mit schief geneigtem Kopf stehen, als wäre Nicky ein Problem, das er lösen müsste. Unfähig, der Versuchung eines offenen Schlages zu widerstehen, kam sie wieder angetänzelt und schlug eine Rechte, doch dieses Mal war Bruno an der Reihe, sich außer Reichweite zu ducken. Blitzschnell riss er die Linke hoch, traf sie am Ohr und ließ sie zurückstolpern.

»Genug!«, rief Delroy, doch niemand hörte mehr auf ihn. Er warf die Krücke weg und griff nach der Glocke am Ring. Gleichzeitig packte ich die Seile und zog mich hindurch, doch es war zu spät.

Die Glocke klingelte durchgehend, doch Bruno achtete nicht darauf. Nicky hatte sich zusammengekrümmt und ihre Knie gaben nach, doch Bruno ließ sie nicht zu Boden gehen – mit kurzen, heftigen Uppercuts in ihre Brust stieß er immer wieder zu, sodass er sie fast von den Füßen hob. Dann trat er zurück und hob den Arm zu einem letzten Schlag, doch bevor er dazu ansetzen konnte, packte ich seinen Ellbogen, riss ihn fort und stieß ihn mit dem Arm vor seiner Brust in seine Ecke zurück. Fast erwartete ich, dass er nach mir schlagen würde, und war darauf gefasst, doch er entspannte sich sofort und ließ die Fäuste sinken. Er hatte nicht die Beherrschung oder die Kontrolle verloren – er hatte genau gewusst, was er tat. Jetzt ließ er die Arme sinken und tänzelte auf den Zehenspitzen, als hätte er sich nur harmlos amüsiert und wäre für die nächste Runde bereit.

»Verdammt noch mal, Bruno!«, brüllte ich ihn an.

Er zeigte keinerlei Regung.

»Die Schlampe war außer Kontrolle«, meinte er achselzuckend.

»Du bist hier fertig. Zieh dich um und verschwinde.« Er starrte mich an. Ich starrte zurück. »Verschwinde, Bruno. Sofort!«

Er sah zu Nicky hinüber, die hustend auf dem Teppich zusammengebrochen war, dann seufzte er, duckte sich durch die Seile, sprang hinunter und schlenderte zu den Umkleideräumen, wobei er die Handschuhe mit den Zähnen öffnete und sich nicht einmal mehr umsah.

»Alles in Ordnung?«

Nicky saß nach vorne gelehnt auf der Bank in der Damenumkleide und schob ihren Kiefer hin und her, während ich mich zu ihr beugte.

»Schon gut. Es tut nur verdammt weh, wenn einem jemand in die Titten boxt.«

»Ja, ich weiß«, antwortete ich.

»Nein, das glaube ich kaum.« Irgendwie schaffte sie es zu kichern. Dann richtete sie sich auf, neigte sich zurück, berührte ihre Brüste und jaulte vor Schmerz auf.

»Es tut mir wirklich leid. Das hätte ich nicht zulassen dürfen. Bruno wird hier nie wieder trainieren.«

»Es war nicht deine Schuld. Und seine auch nicht. Ich

habe die Beherrschung verloren. Ich wusste, dass wir nur sparren sollten, aber ich ... ich wollte einfach nur jemanden verprügeln und er war zufällig da.«

»Warum?«

Kopfschüttelnd sah sie mich an und nahm dann ihr Handtuch.

»Ich sollte gehen ...«

»Ist alles in Ordnung? Mit Ihnen und Harry, meine ich?«

Sobald die Worte heraus waren, wünschte ich mir, der rissige Linoleumboden würde sich auftun und mich verschlucken. Sie hatte mir ein paarmal von ihrem Ehemann erzählt, und es hatte den Anschein, als würden sie sich häufig streiten. Doch ihre Eheprobleme gingen mich nichts an. Was sollte ich deswegen schon unternehmen?

Doch als sie mich jetzt ansah, lachte sie nicht und riet mir nicht höflich, zu verschwinden, es war eher, als fühle sie sich geschmeichelt, dass ich mir Sorgen machte. Ich glaubte schon, sie wolle mir etwas erzählen, doch dann überlegte sie es sich und rieb sich wieder den Kiefer.

»Ich muss duschen«, sagte sie.

Sie stand auf und auch ich erhob mich und hielt ihr einen Finger vors Gesicht.

»Lass das, Finn. Ich habe keine Gehirnerschütterung.«

»Was für einen Tag haben wir heute?«

»Es ist Sonntag und morgen ist Montag und da kommst du zu mir ins Büro zur Vertragsunterzeichnung.«

»Wie bitte?«

»Für den Kauf des Gebäudes. Hast du es vergessen?«

Als Nicky mir mit dem Pachtvertrag geholfen hatte, hatte sie erwähnt, dass das gesamte Gebäude zum Verkauf stand. Das hatte mich beunruhigt – ich fürchtete, dass der neue Besitzer uns hinauswerfen konnte –, bis mir der Gedanke kam, dass das nicht passieren würde, wenn ich es kaufte.

»Nein«, antwortete ich, »na ja, irgendwie schon. Ich hatte vergessen, an welchem Wochentag es sein sollte.«

»Wie um Himmels willen willst du mich dann auf eine Gehirnerschütterung testen?« Sie war wieder ganz die Alte, und als sie sich das T-Shirt über den Kopf zog, fiel mir plötzlich wieder ein, wo ich mich befand, und machte mich aus dem Staub.

»Brauchen Sie nicht das ganze heiße Wasser auf, ja?«, rief ich ihr noch über die Schulter hinweg zu.

»Ich sag's dir, Finn, wir können von Glück sagen, dass sie uns nicht verklagt. Durch so was machen Studios Pleite.«

»Wieso sollte sie uns verklagen? Sie ist unsere Anwältin. Das wäre doch ein Interessenkonflikt, oder?«

»Ich meine es ernst, Junge! Das nächste Mal, wenn so etwas passiert, ist es vielleicht keine Freundin, die aufsteht, geht und darüber lacht. Vielleicht landet das nächste Mal ein Mädchen im Krankenhaus.«

»Es wird kein nächstes Mal geben, Delroy.«

Delroy schüttelte den großen grauen Kopf und seufzte. Wir saßen am Tisch in seiner engen Küche und tranken Rum aus Schnapsgläsern – auf Winnies Verlangen hin stark verwässert. Delroys Frau hatte etwas gegen harte Drinks und Delroy konnte schon nüchtern kaum laufen. Mir war es recht, das Zeug zu verdünnen, ich mochte den Geschmack sowieso nicht und nippte nur daran, um Delroy Gesellschaft zu leisten.

Abends aß ich meistens bei ihnen. Mir gefiel es dort, und sie schienen sich zu freuen, wenn ich kam. Es war warm und hell, und selbst die deprimiert dreinblickenden Jesusbilder, die Winnie überall aufgehängt hatte, machten die Wohnung kein bisschen weniger freundlich. Auf jeden Fall war es gemütlicher als in meinem muffigen Zimmer über dem Studio. Allerdings wäre auch eine verregnete Bushaltestelle gemütlicher gewesen als mein Zimmer.

»Seid ihr Geschäftshaie zu sehr damit beschäftigt, über euren Laden zu reden, um das Hühnchen umzurühren?«, beschwerte sich Winnie, als sie hereinkam. Der Geruch aus der Küche zog durch das ganze Haus und mir lief das Wasser im Mund zusammen. Als ich das erste Mal ihr jamaikanisches Hühnchen mit Süßkartoffeln probiert hatte, hatte ich drei Portionen davon verschlungen und mir fast den Magen verdorben. Jetzt achtete ich darauf, langsamer zu essen.

»Darauf falle ich nicht mehr herein«, brummte Delroy. »Ich weiß doch, wie du reagierst, wenn sich jemand in dein Essen mischt.«

»Finn, ich hoffe, du hast Hunger, denn hier gibt es

jede Menge zu essen.« Sie schnalzte mit der Zunge und nahm die Brille ab, die zu beschlagen begann, um sie an ihrer geblümten Schürze sauber zu wischen.

»Klar hat der Junge Hunger. Der arbeitet den ganzen Tag, sieben Tage die Woche. Um fünf Uhr morgens raus und dann unaufhörlich malen, Fenster reparieren, putzen. Der Junge ist eine Ein-Mann-Armee.«

»Wenn es Spaß macht, zählt es nicht als Arbeit«, bemerkte ich.

»Das liegt daran, dass du für dich selbst arbeitest«, meinte Delroy. »Keiner befiehlt dir etwas, das ist der Unterschied.«

»Trotzdem, Jungen in deinem Alter sollten nicht jede Minute des lieben langen Tages arbeiten«, fand Winnie. »Du solltest mehr ausgehen und gleichaltrige Freunde finden. Du musst nicht immer nur mit griesgrämigen alten Männern wie Delroy herumhängen.«

»Ich bin jünger als du, Frau!«

»Vielleicht suchen wir dir in der Kirche ein nettes Mädchen, mit dem du ins Kino gehen kannst.«

»Finn will mit diesen Betschwestern nichts zu tun haben«, schnaubte Delroy. »Wenn er ein Mädchen mit ins Kino nimmt, will er eine, die mit ihm in der letzten Reihe sitzt. Er sucht den Himmel hier auf Erden, nicht in der nächsten Welt.«

»Delroy Llewellyn, du bist ekelhaft!«

»Bei mir ist alles in bester Ordnung, Winnie«, sagte ich.

»Hast du schon eine Freundin?«, strahlte Winnie.

»Ich wünschte, es wäre so«, erwiderte ich.

»Jetzt sieh ihn dir an!«, grinste Winnie. »Der Junge wird rot wie ein Sonnenuntergang in der Karibik. Du wirst uns sofort alles erzählen. Wie ist sie?«

»Verheiratet, das ist sie«, grunzte Delroy.

Ich starrte ihn an. Wenn das ein Scherz sein sollte, dann traf er ziemlich genau ins Schwarze.

»Aber nicht doch!«, schalt ihn Winnie. »Finn würde sich nicht mit einer verheirateten Frau einlassen.«

»Sie ist Anwältin und mit einem reichen Macker verheiratet, der in der Innenstadt arbeitet, und sie ist zehn Jahre älter als Finn und sie verbringt mehr Zeit mit ihm als mit ihrem Ehemann.« Delroy goss sich einen weiteren Rum ein, und dieses Mal nahm er einen Schluck, ohne ihn zu verwässern.

Hatte er deshalb am Morgen so grimmig dreingeschaut, als ich auf Nicky gewartet habe? Weil er glaubte, dass ich in sie verliebt war?

»Nun, es ist nicht Finns Schuld, dass sie ihn mag, oder?«, protestierte Winnie. »Welche Frau würde sich nicht in einen so großen, hübschen Kerl verlieben?«

Ich spürte, wie ich rot wurde. Delroy hatte mich durchschaut. Natürlich schwärmte ich für Nicky – wie auch nicht? Sie war wunderschön, clever, lustig, und ein Tag, an dem ich sie nicht im Studio sah ... war irgendwie verschwendet. Ich wusste das, selbst wenn ich es nie zugegeben hatte und es wohl auch nie tun würde. Für Nicky waren wir nur Anwältin und Klient, da war ich mir sicher. Wir waren befreundet, ja, aber Delroy schien andeuten zu wollen, dass Nicky ebenso empfand wie ich, doch das war Unsinn. Das konnte nur Unsinn sein.

»Du halluzinierst, Delroy«, sagte ich. »Ich dachte, sie hätte heute einen Schlag auf die Birne abbekommen und nicht du.«

Delroy starrte in sein leeres Schnapsglas.

»Ich habe gesehen, wie sie dich ansieht. Glaub mir, Junge, diese Frau wird dir noch das Herz brechen.«

»So was tun Frauen normalerweise, oder nicht?«, erwiderte ich.

»Jetzt hör sich einer den Jungen an«, meinte Winnie kopfschüttelnd. »Ein Mann von Welt.«

Dann klingelte es.

Winnie ging an die Tür und grummelte etwas von Nachbarkindern und Klingelstreichen, während Delroy und ich in verlegenes Schweigen versanken. Ich fühlte mich fast ein wenig geschmeichelt, dass er sich für mein Liebesleben interessierte – oder am Fehlen desselben –, andererseits wünschte ich, er würde sich um seine eigenen Angelegenheiten kümmern und mich meine Fehler selbst machen lassen. Allerdings fragte ich mich auch, ob es stimmte, was er über Nicky gesagt hatte, dass sie nicht nur da war, um mir bei dem Geschäft zur Seite zu stehen und mir professionelle Ratschläge zu geben.

Es stimmte, sie war da gewesen, als meine Mutter angegriffen wurde, und sie hatte mich ins Krankenhaus begleitet, wo man vergeblich versuchte, sie zu retten, und sie war mir auch in der darauffolgenden Zeit nicht von der Seite gewichen, als ich durch ein wahres Fegefeuer der Befragungen gehen musste. Sie hatte während der gerichtlichen Untersuchung meine Hand gehalten, als mich die Einzelheiten, die zutage kamen, beinahe dazu brachten, in Tränen auszubrechen oder einen Stuhl durchs Fenster zu werfen, oder auch beides. Gut, sie war mehr als meine Anwältin, aber den Rest hatte sich Delroy sicher nur eingebildet. Nicky war viel älter als ich, viel klüger, hatte mehr Klasse.

Was hatte es also schon zu sagen, dass sie in unserem Studio trainierte oder mit mir laufen ging? Wir waren in einem Gespräch darauf gekommen, dass ihr Haus nicht weit vom Thameside-Pfad lag, den ich morgens meistens entlanglief. Und eines frühen Morgens hatte sie mich dann überholt und seitdem waren wir ein paarmal die Woche zusammen gelaufen und hatten uns über Belanglosigkeiten unterhalten. Doch das bedeutete schließlich nicht, dass sie scharf auf mich war ... oder?

So gedankenverloren bemerkte ich erst nach einer Weile, dass derjenige, der an der Tür war, weder hereinkam noch wieder ging. Winnies Stimme wurde immer lauter und schriller und drängender, und gerade wollte ich aufstehen und nachsehen, was los war, als ich hörte, wie jemand mit Gewalt eindrang und Winnies Proteste, die mittlerweile zu einem Kreischen angewachsen waren, ignorierte. Während Delroy hinter sich nach seiner Krücke griff, stieß ich den Stuhl zurück und lief durch den Perlenvorhang in den Flur.

Ein kahlrasierter Kerl mit der Figur eines Kleiderschranks stand formatfüllend in der Haustür, die Arme verschränkt und die fetten Lippen zu einer grimmigen Linie zusammengepresst. Winnie stand in der Wohnzimmertür und beschimpfte jemanden mit so heftigem karibischem Akzent, dass ich kein Wort von dem verstand, was sie sagte, doch ich bekam zumindest mit, um was es ging: Jemand war eingedrungen, um sie zu bestehlen. Ich wusste zwar, dass es bei Delroy und Winnie nichts Stehlenswertes gab, doch derartig unwichtige Details interessierten das niedere Pack nicht, das die Gegend unsicher machte, um sich den nächsten Schuss zu finanzieren. Nicht dass der Gorilla in der Tür wie ein typischer Junkie ausgesehen hätte, doch ich überlegte, dass ich zuerst Winnie helfen und mich später darum kümmern könnte, die Motive der Eindringlinge zu analysieren.

Ein Typ Mitte zwanzig, kleiner und schlanker als der erste, kam mit Delroys billigem Flachbildschirm aus dem Zimmer und ignorierte Winnies Proteste. Aus seinen Kleidern stieg ein schaler Tabakgeruch auf, seine Finger hatten gelbe Nikotinflecken und er trug sein fettiges Haar in einer altmodischen Elvis-Tolle und dazu Koteletten, die fast bis zu seinem breiten, kantigen Kinn reichten. Ihm fehlten nur noch der Glitzeranzug und die kitschige Sonnenbrille.

»Würden Sie das wohl bitte wieder hinstellen?«

Das klang zwar geradezu absurd höflich, aber ich wusste, dass Winnie diese subtile Herangehensweise bevorzugen würde.

Elvis betrachtete mich abschätzend und tat mich mit einem kurzen Blick ab.

»Junge, kümmer dich einfach um deinen Scheiß, ja? Dann gibt es auch keinen Ärger.«

»Den gibt es schon«, erklärte ich. »Winnie, geh in die Küche.«

»Nein, Finn, das ist nicht dein Problem«, widersprach Winnie, doch sie musste schlucken, und als ich zu ihr blickte, sah ich, dass sie weinte. Eine Welle von Wut ließ das Adrenalin in mir aufsteigen. Bei allem, was Delroy passiert war, hatte sie nie den Mut verloren oder aufgegeben, und sie jetzt so erniedrigt zu sehen, erfüllte mich mit einer Wut, die ich kaum bezähmen konnte. Und das alles dank dieser beiden ledergekleideten Idioten, die mit Delroys wertlosem Supermarkt-Fernseher zur Tür hinausspazieren wollten.

Ich stürmte hinter ihnen her. Sie liefen auf einen großen glänzenden Mercedes zu, der mit offenem Kofferraum am Straßenrand stand. Das verriet mir deutlich, dass dies keine gewöhnlichen Einbrecher waren, aber das war mir mittlerweile schon egal.

»He, Arschloch«, rief ich. »Ich habe höflich darum gebeten!«

Elvis drehte sich um, den Fernseher immer noch unter dem Arm, und seufzte, als wäre ich ein Strafzettel, den er zerreißen musste. Er sah seinen weniger glamourösen Assistenten an.

»Sean?«, sagte er träge.

Sean, der Kleiderschrank, drehte sich um und stapfte grinsend auf mich zu. Er war groß und muskelbepackt, doch er bewegte sich wie ein Nilpferd auf Stelzen und sein billiger Ledermantel würde seine Bewegungsfreiheit einschränken. Außerdem trug er Lederhandschuhe – entweder glaubte er, er würde dadurch tough aussehen, oder er kaute an den Fingernägeln, und als ich sah, wie er die große rechte Hand öffnete, fragte ich mich, ob er mir eine Ohrfeige geben wollte.

Ich war fast schon beleidigt, doch ich ließ es ihn versuchen, tauchte ab und warf beim Wiederauftauchen mein ganze Gewicht in eine rechte Gerade an seinen Kiefer. Sein großes fleischiges Gesicht schwabbelte beim Aufprall wie Gelee und er taumelte zurück.

Mittlerweile lud Elvis Delroys Fernseher in den Kofferraum des Mercedes, doch ich nahm an, dass er nicht ohne seinen Freund fahren wollte. Ich ließ Sean das Gleichgewicht wiederfinden und merkte, wie er überkochte. Er schüttelte den Kopf, kniff die kleinen Schweinsäuglein zusammen und kam doppelt so schnell wie zuvor wieder auf mich zu gestürmt. Seine großen Fäuste flogen, doch sie schlugen so unkontrolliert zu, dass sie mich verfehlten wie Asteroiden. Ich schlüpfte dicht an ihn heran und hieb ihm tief in den Solarplexus, worauf ihm die Luft wegblieb und er zusammensackte wie ein kaputter Zeppelin. Er grapschte nach meinem Kragen, in der Hoffnung, mich lange genug festhalten zu können, um mich k.o. zu schlagen oder mir eine Kopfnuss zu verpassen, doch ich packte seine lederbehandschuhte Hand, bog das Gelenk zurück und verdrehte ihm den Arm, sodass er schwerfällig in die Knie ging und in höchsten Tönen zu jaulen begann, was sich merkwürdig ähnlich anhörte wie bei Winnie. Delroy stand mittlerweile in der Tür und sah hilflos zu, während Winnie hinter ihm schluchzte.

»Bring den Fernseher wieder rein!«, rief ich Elvis zu, »sonst breche ich ihm den Arm!«

»Scheiße!«, rief Elvis und knallte den Kofferraumdeckel zu.

»Na gut«, meinte ich. »Wie ihr wollt.«

»Nicht, Finn«, warnte Delroy.

Ich sah ihn an. Ich hatte nicht wirklich vor, Sean den Arm zu brechen, aber ich war mir ziemlich sicher, dass ich wusste, wie ich ihn ihm ausrenken konnte. Das war schmerzhaft, konnte aber leicht behoben werden, auch wenn das noch schmerzhafter sein würde.

»Lass ihn los«, verlangte Delroy.

Ich ließ Seans Arm los und trat zurück. Er blieb knien, hielt sich den Arm und fluchte leise, bis sein Boss kam, sich vor ihn stellte, entnervt seufzte und ihn in die Rippen trat.

»Steh auf, du nutzloser Sack«, befahl er.

»Wenn ich den Fernseher selbst zurückbringen muss, dann benutze ich deinen Hintern als Schubkarre!«, drohte ich.

Doch Elvis ignorierte mich und deutete stattdessen mit seinem knubbeligen Zeigefinger auf Delroy.

»Man hat Sie gewarnt!«, sagte er. »Wenn Sie das nächste Mal zu spät dran sind, nehmen wir Ihnen die ganzen Möbel weg, nicht nur dieses billige Scheißding.« Er starrte mich finster an. »Und dank ihres kleinen Pfadfinders hier hat sich Ihre Rate soeben verdoppelt. Wenn Ihnen das nicht gefällt, reden Sie mit Mr Sherwood.« Er drehte sich um und schubste Sean, den Kleiderschrank, zum Mercedes.

Ich ließ sie gehen und wandte mich an Delroy, der sich auf seine Krücke stützte, dass die Fingerknöchel weiß hervortraten, und dessen schwarzes Gesicht blasser war, als ich es je gesehen hatte.

»Delroy?«, fragte ich. »Was zum Teufel hat das zu bedeuten?«

»Du hast dir den Anteil für das Studio bei Sherwood geliehen?«

»Was hätte ich denn sonst tun sollen? Wir hatten keine sechstausend Pfund herumliegen.«

Delroy war auf seinem Sessel im Wohnzimmer zusammengesackt gegenüber von dem leeren Platz, an dem der Fernseher gestanden hatte. Jetzt waren nur noch ein paar Wollmäuse und lose Kabel zu sehen, die aus ihren Verbindungen gerissen worden waren.

»Du hättest es dir von mir leihen können«, erwiderte ich. »Ich hätte es mir leisten können. Ich habe doch erzählt, dass mir Dads Freund aus Spanien einen Haufen Geld hinterlassen hat – wozu soll ich das schon brauchen?«

»Das ist dein Geld«, widersprach Delroy. »Ich wollte, dass wir Partner sind. Wenn ich dein Geld annehme, wo stehe ich denn dann?«

Winnie kam mit geschwollenen und rot geweinten

Augen wieder herein, eine Dose Möbelspray und ein Staubtuch in der Hand. Sie sprühte die Fernsehbank ein und wischte sie ab, als könne sie die ganze schreckliche Angelegenheit mit einem Staublappen wegwischen.

Ich hatte einiges über Sherwood gehört und nichts davon war gut. Autos waren ausgebrannt, Fenster eingeschlagen worden, Kniescheiben in dunklen Gassen hinter schäbigen Pubs mit einem Baseballschläger zertrümmert. Man musste entweder dämlich oder völlig verzweifelt sein, um sich von Sherwood Geld zu leihen. Und Delroy und Winnie waren nicht dumm.

»Ich habe es von meiner Behindertenrente zurückgezahlt«, erklärte Delroy. »Fünfzig Pfund die Woche.« Er starrte den Boden an, als hätte er Angst, aufzusehen und den leeren Fleck zu betrachten, wo der Fernseher gestanden hatte. »Aber diese Woche hat die Bank einen Fehler gemacht und das Geld kam einen Tag zu spät. Ich habe Mr Sherwood angerufen und versucht, es zu erklären, aber sie sagten immer nur, er sei beschäftigt.«

Fünfzig Pfund die Woche? Wie konnte sich Delroy das leisten? Ich wusste, dass Winnie immer noch als Putzfrau arbeitete, obwohl sie fast siebzig war. So wie sie darüber redete, konnte man meinen, sie täte es wegen der Gesellschaft der anderen Putzfrauen und damit sie etwas zu tun hatte. Jetzt verfluchte ich mich selbst, dass ich das je geglaubt hatte. Sie konnte es sich nicht leisten, aufzuhören zu arbeiten, weil ich ihnen mit dem dummen Plan gekommen war, ein Fitnessstudio zu eröffnen, und sie hatte mitgemacht, um Delroy glücklich zu sehen. Ich hatte mich für so clever und hilfsbereit gehalten, doch in Wahrheit hatte ich sie nur in die Arme eines Kredithais getrieben.

»Ich bringe euch euren Fernseher zurück«, erklärte ich. »Ach was, zum Teufel damit, ich kaufe euch einen neuen. Einen großen.«

»Das ist nicht dein Problem«, stieß Delroy hervor.

»Mir egal, ich möchte es gerne«, erwiderte ich.

»Vergiss es, Finn«, seufzte er. »Ich sehe sowieso zu viel fern.«

Irgendwie musste ich meinen Fehler wiedergutmachen. Und dazu würde mehr gehören als ein neuer Fernseher.

ZWEI

Am nächsten Morgen tauchte Nicky nicht auf, weder zum Laufen am Fluss noch im Studio, und im Grunde genommen war ich froh darüber. Sie hätte gespürt, dass mich etwas bedrückt, und mich gedrängt, es ihr zu erzählen. Sie hätte darauf bestanden, mir zu helfen, die Sache zu bereinigen, aber ich hatte das Gefühl, dass es sich hier um die Art von Problem handelte, bei dem ein Anwalt nicht helfen konnte. Natürlich würde ich sie am Nachmittag aufsuchen, aber vielleicht hatte ich bis dahin eine Lösung gefunden. Das hier hatte ich verbockt, und ich wollte sehen, was ich unternehmen konnte, ohne noch mehr Menschen, an denen mir etwas lag, mit hineinzuziehen. Im Studio trainierte ich heftiger als je mit den Gewichten und mühte mich mit den Metallstangen ab, bis meine Muskeln brannten, um mich für meine Blindheit, meine Dummheit und meinen Egoismus zu bestrafen. Delroy beobachtete mich aus den Augenwinkeln, während er im Studio herumschlich und den Kunden beim Training aufmunternde Worte zubrummte, doch er kam nicht zu mir, um über den vergangenen Abend zu sprechen. Dazu gab es sowieso nichts zu sagen. Nachdem ich geduscht und mich umgezogen hatte, sagte ich ihm nur, dass ich in einer oder zwei Stunden zurück wäre, und er fragte nicht, wohin ich ging.

Das Kredithai-Geschäft war mittlerweile fest in der Hand von Internetkreditgebern mit riesigen Anzeigenkampagnen und vierstelligen Zinssätzen, doch es gab immer noch Raum für Leute, die den Bodensatz abschöpften und Geld an Leute verliehen, mit denen sich große Firmen nie abgeben würden. Sherwood schaltete Anzeigen in kleinen Lokalblättchen und hängte in den Schaufenstern der Zeitungskioske Flyer auf, in denen er sich als »guter Nachbar in der Not« bezeichnete, der dir das Geld nach Hause brachte. Das klang nach gutem Service, doch schließlich hingen seine Geschäftsmethoden davon ab, dass er wusste, wo man wohnte. Sobald etwas schiefging – und irgendetwas ging immer schief –, war er nicht so leicht zu erreichen. Auf seinen Anzeigen stand zwar eine Mobilnummer, aber wenn man sie anrief, bekam man nur eine Ansage zu hören, die einem sagte, man solle eine Nachricht hinterlassen, damit jemand zurückrufen konnte.

Mit etwa dreizehn, als ich mich auf den Straßen in Westlondon herumtrieb, hatte ich mit meinen Freunden oft eine Billard-Halle aufgesucht, die schon bessere Tage gesehen hatte. Ein Schild an der Tür verbot jedem unter sechzehn den Zutritt – theoretisch –, aber niemand konnte sich dazu durchringen, das Verbot durchzusetzen. Wenn man die hohe Kaution für Bälle und Queues hinlegen konnte und genug Pfundmünzen hatte, um das Licht am Tisch brennen zu lassen, konnte man den ganzen Tag spielen. Auf den Toiletten hingen normalerweise ältere Typen herum und verkauften jedem, der wollte, eine Reihe von Drogen, oder boten nervösen Männern im mittleren Alter, die dort ein und aus schlurften, persönliche Dienste an. Meistens ignorierten wir die Dealer und Stricher, aber ich erfuhr dort, dass in der Nähe ein Kredithai namens Sherwood sein Büro hatte. Ein- oder zweimal bekam ich einen schlanken Mann im schicken Anzug zu sehen, normalerweise mit ein paar Schlägern im Schlepptau, der durch eine Tür ohne Schild in der Gasse schlüpfte.

Die Billard-Halle war nur fünf Minuten von der Bushaltestelle an der Hauptstraße entfernt, an der sich Pubs und Clubs aneinanderreihten, in denen nur am Wochenende Betrieb herrschte. Der Eingang lag in einer schmalen Nebenstraße, und die Tür war mittlerweile mit einem Stahlgitter versperrt, hinter dem Müll und totes Laub verrotteten. Hinter den staubigen, fleckigen Fensterscheiben waren Sperrholzplatten angebracht worden, um zu verhindern, dass alles bis auf die Kabel und Rohrleitungen geklaut wurde. Entweder waren sie pleitegegangen oder die Cops hatten irgendwann mitbekommen, was dort vor sich ging, und den Laden geschlossen. Als ich die Tür betrachtete, deren Griffe mit einer rostigen Kette zusammengehalten wurden, versuchte ich herauszufinden, ob ich ein wenig wehmütig war, weil ich dort so viel Spaß gehabt hatte, oder ob ich wütend war, weil ich in meiner Jugend so viel Zeit in diesem Laden damit verschwendet hatte, schlecht Billard zu spielen und das Geld zu verlieren, das ich am Nachmittag mit dem Diebstahl von Alkohol und Zigaretten gemacht hatte.

Doch all das war Vergangenheit, dachte ich, und es hatte keinen Sinn, sich selbst dafür in den Hintern zu treten, zumal man in dieser Gegend genügend Idioten finden konnte, die das gerne für einen erledigten. Ich bog um die Ecke in die schmierige Gasse mit der unmarkierten Tür ein, wo ich ein schickes neues Mercedes-Cabrio stehen sah, einen Wagen, der für diese Gegend viel zu teuer war.

Offenbar hatte ich Glück.

Ich hämmerte gegen die blank polierte Doppeltür und hörte gleich darauf Schritte die Treppe herunterpoltern und jemanden am Schloss rütteln. Dahinter kam Seans Gesicht zum Vorschein, der bei meinem Anblick knallrot wurde, was dem blauen Fleck, den meine Faust in seinem Gesicht hinterlassen hatte, einen hübschen Rosaton hinzufügte. Selbst im Haus trug er seine Lederhandschuhe. Vielleicht hatte er einen Ausschlag.

»Ich möchte mit Mr Sherwood sprechen«, verlangte ich.

In Seans fleischigen Zügen sah ich Unsicherheit und Unentschiedenheit. Er wusste wohl nicht, ob er mich zum Teufel jagen und die Tür zuknallen sollte, oder doch lieber herauskommen, um herauszufinden, ob die gestrige Begegnung nur ein schmerzhafter Ausrutscher für ihn gewesen war. Abwartend starrte ich ihn an. Ich machte mich auf beides gefasst, hoffte aber, dass keines davon eintreten würde. Wenn er die Tür wieder zuknallte, würde ich davor stehen bleiben und klopfen müssen, bis Sherwood zum Essen ging oder so, dabei fing es gerade an zu regnen, und ich würde aussehen wie ein Idiot.

»Hast du einen Termin?«, fragte Sean schließlich. Beinahe hätte ich über seinen Versuch, effizient und professionell zu wirken, gelacht – er klang wie eine dieser arroganten alten Tanten, die als Sprechstundenhilfen arbeiteten, damit sie in Patientenakten herumschnüffeln konnten.

»Ich bin hier, um einen Kredit zurückzuzahlen«, erklärte ich.

Sean kniff die Augen zusammen, sodass sie fast in seinen fleischigen Falten verschwanden.

»Warte hier«, sagte er und knallte die Tür zu.

Ein paar Minuten später ging sie wieder auf und Sean winkte mich mit einem knappen Kopfnicken hinein. Auf der Treppe lag billiges Vinyl, doch der Teppich auf dem langen Gang oben war so dick, dass ich meine Schritte nicht hören konnte. Der Flur war düster, trotz der beigen Farbe und der abstrakten Drucke in Metallrahmen an der Wand. Wahrscheinlich sollte es schick und edel wirken, doch es erinnerte mich eher an eines dieser billigen Business-Hotels, in denen sich Handlungsreisende auf Spesen vor Kabelfernseh-Pornos einen runterholten. Sean ging voraus zu einer Holztür, an die er mit einem lederbehandschuhten Knöchel anklopfte und abwartete, während ich ein Ölgemälde daneben betrachtete, auf dem ein Heuwagen einen Fluss durchquerte. Es sah alt aus und passte überhaupt nicht zu den modernen abstrakten Reproduktionen, aber wahrscheinlich war Sherwood der Meinung, dass es seinen Räumen Klasse verlieh.

»Ja«, kam eine Stimme von drinnen.

Sean machte die Tür auf und trat ehrfürchtig zurück.

Hinter dem Schreibtisch saß derselbe schlanke, gut gekleidete Mann, den ich früher in der Gasse gesehen hatte, und ließ seine Finger über einen Tablet-PC gleiten. Ich schätzte Sherwood auf mittlerweile Ende dreißig, er war zu stark gebräunt, hatte einen ordentlichen Haarschnitt und trug eine randlose Brille. Er sah respektabel aus, mehr wie ein Buchhalter oder ein Immobilienmakler als wie ein Kredithai. Doch für die Geschäftsbereiche, bei denen es um eingeschlagene Zähne und Hundehaufen im Briefkasten ging, hatte er schließlich Leute wie Sean und Elvis. Elvis war ebenfalls anwesend, bemerkte ich. Er lehnte an einem Tisch und knabberte Erdnüsse aus einer Schale. Er trug graue Chinos und einen Pullover und wirkte ganz entspannt. Sein Outfit passte nicht zu der schmierigen Tolle, doch dazu passte sowieso nur ein weißer Glitzeroverall.

Entweder suchte Sherwood tatsächlich etwas auf seinem Bildschirm oder er bezeugte lediglich mangelndes

Interesse an meiner Anwesenheit. Ich trat an seinen großen leeren Schreibtisch aus gebeiztem Holz heran und wartete. Schließlich legte er das Tablet beiseite und sah mich mit wässrigen blauen Augen über den Rand seiner Brille hinweg an.

»Hallo, Mr Maguire«, begrüßte mich Sherwood. Er sprach mit schottischem Akzent, Glasgow, vermutete ich, mit einer Andeutung von Kopfnuss und Rasierklinge. Vor seinem Schreibtisch stand ein massiver moderner Ledersessel, doch er sah nicht hin oder forderte mich auf, mich zu setzen. Es überraschte mich nicht, dass er meinen Namen kannte. Er wusste mittlerweile, was bei Delroy am Tag zuvor vorgefallen war, und hatte herausgefunden, dass ich dafür verantwortlich war. Mich mit meinem Namen anzusprechen, sollte mich durcheinanderbringen und mich glauben lassen, er wüsste alles über mich. Doch das tat er natürlich nicht.

»Mr Sherwood, ich bin gekommen, um mich bei Ihnen und Ihrem Personal zu entschuldigen für das, was gestern vorgefallen ist«, sagte ich. Sherwood war überrascht, wie ich es beabsichtigt hatte. Er hatte erwartet, dass ich bissig oder machomäßig auftrat. Doch mir kam er eitel und selbstsüchtig vor, und daher nahm ich an, dass ich ihn mit Schmeicheleien am ehesten dazu bringen konnte, die Deckung sinken zu lassen. »Ich hatte keine Ahnung, dass Ihre Leute eine legitime Schuld eintreiben sollten«, fuhr ich fort. »Ich glaubte, dass sie Mr Llewellyns Fernseher stehlen wollten, und habe mich eingemischt. Es tut mir aufrichtig leid.«

Sherwood tat relativ überzeugend so, als sei er amüsiert.

»Derartige Missverständnisse kommen vor«, meinte er. »Nur gut, dass niemand die Polizei gerufen hat.«

Ja, dachte ich, als hätten die ihn unterstützt. Doch dann dachte ich an die Bullen, mit denen ich es bisher zu tun gehabt hatte, und wie sie uns gesehen hätten: einen verlotterten, zu groß geratenen Teenager, und den wohlhabenden, respektablen Sherwood. Sie hätten nach seiner Pfeife getanzt.

»Zum Glück habe ich zuerst meine eigenen Nachforschungen angestellt«, fuhr Sherwood fort. »Nach dem, was ich gehört habe, habe ich mir schon gedacht, dass du mich aufsuchen wirst. Und da bist du.« Er lächelte, allerdings wenig freundlich, und ließ die Stille eine Weile wirken. Ich merkte, dass er gerne Spielchen spielte. Das Schönste an seinem Job war es, die Klienten zum Schwitzen zu bringen.

»Setz dich«, sagte er schließlich.

Ich setzte mich und versuchte, den Ledersessel näher zu seinem Schreibtisch zu schieben, doch er war zu schwer. Ich spürte Elvis Anwesenheit hinter mir, wo ich ihn nicht im Auge behalten konnte.

»Soweit ich weiß, möchtest du einen Kredit zurückzahlen«, meinte Sherwood. »Aber du gehörst doch nicht zu meinen Kunden.«

»Delroy hat mir erzählt, er hätte sich sechstausend von Ihnen geliehen«, erklärte ich. »Ich kann das Geld innerhalb von ein bis zwei Tagen besorgen.«

Sherwood seufzte lächelnd und spielte mit einem dicken schwarzen Füllfederhalter.

»Tut mir leid, Mr Maguire«, sagte er, »ich wünschte, es wäre so einfach.«

»Ich weiß, dass die Zinsen dazukommen«, unterbrach ich ihn. Ich nannte keine Summe, da ich mir dachte, dass, egal, was ich sagte, Sherwood sie verdoppeln würde.

»Ich habe den Vertrag mit Mr Llewellyn abgeschlossen und nicht mit dir«, erklärte Sherwood. »Eigentlich darf ich Mr Llewellyns Geschäfte nicht einmal mit jemand anderem außer ihm selbst besprechen. Wir nehmen die Datenschutzauflagen hier sehr ernst.«

Datenschutz? Jetzt machte er sich über mich lustig. Ich versuchte, meinen Ärger zu verbergen.

»Sie sind doch ein erfolgreicher Geschäftsmann, Mr Sherwood«, erwiderte ich ruhig. »Ich verstehe nicht, warum Sie Mr Delroy überhaupt Geld geliehen haben. Er wird es Ihnen nie zurückzahlen können. Sie haben ihm seinen Fernseher weggenommen und er hat nichts anderes Lohnenswertes mehr.«

»Ja, dieser Fernseher ist ziemlich wertlos, aber darum geht es nicht«, gab Sherwood zurück. »Er hat versprochen, pünktlich zu zahlen, und dieses Versprechen hat er gebrochen. Das sollte eine Erinnerung sein.«

»Wie ich schon sagte, kann ich die Summe zurückzahlen, mit Zinsen. Sie brauchen ihm keine ›Erinnerer‹ mehr zu schicken.« Ich sah Sean an, um zu zeigen, dass mir keine bessere Bezeichnung für ihn einfiel. »Und realistisch gesehen ist es Ihre einzige Chance, das Geld überhaupt je zurückzubekommen.«

»Das stimmt nicht ganz«, entgegnete Sherwood. »Mr Llewellyn hat mir sein Haus als Sicherheit angeboten und ich habe akzeptiert.«

Ich spürte, wie ich hilflos den Mund auf und zu klappte. Als ich schließlich »Sein Haus?« hervorbrachte, klang meine Stimme wie ein jämmerliches Piepsen.

Als er sah, wie ich ins Wanken geriet, erreichte Sherwoods eisiges Lächeln endlich auch seine Augen.

»Sie können ihm doch nicht sein Haus wegnehmen«, stieß ich hervor. »Wo sollen er und Winnie denn dann wohnen?«

»Die Behörden verfügen über eine Reihe von Unterkünften«, entgegnete Sherwood. »Sie kümmern sich um alle möglichen Leute – Asylanten, Zigeuner, Schmarotzer …«

Hinter mir hörte ich Elvis kichern.

»Delroy hatte einen Schlaganfall. Er braucht immer noch eine Krücke. Er kann nicht im Bed and Breakfast wohnen.«

»Dann muss er sich vielleicht nach Jamaika zurückverpissen«, meinte Sherwood achselzuckend. »Solche Leute haben große Familien, irgendjemand da drüben wird sich schon um ihn kümmern. Wahrscheinlich fühlt er sich da, wo er hergekommen ist, sowieso wohler.«

Du selbstgefälliges, schleimiges Rassistenarschloch, dachte ich, doch ich behielt es für mich. Ich hatte schon genug unnützes Zeug von mir gegeben, und es war Zeit, das Gespräch auf das einzige Thema zurückzubringen, das Sherwood interessierte.

»Wie viel wollen Sie?«, fragte ich ihn. Sollte er eine Summe nennen.

»Selbst in dieser Gegend ist ihr Haus etwa … hundertfünfzigtausend Pfund wert?« Er grinste und dazu hatte er auch guten Grund. Delroy hatte sich sechstausend Pfund von ihm geliehen und er wollte hundertfünfzigtausend, um die Schuld zu begleichen? So bezahlte er offensichtlich seine Ölgemälde.

»Vorausgesetzt, Sie können Delroys Haus bekommen«, meinte ich.

»Die Papiere sind wasserdicht, glaub mir«, erwiderte Delroy. »Ich mache das berufsmäßig.«

»Es könnte trotzdem Komplikationen geben«, wandte ich ein. Ich wusste wohl, dass Sherwood höchstwahrscheinlich einen Anwalt auf seiner Gehaltsliste hatte – aber ich hatte Nicky. Sie hatte ihre Kanzlei mit den Schrumpfköpfen windiger Anwälte dekoriert.

»Aha«, machte Sherwood. »Ich habe mich schon gewundert, wann wir zu den Drohungen kommen.«

»Ich drohe nicht.«

»Ich weiß, dass du McGovern kennst«, sagte Sherwood. »Ich allerdings auch. Und glaub mir, ich habe schon weitaus länger mit ihm zu tun als du. Ich würde nicht darauf zählen, dass er dich unterstützt.«

McGovern? Wer zum Teufel hatte ihm denn erzählt, dass ich McGovern kannte? Als ich den berüchtigsten Gangster von London das letzte Mal gesehen hatte, hatte er mir eine Waffe an den Kopf gehalten und mir geraten, zu vergessen, dass ich gerade gesehen hatte, wie er einem Mann ein Loch in den Kopf geschossen hatte. Ich hatte immer noch nicht herausgefunden, warum der Guvnor mich damals am Leben gelassen hatte. Warum sollte er jetzt einen Finger rühren, um mir zu helfen?

Aber wenn Sherwood glaubte, dass es möglich sein könnte ...? Jetzt verstand ich, warum er Sean gesagt hatte, er solle mich hereinlassen, warum wir dieses Gespräch führten, warum wir überhaupt verhandelten. Ich war immer noch erst siebzehn. Ohne die Unterschrift meiner Anwältin konnte ich nichts von meinem Erbe ausgeben. Mit wem Sherwood auch gesprochen hatte, er hatte ihm erzählt, dass ich mit dem Guvnor befreundet war. Und es stimmte ja, dass McGovern mich mochte – ansonsten hätte man meine Leiche zusammen mit den anderen in dem blutbespritzten Restaurant in Pimlico gefunden. Trotzdem musste ich vorsichtig sein. Ich hatte schließlich gesehen, was mit dem letzten Kerl passiert war, der sich ohne Erlaubnis auf den Namen des Guvnors berufen hatte – es war sein Gehirn gewesen, das an der Wand geklebt hatte.

»Mr Sherwood, sagen wir zwölftausend, in bar. Keine Haken, keine Anwälte, und ich kann Ihnen das Geld am Mittwoch bringen. Niemand sonst wird mit reingezogen, das verspreche ich Ihnen.« Es war erstaunlich, wie mich der Versuch, ruhig und besonnen zu bleiben, obwohl ich am liebsten jemanden verprügeln wollte, ruhig und besonnen machte. Das musste ich mir merken.

»Fünfzehn«, antwortete Sherwood. Ich kaute an meiner Unterlippe und tat so, als müsse ich darüber nachdenken. Dann zuckte ich mit den Achseln und lächelte, stand auf und reichte ihm die Hand. Auch er stand auf und ergriff meine Hand mit seinen beiden. Sie fühlten sich kalt und schleimig an, wie toter alter Fisch.

»Abgemacht«, erklärte er, ließ aber meine Hand nicht los. »Das bedeutet, dass du und ich einen Deal miteinander haben, Maguire. Fünfzehn Riesen um diese Zeit nächsten Mittwoch, dann werden Mr Llewellyns Schulden annulliert. Ansonsten ...« Er seufzte wie ein Schauspieler in einer schäbigen TV-Soap-Serie.

»Ich werde hier sein«, versprach ich.

Als ich mit der U-Bahn in die Stadt zu meinem Termin mit Nicky fuhr, fragte ich mich, wie ich ihr erklären sollte, dass ich fünfzehntausend Pfund in bar brauchte, und das so kurzfristig. Natürlich war es mein Geld, und sie hatte immer darauf bestanden, dass es meine Sache sei, was ich damit tat, aber dennoch war es eben so, dass ich ihre Unterschrift benötigte, um es zu bekommen. Natürlich würde sie neugierig sein, wozu ich es brauchte, und ich war mir nicht sicher, ob ich es ihr sagen sollte. Ich traute ihr durchaus zu, dass sie Sherwood vor Gericht zerrte und ihn mit seinen eigenen stinkenden Eingeweiden erwürgte, doch sobald wir das Gerichtsgebäude verließen, sähe die Sache anders aus. Irgendwie würde er einen Weg finden, es Delroy und Winnie – und auch mir – heimzuzahlen. Ich würde ihr einfach erzählen, dass ich das Geld für einige gebrauchte Fitnessgeräte brauchte. Wahrscheinlich würde sie sich denken, dass ich irgendetwas im Schilde führte, aber mit etwas Glück würde sie glauben, dass ich geklaute Ware kaufte, die irgendwo vom Laster gefallen war, und nicht allzu viele Fragen stellen.

Dennoch würde die Sache wie eine Schranke zwischen uns stehen, zum ersten Mal, und ich war mir nicht sicher, ob mir dabei wohl war. Nicky war wie die große Schwester, die ich nie gehabt hatte, außer dass meine Gefühle ihr gegenüber nicht nur brüderlicher Art waren, wie mir jetzt klar war. Ich hatte geglaubt, ich hätte meine Gefühle gut vor mir und allen anderen verborgen, aber Delroy hatte ich nicht eine Minute hinters Licht führen können – und wenn ich ihn nicht täuschen konnte, dann höchstwahrscheinlich auch nicht Nicky. Ich wusste nicht einmal, ob ich ihr bei diesem Treffen in die Augen sehen konnte.

Wie üblich wimmelte es in Lincoln's Inn Fields vor Anwälten in Roben und schicken Anzügen, die zwischen ihren Büros und den königlichen Gerichtshöfen auf der Ostseite des Platzes hin und her eilten. Das Gebäude, in dem sich Nickys Kanzlei befand, war nicht mehr ganz so furchteinflößend wie die ersten Male, als ich da gewesen war. Ich wusste nun, dass sie und ihr Partner Kamlesh Vora nur ein halbes Stockwerk gemietet hatten und sich mit anderen kleinen Firmen im Gebäude eine Rezeptionistin und ein Sekretariat teilten. Die Frau am Tresen schenkte mir ein professionelles Lächeln, als würde sie mich erkennen, doch sie blickte leicht angespannt und müde.

»Es tut mir leid, Mrs Hale ist heute nicht da«, sagte sie. Das erklärte die Müdigkeit, wahrscheinlich hatte sie das heute schon den ganzen Morgen erzählt. Allerdings erklärte das sonst nicht viel.

»Ich hatte einen Termin um drei.«

»Es tut mir leid. Möchten Sie einen neuen ausmachen?«

»Hat sie gesagt, warum sie nicht kann?«

»Sie hat sich heute noch gar nicht gemeldet, fürchte ich. Sie ist heute Morgen einfach nicht gekommen.«

»Haben Sie es auf ihrem Handy versucht?«

»Wir haben ihr mehrere Nachrichten hinterlassen, aber wir haben noch nichts von ihr gehört. Wir haben Zugriff auf ihren Terminplan, wenn Sie möchten, können Sie einen neuen Termin ausmachen.«

Einen Augenblick lang war ich verblüfft. Es sah Nicky nicht ähnlich, einfach zu verschwinden. Ich hatte sie immer erreichen können, selbst lange nach den Bürozeiten. Einmal hatte ich sie gescholten, als ich sie abends angerufen hatte, weil sie ans Telefon ging, anstatt ihr Privatleben zu genießen. Sie hatte nur gelacht. »Dieses Telefon hat eine Rufnummernanzeige, Finn«, hatte sie gesagt. »Ich ging nicht davon aus, dass du mich anrufst, um meine Zeit zu verschwenden.«

»Was ist mit Mr Vora?«, fragte ich die Rezeptionistin. »Ist er da?«

»Ich frage nach.«

Als Vora die Tür aufmachte, um mich in seine und Nickys Büroräume zu lassen, erkannte ich ihn erst fast gar nicht. Normalerweise war er sehr ordentlich, elegant und teuer gekleidet, doch heute saß seine Krawatte schief, sein weißer Haarkranz stand wirr ab und es hatte den Anschein, als hätte er sich nicht einmal rasiert. Als ich ihm sagte, dass ich gekommen sei, um ein paar Dokumente mit Nicky zu unterzeichnen – von den fünfzehntausend sagte ich ihm nichts –, rang er die Hände.

»Ich bin sicher, das klärt sich alles auf, wenn Nicky wiederkommt«, beharrte er, doch er klang nicht sehr überzeugend.

»Aber wo ist sie denn? Es ist doch gar nicht ihr Stil, einfach so zu verschwinden und niemandem zu sagen, wo sie ist, oder?«

»Wir sind alle nur Menschen, Finn.« Vora raufte sich verzweifelt die Haare. »Vielleicht gibt es Probleme zu Hause oder sie hat eine persönliche Krise …«

»Haben Sie es bei ihr zu Hause versucht?«

»Ihr Mann hat gesagt, sie sei gestern Abend spät noch weggegangen und nicht zurückgekehrt. Das ist alles, was er weiß.«

»Haben sie sich gestritten?«

»Nicky war bisher einhundertprozentig zuverlässig. Ich bin sicher, dass sie eine vollkommen vernünftige Erklärung hat, wenn sie wieder da ist.«

Er klang, als müsse er sich selbst genauso überzeugen wie mich. Ehrlich gesagt beunruhigte mich seine

Aufmachung fast mehr als der verpasste Termin. Es war noch zu früh, um solche Panik zu haben, es sei denn ...

»Verdammt, Mr Vora ... die Dokumente sind mir im Moment egal. Ich brauche fünfzehntausend Pfund. Bis Mittwoch. Was ist mit Ihnen? Können Sie das autorisieren?«

Vora blinzelte noch heftiger. Seine Lippen bewegten sich, als versuche er, Worte zu formen, die er vergessen hatte.

»Ich bin streng genommen kein Partner in der Firma mehr«, brachte er schließlich hervor. »Ich habe kürzlich den Ruhestand angetreten. Ich fungiere nur als Berater, während Nicky einen neuen Partner sucht.«

»Ja, aber Sie haben doch Zugang zu meinem Geld, dem Klientenkonto, oder?«

»Ja, das habe ich, aber ich fürchte, da gibt es ein Problem ...«

Mist, dachte ich.

»Was für ein Problem? Soll das heißen, dass Sie nicht an das Geld kommen?«

»Ich habe Zugriff auf das Konto, ja, aber ...« Voras Stimme verebbte.

Mist, dachte ich wieder.

»Aber was? Mr Vora – sagen Sie mir, dass das Geld da ist!«

»Ich habe die Bank gebeten, es noch einmal zu überprüfen«, stammelte Vora. »Aber ...«

Mist. Mist! Scheiße!

»Wissen Sie, ob sie ihren Pass mitgenommen hat?«

Vora zwinkerte. »Ihr Mann sagt, ihr Pass sei weg. Es ist wahrscheinlich, dass sie ihn mitgenommen hat.«

»Sie wollen damit sagen, dass Nicky ihren Pass genommen hat, das Klientenkonto geräumt hat und verschwunden ist?« Der Trick, mit dem man ruhig und besonnen klang, wollte mir nicht mehr gelingen.

Vora strich sich über den kahlen Kopf und versuchte, den weißen Kranz zu glätten.

»Es tut mir wirklich leid ... so etwas ist noch nie ... es tut mir so leid, Finn ...«

Die Polizistin am Empfang der Holborn-Polizeiwache sah aus, als hätte sie es normalerweise eher mit überfallenen Touristen und verlorenen iPhones zu tun als mit Anwälten, die sich mit dem Geld ihrer Klienten aus dem Staub machten. Ich musste ein paar Erklärungen abgeben und wurde dann schließlich in einen Vernehmungsraum mit den traditionellen grauen Plastikstühlen und den grauen Plastikteetassen geführt, wo ich auf die Ankunft eines Detectives wartete, während meine Gedanken in meinem Kopf durcheinanderwirbelten wie Hemden in einem überhitzten Wäschetrockner. Ich brauchte das Geld, um das Gebäude zu kaufen – was würde daraus werden? Und was war mit Delroy und Winnie und ihrem Kredit? Was zum Teufel sollte ich Sherwood sagen? Früher hatte ich nie viel übrig für die Polizei – selbst wenn ich ihnen helfen wollte, behandelten sie mich immer eher wie einen Verdächtigen als wie einen Zeugen –, doch jetzt hatte ich keine Wahl. Aus diesem Abgrund konnte ich mich nicht herauskämpfen oder -bluffen.

Ein paar Monate vorher war ich auf Zoe Prendergast hereingefallen, und sie hatte mich mit ihren Vorzügen abgelenkt, während ihr Boss dafür sorgte, dass ich wortwörtlich fast zu Schrott verarbeitet wurde. Jetzt hatte mich Nicky um eine halbe Million Pfund erleichtert, und mit ihr hatte ich nicht einmal geschlafen.

Während ich dort saß und die lauwarme, milchige Brühe aus der kleckernden Plastiktasse trank, dachte ich über all die Mühe nach, die sich Nicky gemacht hatte – mein Vertrauen gewinnen, mich dazu bringen, das Studio zu kaufen, damit ich genehmigte, dass mein Vermögen aus Spanien direkt auf das Klientenkonto ging. War es meine Idee gewesen, die Eigentumsrechte an dem Gebäude zu kaufen oder ihre? Es war schwer zu glauben, dass alles eine Lüge gewesen war.

Je länger ich darüber nachdachte, desto weniger glaubte ich es. Ich hatte Nicky gemocht und geglaubt, dass auch sie mich gernhatte, und abgesehen von Zoe lag ich normalerweise nicht so falsch. Delroy hatte gesagt, dass mir Nicky das Herz brechen würde, aber damit hatte er sicherlich nicht gemeint, dass sie mich ausrauben würde. Nachdem sie die Schläge von Bruno eingesteckt hatte, hatte ich bei ihr gesessen, hatte ihr in die Augen gesehen, und sie hatte mir gesagt, wir würden uns heute sehen. Sie hatte für heute sogar mehrere Verabredungen getroffen, wie mir die Rezeptionistin gesagt hatte, und warum sollte sie das tun, wenn sie sowieso nicht vorhatte, sie einzuhalten? Je mehr Klienten sie verärgerte, desto eher würde der Diebstahl bemerkt werden. Falls es denn ein Diebstahl war.

Wenn sie nicht mit meinem Geld durchgebrannt war, was war dann geschehen?

Die Tür ging auf und eine Frau mit scharfen Gesichtszügen trat ein. Sie war über dreißig, hatte dunkles Haar, hohe Wangenknochen und machte den Eindruck einer Polizistin, die es hasste, sich mit Menschen abzugeben, aber in der Kantine den Kürzeren gezogen hatte. Ihr kurz geschorenes Haar und der smarte Anzug ließen vermuten, dass sie ihre Kollegen glauben machen wollte, dass sie lesbisch war, damit sie aufhörten, sie anzumachen, sodass sie in Ruhe ihrer Arbeit nachgehen konnte.

»Finn Maguire?« Sie hatte einen Birmingham-Akzent, und mir fiel auf, dass sie sich nicht die Mühe machte, mich »Mr Maguire« zu nennen. Zwei Worte und schon zeigte sich ihre Überheblichkeit. »Ich bin Detective Sergeant McCoy, das ist Detective Constable Whelan.« Ehrlich gesagt war mir gar nicht aufgefallen, dass sie einen DC dabei hatte, einen Mann in einem verknitterten Anzug, der nicht viel älter zu sein schien als ich und so unscheinbar wirkte, dass er im Hintergrund verschwand wie ein Fleck.

Als ich erklärt hatte, was genau mein Problem war, sah McCoy aus, als hielte sie meine Geschichte für irgendwelchen Unsinn, den irgendjemand bereuen würde, angefangen mit mir.

»Wie alt sind Sie? Siebzehn? Und Sie haben eine halbe Million Pfund auf der Bank?«

»Das habe ich von meinem Vater geerbt, dem es von einem Freund hinterlassen wurde.« Das alles hatte ich ihr schon erzählt. Was ich ihr nicht erzählt hatte, war, dass Dad deswegen ermordet worden war, denn das ging sie nichts an. Es spielte keine Rolle. Wie die meisten Cops hatte sie schon früh voreilige Schlüsse gezogen und ignorierte alles, was nicht dazu passte. »Meine Anwältin hatte Zugriff auf das Geld, nicht ich«, ergänzte ich.

»Und damit ist sie jetzt durchgebrannt.«

»Das glaube ich nicht.«

»Nun, ist sie oder ist sie nicht?«

»Sie ist eigentlich nicht der Typ dafür.«

»Glauben Sie mir, für so eine Menge Geld werden viele Leute zu so einem Typ.« Jetzt klang sie eher sarkastisch als skeptisch, was wohl eine Art Fortschritt bedeutete.

»Ich halte es für wahrscheinlicher, dass ihr etwas zugestoßen ist.«

»Lassen wir die Verschwörungstheorien vorerst einmal beiseite. Nennen Sie uns die Fakten und lassen Sie uns ermitteln, ja? Ihre Anwältin Nicky Hale ist verschwunden, und mit ihr Ihr Geld, ist das richtig?«

Ich sah schon, worauf das hinauslief. Nicky war weg, ihr Pass war weg und das Geld war weg. Was McCoy anging, so konnte sie gleich nach der Aufnahme des Anzeigeprotokolls »Fall gelöst« auf den Aktendeckel schreiben und in den Pub gehen, um den Erfolg zu feiern.

»Ja, das ist richtig.«

»Ich kann es Ihnen gleich sagen: Es ist sehr unwahrscheinlich, dass Sie Ihr Geld je wiedersehen.«

»Und was zum Teufel machen wir dann hier?«

»Oh, irgendwann wird sie bestimmt geschnappt werden, keine Sorge. Aber bis dahin wird sie das ganze Geld ausgegeben haben. Wenn das nicht schon geschehen ist.« McCoy fand das offenbar lustig. Ein vorlauter Junge mit mehr Geld, als er brauchen konnte, war von seiner korrupten Anwältin übers Ohr gehauen worden. McCoy erkannte, dass sie sich ihre Schadenfreude nicht hätte anmerken lassen dürfen, räusperte sich, sah in ihre Papiere und klickte sinnlos auf ihrem Kugelschreiber herum.

»Na gut. Unter welcher Nummer können wir Sie erreichen, Mr Maguire?«

Als ich an jenem kühlen Abend die Polizeiwache verließ, war mein erster Gedanke, dass es wenig Sinn hatte, direkt zum Studio zurückzugehen. Delroy kam auch ohne mich klar, bis wir zumachten, und ich wollte nicht, dass er meinem Gesicht ansah, wie tief ich in der Scheiße steckte – wie tief wir beide drinsteckten. Es war so schon übel genug, aber meine Abmachung mit Sherwood hatte alles nur noch schlimmer gemacht. Detective Sergeant McCoy hatte ausdrücklich klargemacht, dass es sich ihrer Meinung nach um einen Fall von Betrug und nicht von Raub handelte, wozu also die Eile? Sie hatte auf die billige Uhr an der Wand des Vernehmungsraumes geblickt. Es war kurz nach sechs. Am nächsten Morgen würde sie ein paar Anrufe tätigen, um zu bestätigen, dass ich die Wahrheit gesagt hatte, und danach würde die polizeiliche Untersuchung so schwerfällig in Gang kommen wie eine alte britische Schrottkarre aus den 70er-Jahren. Und sobald das geschah, würde sich jeder, der mit Nicky zu tun gehabt hatte, einen Anwalt nehmen und dichtmachen. Also blieben mir bestenfalls ein paar Stunden, um herauszufinden, was ihr tatsächlich passiert war, und anfangen würde ich bei ihrem Ehemann.

Ich war ihm noch nie begegnet, doch ich hatte sein Auto in der Auffahrt vor ihrem Haus stehen sehen – ein schlankes BMW-Cabrio mit einem Verdeck, das man in den Kofferraum zurückfalten konnte. Das Haus selbst war ein sorgfältig gepflegtes viktorianisches Gebäude aus roten Ziegeln mit weißem Holz hinter einem schmiedeeisernen Zaun. Es sah aus wie vom Cover eines Hochglanzmagazins für die Stinkreichen. Hinter dem Haus konnte man gerade noch die Wipfel der Silberbirken sehen, die am hinteren Zaun ihres riesigen Gartens wuchsen. Als ich Nicky gegenüber erwähnte, dass es ein tolles Haus für Kinder sei, hatte sie schief und traurig gelächelt. Mir war sofort klar gewesen, dass sie gerne Kinder hätte, aber keine haben konnte, und ich hätte gerne gewusst, warum, obwohl mir klar war, dass ich sie das nicht fragen konnte. Ich konnte mich nur für meine Dummheit ohrfeigen.

Der grobe helle Kies knirschte unter meinen Schuhen, als ich auf die massive glänzende Tür zuging, deren Buntglasfenster von einem Licht tief im Inneren des Hauses erleuchtet waren. Die laute Kiesauffahrt sollte Einbrecher abschrecken, soweit ich wusste, und fast hätte sie auch mich abgeschreckt, als mir auffiel, wie abgerissen und schäbig ich aussah. Selbst mit einer halben Million auf dem Konto passte ich nicht in dieses Universum. Auf jeden Fall jetzt nicht.

Die Klingel läutete wie eine ferne Kirchenglocke und hinter dem geriffelten Buntglas sah ich sich etwas bewegen. Eine große, schwere Gestalt wurde erkennbar und öffnete die Tür.

Nickys Mann Harry war ungefähr so groß wie ich, doch anstelle meiner mausbraunen Stacheln hatte sein tiefschwarzes Haar einen akkuraten Schnitt. Kühl blickten mich seine blauen Augen aus dem gebräunten Gesicht an und mit dem Grübchen am Kinn sah er aus wie ein altmodischer Herzensbrecher aus Hollywood. Er trug ein blütenreines weißes Hemd und Jeans und seine Füße waren nackt. Er war muskulös und durchtrainiert, doch seine Bewegungen waren irgendwie eckig und nervös. Er sah mich stirnrunzelnd und irritiert an, als kenne er mein Gesicht, wisse aber nicht, woher.

»Mr Hale?«, fragte ich.

»Hier wohnt niemand, der so heißt«, sagte er. Meine Verwirrung bemerkte er zwar, hielt es aber nicht für nötig, mich aufzuklären.

»Es tut mir leid, ich dachte, Nicky Hale wohnt hier.«

»Nicky ist meine Frau«, antwortete er. »Ihr Name ist Hale.«

»Sorry, stimmt ja.« Sie hatte mir davon erzählt. »Mr Anderson, nicht wahr?«

»Oh ja, du bist ihr Trainer. Finn, ja? Nicky ist nicht da.«

»Ich weiß. Ich suche sie.«

Er dachte einen Moment lang darüber nach. Vielleicht fragte er sich, welcher Trainer wohl zu Hause bei Kunden auftauchte, die nicht zum Training erschienen, während ich mich fragte, woher er wusste, wer ich war, obwohl wir uns noch nie getroffen hatten.

»Wie ich schon sagte, sie ist nicht da. Und ich weiß auch nicht, wann sie wiederkommt.«

Er schniefte und rieb sich die Nase. Ich scharrte auf der Fußmatte, als wolle ich gehen, und hoffte, er merkte nicht, dass ich meinen Fuß so platzierte, dass ich ihn vorschieben und in die Tür stellen konnte, falls er sie schließen wollte.

»Wann haben Sie das letzte Mal von ihr gehört?«, fragte ich.

»Sorry«, entschuldigte er sich. »Das ist kein guter Zeitpunkt. Versuch es auf ihrem Handy.« Er trat zurück, bereit, die Tür zu schließen. Ich stellte den Fuß nicht dazwischen, denn ich wollte ihn im Moment nicht verärgern.

»Mr Anderson, kann ich einen Moment hereinkommen? Es dauert bestimmt nicht lange.«

»Ehrlich gesagt wollte ich selbst gerade gehen«, erwiderte er. So mussten sich Staubsaugervertreter fühlen, dachte ich.

»Es ist nur so, Nicky ist meine Anwältin, und es

scheint, dass sie mit meinem ganzen Geld verschwunden ist. Ich hatte gehofft, mit Ihnen sprechen zu können, bevor die Cops auftauchen.«

Anderson blinzelte.

»Was soll das heißen, verschwunden?«

»Die Cops glauben, sie ist durchgebrannt«, antwortete ich.

Jetzt schien ich seine Aufmerksamkeit erregt zu haben.

»Heilige Scheiße«, murmelte er schließlich.

»Kann ich reinkommen?«

Er sah mich an, als müsse er abwägen, was schlimmer wäre, mich draußen zu lassen oder hereinzubitten – doch schließlich trat er zurück und hielt die Tür auf.

Anderson führte mich durch einen langen Flur mit einem rot-beige-karierten Teppich in eine große Bibliothek voller Bücherregale. Die tiefen Ledersofas im Chesterfield-Look und die unterschiedlichen ledergebundenen Bücher verliehen dem Raum etwas kitschig Altmodisches und passten so gar nicht zu der Art von Einrichtung, die ich bei Nicky erwartet hätte. Zwischen den Regalen hingen kunstvoll gerahmte Ölgemälde, die alle ländliche Szenen mit Milchmädchen in verdächtig sauberen Schürzen zeigten, bis auf eines, auf dem ein Haufen toter Rebhühner zu sehen war … oder Fasane … oder auch Wachteln – in meinem Supermarkt gab es mehr tiefgefrorene Hamburger als frisches Geflügel, daher war ich nicht gerade ein Experte. Abends, wenn das Feuer im Kamin brannte, war es hier vielleicht gemütlich, aber im Augenblick wirkte es so trostlos, kühl und düster wie ein Bestattungsinstitut. Mir fiel ein großer Mahagonischrank auf, dessen Türen demonstrativ verschlossen waren. Hatte er Angst, dass ihm jemand seinen Brandy wegtrank?

Anderson sah aus, als säße er lieber in einem Sessel wie der Herr eines großen Anwesens, doch im Moment hatten ihn meine Nachrichten zu sehr aufgeregt, als dass er sich hätte entspannen können, daher ging er im Raum auf und ab und rieb sich die Stirn.

»Es tut mir leid, ich hatte keine Ahnung, dass du Nickys Klient warst«, sagte er. »Ich dachte, du seiest nur ihr persönlicher Trainer.«

»Ich bin nicht ihr Trainer«, wandte ich ein. »Sie trainiert nur in meinem Studio.«

»Oh ja, dein Studio.« Die Art, wie er das sagte, ließ vermuten, dass er einmal dort vorbeigefahren war, um es sich anzusehen, und keineswegs begeistert war. Nicky musste ihm von mir erzählt haben, und was auch immer sie ihm gesagt hatte, hatte ihn neugierig gemacht.

»Tut mir leid, aber warum haben Sie nicht bemerkt, dass Ihre Frau verschwunden ist?«, wollte ich wissen.

»Wir haben uns gestern Abend gestritten. Sie hat das Haus verlassen. Ich dachte, dass sie bei … Freunden übernachtet.«

»Ist das häufiger passiert?«

»Warst du schon mal verheiratet? Sorry, blöde Frage. Wie alt bist du, zwanzig?«

»Darf ich fragen, worum es bei dem Streit ging?«

Er hob resigniert die Hände. »Nichts. Alles. Sind deine Eltern noch zusammen?«

Meine Eltern hatten sich selten gestritten, wollte ich ihm sagen. Sie waren glücklich zusammen ... bis zu dem Tag, an dem meine Mutter wegging. Aber das ging ihn nichts an.

»Meine Eltern sind tot«, antwortete ich daher.

»Mist. Sorry. Hör zu, Finn, wenn du recht hast und sie wirklich abgehauen ist ... ich muss ein paar Anrufe tätigen. Und du musst dir einen neuen Anwalt suchen.« Er fuhr sich mit der Hand über das Gesicht und kniff sich in den Nasenrücken, als ihm langsam die Konsequenzen klar wurden. »Oh Mann ... die Polizei wird hier alles auf den Kopf stellen. Sie werden denken, dass ich wusste, was sie vorhat. Was für ein Schlamassel.« Er sah mich wieder an. »Darf ich fragen ... wie viel sie mitgenommen hat?«

»Ich glaube nicht, dass es so war«, antwortete ich.

»Ich will das auch nicht glauben«, erwiderte Harry. »Aber so sieht es aus.«

»Glauben Sie, dass sie zu so etwas fähig wäre?«

»Ehrlich? Ja, das tue ich.« Er zögerte, als wolle er nicht schlecht über seine Frau sprechen, doch dann schien er zu denken, dass es darauf jetzt auch nicht mehr ankam. »Sie ist eine egoistische verzogene ... Göre. Es tut mir leid, dass du das auf diese Weise erfahren musstest. Aber wie ich schon sagte, ich muss jetzt telefonieren, also ...« Er ging zur Tür, um mich hinauszugeleiten.

»Entschuldigung, darf ich mal Ihre Toilette benutzen? Sorry«, bat ich.

Er sah mich an und schniefte, als frage er sich, ob ich mich mit seinem Klopapier davonmachen wollte. Doch dann überwogen die guten Manieren, die man ihm wahrscheinlich in seiner Kindheit eingebläut hatte, und er nickte zum Flur.

»Natürlich«, sagte er. »Es ist eine im Gang, unter der Treppe.«

Mist ... ich hatte gehofft, hier unten wäre keine. Ich sah mich um, ob er mich beobachtete, fand die Toilette und machte die Tür geräuschvoll auf, schaltete das Licht ein – an den Wänden hingen Zeichnungen von Jagdszenen – und schloss sie dann wieder, allerdings von außen.

Der obere Treppenabsatz war schwach beleuchtet und ungefähr eine halbe Meile lang. Hunderte von Türen gingen davon ab. Ich wusste nicht, nach was ich suchen sollte, ging aber davon aus, dass mir alles, was ich fand, mehr sagen würde als Anderson. Die Tür direkt vor mir führte ins Schlafzimmer, in dem das Bett ordentlich gemacht war und auf dem lauter glänzende weiche Kissen lagen. Auf dem Nachttisch lag ein Buch – ich hatte keine Zeit, den Titel zu entziffern – und die Schränke waren fest geschlossen. Falls beim hektischen Packen irgendwelche Kleidungsstücke herumgeflogen waren, waren sie jetzt wieder ordentlich weggeräumt.

Ich lief weiter und versuchte es mit der hintersten Tür. Dort war die Luft ein wenig abgestandener, als würden Fenster und Tür nur selten geöffnet. Ein Gästezimmer? Das Bett war gemacht, wie im Schlafzimmer, nur dass hier anstatt einem Haufen Kissen eine kleine Reisetasche in der weichen Bettdecke versank. Sie war voll, aber nicht zu. Als ich hineinsah, sah ich mehrere ordentlich zusammengelegte Blusen im Stil, den Nicky bevorzugte. Am Griff hing ein ledernes Etikett. Ich nahm es und las den Namen darauf ... *Susan Horsfall.*

»Hast du dich verlaufen?« Anderson war die Treppe noch leiser heraufgekommen als ich und hatte mich auf frischer Tat ertappt. Dumme Ausreden waren sinnlos, dachte ich.

»Tut mir leid. Ist das Nickys?«

»Ich glaube, du solltest jetzt wirklich gehen.« Harrys Sympathie und Mitleid waren verschwunden, und er hatte sich breitbeinig hingestellt, als glaube er, es könne zu Handgreiflichkeiten kommen. Er war groß und kräftig, doch das machte mir keine großen Sorgen – er sah nicht aus, als sei er es gewohnt, geschlagen zu werden – jedenfalls nicht von jemandem in seiner Größe.

»Wenn Nicky durchgebrannt ist, warum hat sie das hier dann zurückgelassen?«

»Wenn ich sie je wieder sehen sollte, werde ich sie fragen.« Er trat betont zur Seite. Ich hob resigniert die Hände und ging hinaus. Während ich den Flur entlanglief, hörte ich im Erdgeschoss ein Handy klingeln, leise und gedämpft, als stecke es in einer Manteltasche. Es hörte auf, als ich unten an der Treppe angekommen war. Anderson ging hinter mir her. Während wir schweigend zur Tür gingen, begann es wieder zu läuten. Den Klingelton hatte ich schon früher gehört – aus Nickys Handy – und er kam aus einer Schublade in einem kleinen Beistelltisch an der Tür.

»Wollen Sie nicht rangehen?«

»Die können eine Nachricht hinterlassen.«

»Was, wenn es Nicky ist?«, fragte ich. Ich wusste zwar nicht, warum Nicky eher ihr eigenes Handy anrufen würde als ihr Festnetztelefon zu Hause, aber ich sah, dass ich Andersons Neugier geweckt hatte. Er machte die Schublade auf, nahm ein Smartphone in einer markanten silbernen Hülle heraus – das war Nickys Telefon – und sah auf den Bildschirm.

»Sie ist es nicht«, sagte er. Er lehnte den Anruf ab, warf das Handy wieder in die Schublade und knallte sie zu.

»Komisch, dass sie ihr Handy nicht mitgenommen hat«, bemerkte ich.

»Nicht wirklich«, meinte Anderson. »Unter den gegebenen Umständen will sie wohl kaum Kontakt halten.«

»Soll ich Ihnen meine Nummer dalassen, falls sie anruft?«

»Ich bin sicher, sie hat sie«, erwiderte Anderson und machte die Tür auf.

»Es tut mir schrecklich leid, aber ich kann noch nicht gehen«, meinte ich und imitierte seine aufgesetzte Höflichkeit. Ich sah, wie er erstarrte und sich auf ein weniger gentleman-mäßiges Gerangel einstellte. »Ich habe meine Schuhe vergessen.«

Anderson drehte sich um und sah meine schäbigen

grauen Turnschuhe am Fuß der Treppe liegen, wo ich sie abgestreift hatte. Er ging zurück, hob sie vorsichtig auf und warf sie mir zu, als er wieder zu mir kam.

»Vielen Dank«, sagte ich. Demütig ging ich hinaus. Sobald die Tür zu war, zog ich rasch die Schuhe an und rannte in die Dämmerung davon, ohne sie zuzumachen. Die Schnürsenkel peitschten mir um die Schienbeine und der Kies knirschte anklagend unter meinen Füßen. Mein Herz raste. Ich wollte nicht so lange bleiben, bis Anderson herausgefunden hatte, dass ich Nickys Handy geklaut hatte, als er meine Schuhe holen gegangen war.

Ein paar Straßen weiter wurde ich langsamer – noch waren keine Rufe zorniger Verfolger oder kreisende Polizeihubschrauber mit Suchscheinwerfern zu hören. In einem Pub an der Themse kehrte ich ein, setzte mich an einen Tisch und nahm Nickys Handy. Zweiunddreißig verpasste Anrufe, zweiundzwanzig Sprachnachrichten. Sie hatte immer einen Sicherheitscode eingegeben, um das Telefon zu sperren, doch ich hatte die Kombination tausendmal gesehen, und als ich die Nummern eingab, erwachte das Handy zum Leben. Viele verpasste Anrufe waren von mir, Vora und noch jemand ... Joan Bisham? Anderson hatte recht ... wenn Nicky abgehauen war, hätte sie ihr Telefon zurückgelassen. Aber warum sollte sie eine Tasche packen und dann stehen lassen?

Anderson schien nicht besonders beunruhigt, dass seine Frau ihn verlassen hatte. Oder gar überrascht. Wenn überhaupt, dann war er aufgeregt und ein wenig überdreht, aber vielleicht war das das Kokain gewesen.

Ich hatte genügend Leute gesehen, die Koks nahmen, um das Zucken, das ständige Schniefen und die erweiterten Pupillen zu kennen. Ich fragte mich, wie Nicky zum Drogenkonsum ihres Mannes gestanden hatte und was es für sie bedeutet hätte, wenn ihr Haus durchsucht worden wäre.

Ich konnte nicht die ganze Nacht in diesem Pub sitzen bleiben. Ich würde Stunden brauchen, um das Telefon gründlich zu durchsuchen, die Nachrichten zu lesen, um zu sehen, ob sie eine Antwort auf die Frage boten, was mit Nicky passiert war. Schon an guten Tagen hasste ich Lesen – ich hatte dann immer das Gefühl, als würde mein Gehirn mit Stacheldraht bearbeitet. Vor ihrem Verschwinden hatte Nicky die Schwerarbeit für mich erledigt. Ich verspürte einen Anflug von Selbstmitleid, das im gleichen Augenblick von Wut verdrängt wurde. Warum zum Teufel bemitleidete ich mich hier selbst, wenn Nicky möglicherweise in Gefahr war?

Wenn sie in Gefahr war und nicht irgendwo auf halbem Weg auf eine sonnige Insel im Südpazifik.

Vielleicht weigerte ich mich, die offensichtlichste Erklärung zu glauben – dass ich schon wieder von einer schönen Frau hereingelegt worden war. Aber irgendetwas hatte Nicky am Tag zuvor im Studio bedrückt. Es hatte sie so wütend gemacht, dass sie im Ring die Beherrschung verloren hatte, und vielleicht gab es im Telefon einen Hinweis darauf, was es war.

Bevor ich nach Hause ging, sah ich noch in ihre E-Mail-App. Bei den meisten handelte es sich um lange

Texte, die mir Kopfschmerzen bereiteten, aber ungefähr in der Mitte fiel mir eine Betreffzeile ins Auge. Sie lautete *TOTES FLEISCH* und das Absenderfeld war leer. Irgendwie glaubte ich nicht, dass es eine Meldung ihres Metzgers war. Ich tippte auf die Überschrift und die Mail öffnete sich. Auch sie war kurz und prägnant, sodass ich nicht lange brauchte, um sie zu entziffern.

DU WIRST QUALFOLL STERBEN DU SCHLAMPE

DREI

Als ich das Studio erreichte, war dort alles dunkel. Wenn ich normalerweise nach den Öffnungszeiten zurückkam, hinterließ Delroy mir einen Zettel – nur ein paar Worte, denn er konnte etwa ebenso gut schreiben wie ich lesen –, auf dem stand, dass wir uns am Morgen sehen würden oder irgendetwas ähnlich Offensichtliches, doch es war immer beruhigend. Heute war kein Zettel da, obwohl er aufgeräumt, die Mülleimer geleert und die kleine Küche geputzt hatte. Ich hätte ihn anrufen sollen, erkannte ich mit einem Anflug von schlechtem Gewissen. Ich wusste, dass er das Gefühl hatte, mich enttäuscht zu haben, und dass es ihm unangenehm war, doch das war nichts gegen mein Gefühl, mit dem Besuch in Sherwoods Büro am Morgen alles noch schlimmer gemacht zu haben. Ich wollte es ihm gerne sagen, aber zuerst musste ich es irgendwie wieder hinbiegen und ihm nicht noch mehr Kummer machen.

Ich stürmte die düstere Treppe hinauf und verfluchte die Glühbirne an der Decke. Sie war etwa vierzig Jahre alt und gab so viel Licht wie eine Leuchtziffernuhr, doch da man sie nur mit einer besonders langen Leiter erreichen konnte, die wir nicht hatten, und ich sowieso der Einzige war, den sie störte, stellte sie für niemanden sonst ein Problem dar. Mein kleines Appartement unter den Dachschrägen des Hauses war kalt und dunkel und genauso leer wie am Morgen, als ich es verlassen hatte, was mir schon Monate her zu sein schien. Über meinem Bett war ein weiteres Stück Tapete abgeblättert. Eines Nachts würde wahrscheinlich die ganze Decke auf mich herunterstürzen und mir Albträume bereiten, dass ich wie die schimmelige Füllung in einem alten Sandwich eingeklemmt wurde. Zum ersten Mal vermisste ich das baufällige alte Haus, in dem ich so viele Jahre mit meinem Dad gewohnt hatte, und fragte mich, ob die jetzigen Bewohner wohl etwas dagegen hatten, wenn ich auf dem Fußboden übernachtete. Doch bei genauerem Überlegen stellte ich fest, dass es nicht das Haus war, das ich vermisste. Ich konnte für einen Ort, an dem ich meinen Vater mit eingeschlagenem Schädel über einen Tisch gebeugt gefunden hatte, keine nostalgischen Gefühle entwickeln. Es war Dad, den ich vermisste, und seine liebenswerte, idiotische Überzeugung, dass irgendwie am Ende alles in Ordnung kommen würde.

Von unten hörte ich ein hölzernes Poltern und erkannte, dass jemand mit dem Handballen an unsere verriegelte Tür hämmerte. Zuerst glaubte ich, es hätte mal wieder ein Betrunkener unser Studio mit einem Nachtclub verwechselt, und versuchte, es zu ignorieren, doch das Hämmern ging immer weiter, leise und wütend und hartnäckig. Seufzend lief ich die beiden Treppen wieder zurück, zog die schweren Riegel zurück, riss die Tür auf und gleich darauf die Augen.

»Wo ist sie?«, fragte Nicky.

Doch das war nicht Nicky. Sie sah so aus wie sie – sie hatte die gleich hübsche sportliche Figur, trug das Haar wie sie, aus dem gleichen zarten Gesicht mit den intelligenten Zügen gestrichen. Doch diese Frau war fünf Jahre jünger und ihr Haar war blonder.

»Wenn Sie Nicky Hale meinen, dann wüsste ich das auch gerne«, erwiderte ich.

»Sie sind Schwestern?«

Sie war in mein Appartement marschiert, als erwarte sie, dass ich Nicky unter dem Bett versteckt hätte. Jetzt sah sie sich um, als könne sie nicht glauben, dass hier menschliches Leben hausen konnte.

»Halbschwestern. Mein Name ist Susan Horsfall.«

»Aha«, erwiderte ich vage. »Ich habe Ihren Namen … an einer Reisetasche in Nickys Haus gesehen.« Ich versuchte immer noch zu verstehen. Halbschwestern? Diese Frau sah nicht nur aus wie Nicky – sie ging wie sie, sprach wie sie. Ich hatte schon Zwillinge gesehen, die sich unähnlicher waren. »Hat Nicky von mir erzählt?«

Sie sah mich ungläubig und amüsiert an und zerstörte damit meine letzten hoffnungsvollen Illusionen.

»Nein«, erwiderte sie. »Harry hat erzählt, dass du da gewesen bist, während ich sie suchte. Nicky wollte eigentlich bei mir übernachten, aber sie ist nie aufgetaucht.«

»Warum wollte sie bei Ihnen übernachten? Weil die beiden sich gestritten hatten?«

»Sie haben sich immer gestritten«, erwiderte Susan. »Sie hatte genug. Sie sagte, sie würde ihn verlassen. Ich hätte nie geglaubt, dass sie es tun würde ... und schon gar nicht auf diese Art und Weise. Harry hat gesagt, sie hätte dir alles Geld gestohlen.«

»So ziemlich«, bestätigte ich. »Nun, da Sie schon hier sind, kann ich Ihnen etwas anbieten? Etwas zu trinken oder ...?«

Sie sah zu dem schmierigen Herd und dem verbeulten Wasserkocher in der Küchenecke.

»Nein danke«, lehnte sie ab. Als ich ihrem Blick folgte, erkannte ich, warum sie die Nase rümpfte. Mein Gott, das war wirklich eine Müllhalde hier. Doch immerhin schien sie sich ein wenig zu entspannen und ließ sich auf meinem wackeligen alten Sofa nieder.

»Es nutzt zwar nicht viel, aber es tut mir leid. Es ist schwer zu glauben, dass sie so etwas tun könnte, aber sie war verzweifelt. Sie war in den letzten Monaten so unglücklich ...«

»Harry wusste also wirklich nicht, was sie vorhatte?«

»Machst du Witze? Er wird deswegen durch die Hölle gehen müssen, vor allem bei der Arbeit. Ich nehme an, das war für sie einer der Vorteile bei der Sache.«

»Was macht Harry eigentlich?«, fragte ich.

»Er ist Buchhalter bei einer Privatbank in der Stadt. Er scheffelt jede Menge Geld, mehr als Nicky je gemacht hat. Sie hat immer gesagt, dass sie sich nichts aus Geld macht.«

»Und das haben Sie ihr nicht geglaubt?«

»Aus deinem hat sie sich ja offensichtlich etwas gemacht«, erwiderte Susan. Ich musste jämmerlich dreingesehen haben, denn sie lächelte mich mitleidig an.

»Es tut mir leid, Finn«, seufzte sie. »Ich bin sicher, dass sie dich mochte. Du bist jedenfalls ihr Typ. Sie stand immer auf große, starke Männer wie dich und Harry.«

»Hat sie Ihnen je hiervon erzählt?« Ich nahm Nickys Handy von meinem Esstisch und entsperrte es. Es zeigte die letzte Ansicht mit der anonymen Drohung, die ich Susan hinhielt. Sie riss die Augen auf, als sie sie las. »Es gibt noch ein halbes Dutzend davon«, sagte ich. »Und zwanzig weitere im Papierkorb. Sie bekam drei oder vier davon am Tag.«

»Anwälte machen sich Feinde«, meinte Susan.

»Es sind fast immer dieselben Mails«, erwiderte ich. »Ich glaube, es handelt sich nur um einen Feind.«

»Das war auf keinen Fall Harry«, stellte sie fest. »Der hätte nie ›qualfoll‹ mit ›f‹ geschrieben.«

»Es sei denn, er wollte seine Spuren verwischen«, wandte ich schwach ein. Mir war das gar nicht aufgefallen, aber das musste sie ja nicht wissen.

»Harry ist zwar ein Mistkerl, aber er würde ihr nie etwas tun«, bestätigte Susan.

»Okay«, meinte ich. »Dann war es jemand anderes. Ich kann nicht glauben, dass sie davongelaufen ist.«

»Aber wenn sie Drohungen erhielt, dann hatte sie vielleicht einen weiteren Grund, davonzulaufen?«, vermutete Susan.

Plötzlich war ich enttäuscht, verwirrt und verzweifelt. Ich hatte mir vorgestellt, ich könnte zu Nickys Rettung eilen, wo immer sie auch war, und mir ihre atemlose Bewunderung verdienen. Doch jetzt sah ich, dass ich mir etwas vormachte. Alles, was ich in den letzten Monaten getan hatte, war Teil eines ungeheuren Betrugs gewesen, und ich hätte mein Erbe auch genauso gut in Rubbellose und Cidre investieren können. Nicky hatte mich wie einen verliebten Welpen an der Nase herumgeführt, und dank ihr hatte ich Versprechen gemacht, die ich jetzt nicht halten konnte, und zwar Leuten gegenüber, die sich an mir und meinen Freunden in einer Währung von Blut und Hirnschäden rächen würden.

»Hast du die Mails der Polizei gezeigt?«, fragte Susan.

»Noch nicht«, gab ich zu. Ich streckte die Hand aus. Sie gab mir das Handy wieder und erhob sich. »Es spielt keine Rolle«, erklärte ich. »Ich muss es wissen. Ich muss sie finden oder herausfinden, was passiert ist. Und das werde ich nicht den Cops überlassen, denn die sind völlig unfähig.«

»Finn …« Susan strich sich den blonden Pony aus der Stirn. Die Geste war mir so vertraut, dass es mir einen Stich ins Herz versetzte. »Ist dir schon einmal in den Sinn gekommen … dass Nicky vielleicht gar nicht gefunden werden will? Wenn du sie gemocht hast, solltest du sie vielleicht gehen lassen. Wende dich an die Anwaltskammer und stell einen Antrag. Such dir einen neuen Anwalt. Da, wo Nicky herkommt, gibt es noch viele andere.«

»Warum die Anwaltskammer?«

»Die haben dort einen Versicherungsfonds. Alle praktizierenden Anwälte müssen dort einzahlen. Wenn einer von ihnen mit dem Geld eines Klienten abhaut, muss die Versicherung zahlen. Nicky hat wahrscheinlich erwartet, dass du das tust. Die haben ein Büro irgendwo in der Stadt – googel mal danach.«

Nachdem Nickys Schwester gegangen war, ging ich in der kleinen Wohnung auf und ab und versuchte herauszufinden, was ich als Nächstes tun sollte, doch ich musste immer an etwas denken, was sie gesagt hatte und was sich mir wie ein Splitter unter die Haut gebohrt hatte. Dass Nicky seit Monaten zutiefst unglücklich gewesen sei. War das schon so gewesen, als ich sie kennengelernt hatte? War ich nur eine Ablenkung gewesen, eine lustige Abwechslung? Ich verstand, was Susan gemeint hatte, als sie sagte, ich sei ihr Typ. Es gab durchaus Ähnlichkeiten zwischen mir und ihrem Mann Harry, wenn man mal von dem Grübchen am Kinn, dem teuren Haarschnitt, dem piekfeinen Akzent, dem Studium und dem BMW-Cabrio vor der Tür absah. Aber vielleicht hatte Nicky mich ja deswegen gemocht. Ich war eine jüngere, dümmere und besser manipulierbare Version ihres Mannes, ohne die Fallstricke des Erfolgs, die sie umgehen wollte.

Das Bett quietschte und knarrte, als ich mich hineinwarf, und es klang fast genauso wie die niedergeschlagene Stimme in meinem Kopf. Ich schwankte zwischen Mitleid mit Nicky und mir selbst hin und her und kam einfach nicht weiter. Also würde ich tun, was ich immer tat, wenn die Gedanken, die in meinem Kopf kreisten, anfingen, Rillen in meinem Gehirn zu hinterlassen: Ich zog meine Jeans aus, einen Trainingsanzug an und lief auf die Straße.

Das Pflaster glänzte nach einem kurzen Sommerregen und meine Turnschuhe patschten durch flache Pfützen, während ich mich zwischen den Betrunkenen hindurchschlängelte, die nach der letzten Runde aus den Pubs strömten. Zwanzig Minuten später war ich im Park am Kanal, wo die Bäume grüne Geister und die Pfade blasse graue Schatten waren. In den Büschen um mich herum stritten sich Ratten um alte Brotrinden und Füchse kreischten laut. Trotz der Dunkelheit im Park lief ich schneller und schneller – bis ich meine Höchstgeschwindigkeit erreicht hatte, mein Puls in meinem Kopf hämmerte und mir der Schweiß in Strömen am Körper hinunterlief – immer tiefer in die Nacht hinein.

Als mein Wecker seine grauenvolle Fanfare ertönen ließ, hatte ich das Gefühl, gerade erst die Augen geschlossen zu haben. Die Morgensonne schien durch meine dünnen orangen Vorhänge, doch obwohl ich den Wecker auf

»Schlummerfunktion« stellte und versuchte, noch ein paar Minuten die Augen zu schließen, nutzte das nichts, denn stattdessen starrte ich nur die schräge Decke mit der abblätternden Tapete über mir an. Ich hatte gehofft, dass ich durch das Laufen und gesunden Schlaf wieder einen klaren Kopf bekommen würde, doch meine Gedanken hatten sich nur im Kreis gedreht und waren ineinander verschmolzen wie überhitztes Plastik. Hatte Nicky wirklich die ganze Zeit vorgehabt, mich zu bestehlen, oder war das nur eine spontane Handlung gewesen? Ich wollte eigentlich nicht auf ihre Schwester hören, doch Susan war schließlich nicht die, die mein Konto geräubert hatte.

Versunken in einem dunklen Gewirr widersprüchlicher Gedanken duschte ich, rasierte mich und aß in einer Art Trance mein Frühstück, bevor ich den Fußboden des Studios wischte, die Geräte putzte und nach unten ging, um die Türen zu öffnen. Delroy tauchte zum üblichen Zeitpunkt ächzend und keuchend oben an der Treppe auf, und ich brachte ihm seine Tasse Tee, ohne dass er darum bitten musste.

»Wenn das deine Entschuldigung dafür ist, dass du gestern Abend verschwunden bist, dann ist sie angenommen«, erklärte er.

»Ich habe im Büro angerufen, aber da ist niemand rangegangen«, erzählte ich.

»Warum hast du es nicht auf dem Handy versucht?«, beschwerte sich Delroy. »Oder mir eine SMS geschickt.«

Verdammt. Mein Dad hatte sein Handy so wenig genutzt, dass ich erwartet hatte, dass es bei Delroy ebenso sein würde. Doch er hatte seins immer aufgeladen und griffbereit, auch wenn ihn nie jemand anderes anrief als ich.

»Tut mir leid«, sagte ich.

»Was hast du denn getrieben?«

»Ich hatte in der Stadt zu tun.«

»Mit dieser Nicky?«

»Nein, Nicky habe ich nicht gesehen.«

Er schien erleichtert. Wenn er nur wüsste.

Eine halbe Stunde später brummte der Laden, und ich musste eine verbogene Stange unter einem Haufen Gewichte hervorholen, den ein dämlicher Macho hatte fallen lassen, als er angeben wollte. Plötzlich roch ich den scharfen Geruch von billigem Tabak und sah mich um.

Sherwoods schmieriger Laufbursche Elvis stolzierte mit einer brennenden Selbstgedrehten zwischen den Laufbändern herein, als gehöre ihm der Laden, oder würde ihm zumindest bald gehören. Ich sah zum Tresen. Daisy sah mich blass vor Angst an. Ich wollte lieber nicht wissen, was Elvis zu ihr gesagt hatte, als sie versucht hatte, ihn am Betreten des Studios zu hindern.

Elvis blieb vor einem Laufband stehen, wo Pam, eine unserer Stammkundinnen, lief. Grinsend beobachtete er, wie ihre Brüste hüpften, und klopfte die Asche von seiner Zigarette auf den Boden.

Ich trat hinter ihn, nahm ihm den Stummel aus der Hand und, als er sich umdrehte, drückte ich ihn am Aufschlag seiner Lederjacke aus.

»Rauchen verboten«, erklärte ich und hielt ihm den zerdrückten Stummel hin. Er ignorierte ihn.

»Netter Laden hier«, sagte er und sah wieder zu Pam, die mittlerweile hochrot war, und das nicht von der Anstrengung. »Ist er versichert?«

Subtil war er nicht gerade.

»Zutritt nur für Mitglieder«, sagte ich. »Und ich glaube nicht, dass Sie den Eignungstest bestehen würden.«

Delroy kam aus dem Umkleideraum, und als er mich mit Elvis sprechen sah, blieb er stehen und erstarrte, als fürchte er, ich würde ihn zu ihm schicken.

»Mr Sherwood lässt grüßen.« Elvis grinste mich an, als ob ich vergessen haben könnte, für wen er arbeitete. Seine Zähne waren ebenso kränklich gelb wie seine Finger.

»Richten Sie ihm aus, er kann das nächste Mal eine Postkarte schicken«, sagte ich. »Ich sehe ihn morgen, wie verabredet.«

»Heute«, widersprach er. Hatte ich vielleicht geblinzelt? Sherwood hatte doch sicher noch nicht gehört, dass Nicky mir das Geld geklaut hat? »Und zwar jetzt«, fügte er hinzu.

»Ich bin beschäftigt«, widersprach ich. Ich brauchte Zeit, um zum Büro der Anwaltskammer zu gehen und meinen Regressanspruch zu stellen. Ich hatte keine Lust, bei Sherwood mit einem Schuldschein aufzutauchen. Außerdem wollte ich nicht jedes Mal springen, wenn er mit den Fingern schnippte. Andererseits wollte ich auch nicht den Anschein erwecken, als ginge ich ihm aus dem Weg. »Ich sehe ihn um vier.«

Elvis zuckte mit den Achseln, als interessiere ihn das einen Dreck, hustete, räusperte sich und spuckte auf den Boden. Dann machte er auf dem Absatz kehrt und ging. Als er an Delroy vorbeikam, nickte er ihm fröhlich zu, als seien sie beste Kumpel, ging jedoch weiter. Ich ging den blutigen Mopp holen.

»Finn?«, fragte Delroy. »Was zum Teufel hast du denn jetzt vor?«

»Mach dir keine Sorgen«, sagte ich nur. Das würde auch nichts nutzen.

»Ich habe Ihnen dieses Formular ausgedruckt«, erklärte der hilfsbereite Angestellte bei der Regulierungsstelle der Anwaltskammer. Er sah jünger aus als ich und sein Nadelstreifenanzug schien ihm zu groß zu sein. Sein großer Kopf wackelte auf seinem mageren Hals wie bei den Wackeldackeln, die man auf der Kofferraumablage von alten Omas mit komischen Hüten sieht.

Ich nahm das Formular. Ich hasste Formulare, obwohl dieses wenigstens nicht ganz so dicht mit irgendwelchem Geschreibsel zugekleistert war wie das, was Nicky mir immer unter die Nase gehalten hatte. Die Art, wie ich es hielt, machte meinen Widerwillen wohl offensichtlich, denn der Angestellte beruhigte mich: »Es ist nur sechs Seiten lang und davon sind drei Seiten allgemeine Angaben. Sie wissen schon, Herkunft, Religionszugehörigkeit, so etwas – das ist nicht unbedingt wichtig.«

»Und wie lange dauert es, um die Entschädigung zu bekommen?«

Ich versuchte, ihn nicht direkt anzusehen, weil in seinem Gesicht die Pickel nur so blühten, doch ich sah, wie er stolz grinste: »Wir versuchen, unsere Fälle normalerweise innerhalb von dreißig Tagen zu bearbeiten. Es sei denn, es ist kompliziert. Aber so wie Sie es geschildert haben, scheint mir das nicht der Fall zu sein.«

»Dreißig Tage?« Er schien die Verzweiflung in meiner Stimme nicht zu hören.

»Wenn Sie es gleich ausfüllen, werde ich es direkt einreichen. Brauchen Sie einen Stift?«

Ich ignorierte seine Akne und starrte ihn an. Ob es wohl Sinn machte, ihm zu erklären, dass ich in dreißig Tagen wahrscheinlich vom Hals an in Gips stecken und meine Mahlzeiten mit einem Strohhalm einnehmen würde?

»Sie können das Formular auch mit nach Hause nehmen, wenn Sie wollen.«

Ein paar Straßen weiter in Nickys Bürogebäude versuchte die Rezeptionistin, mir weiszumachen, dass die Kanzlei *Hale & Vora* geschlossen sei, doch davon ließ ich mich nicht beirren. Ich konnte Vora in einem Raum im Hintergrund sehen, wo er einen Haufen Papiere kopierte, und bestand darauf, ihn zu sprechen. Vielleicht war die Rezeptionistin zu genervt, um mich daran zu hindern, weil Nicky verschwunden war, ohne ihre Rechnungen zu bezahlen, auf jeden Fall ließ sie mich durch.

Vielleicht wollte Nicky nicht, dass ich sie fand, und vielleicht glaubte sie, dass ich mein Geld zurückbekommen würde. Vielleicht war auch jemand hinter ihr her gewesen. Aber auf jeden Fall wollte ich wissen, was los war, und das bedeutete, dass ich alle Spuren verfolgen musste, die ich finden konnte.

Vora sah mich ängstlich an, als ich eintrat. Er schien mir weniger panisch als bei unserem letzten Treffen und hatte ein wenig zu seinem Stil zurückgefunden, doch seine Haut wirkte grau vor Stress und er sah müde und alt aus. Er tat mir leid, bis mir einfiel, dass er sich aus der Firma zurückgezogen hatte, als sie noch solvent war. Wahrscheinlich mit einer großzügigen Pension.

»Ich war gerade bei der Anwaltskammer und der Regulierungsstelle«, verkündete ich.

Er nickte resigniert.

»Sie sollten die Entschädigung bekommen, Finn«, sagte er. »Das ist ein klarer Fall.«

»Tatsächlich?«

»Ich weiß nicht, was Sie meinen.«

»Glauben Sie wirklich, dass Nicky sich aus dem Staub machen würde?«

»Letzte Woche noch hätte ich das nie geglaubt, nein.«

»Wussten Sie, das sie Todesdrohungen erhalten hat? Per E-Mail?«

»Ja, davon wusste ich. Sie war auf Twitter und auch auf Facebook, aber die Beschimpfungen wurden so heftig, dass sie das aufgegeben hat. So etwas passiert, vor allem Frauen.«

»Warum hat sie es nicht angezeigt?«

»Das hat sie ja, aber es hat nichts gebracht.«

»Und sie hat nie herausgefunden, wer dahintersteckte?«

»Irgendein Idiot. Man darf diesen Irren nicht antworten – und sie hat es nie ernst genommen.«

»Vielleicht hätte sie das tun sollen.«

Vora dachte darüber nach, was das bedeutete, und runzelte die Stirn.

»An was für Fällen arbeitete sie?«

»Meist war sie mit Firmenangelegenheiten beschäftigt, keine großen Sachen oder große Streitigkeiten. Allerdings hatte sie ein paar persönliche Klienten wie Sie …«

»Besteht die Möglichkeit, dass Sie mir die Kontaktdaten dieser anderen Klienten geben?«

»Das wäre unethisch. Unprofessionell. Man könnte mich hinauswerfen …«

»Na und? Ich dachte, Sie wären in Rente.«

Vora strich sich über die Stirn und schien mit jeder Minute zu altern.

»Schauen Sie, ich bin nicht davon überzeugt, dass sich Nicky mit meinem Geld aus dem Staub gemacht hat, und ich glaube, Sie auch nicht«, fuhr ich fort. »Wenn das stimmt, muss ihr etwas zugestoßen sein, was wahrscheinlich mit einem Fall zu tun hat, an dem sie gearbeitet hat. Ich muss nur in ihr Büro und einen Blick auf ihre Korrespondenz werfen …« Allerdings wäre das bei meiner Lesegeschwindigkeit auch das Einzige, was ich tun könnte, dachte ich.

Vora nagte an seiner Lippe, hin- und hergerissen zwischen der Entscheidung, das Legale oder das Richtige zu tun.

»Sie müssen nicht in ihr Büro«, sagte er schließlich. Er sah durch die Glaswand zur Rezeption, doch niemand beobachtete uns. »Ich kopiere gerade ihre Akten, damit ich ihre Klienten an andere Kanzleien verweisen kann. Die Polizei wird die Originale sehen wollen, aber die hier ...« Er nahm die Kopien, die er gerade auf den Tisch gelegt hatte, und ließ sie in zwei Aktenmappen fallen. »Die werde ich wohl noch einmal kopieren müssen«, meinte er. »Aber erwähnen Sie nicht meinen Namen. Ich habe keine Ahnung, wie Sie daran gekommen sind, klar?«

Es standen ein paar leere Kartons herum, in denen wohl Kopierpapier gewesen war. Vora ließ die Mappen zuschnappen und reichte sie mir und ich packte sie in den Karton.

»Viel Glück«, wünschte mir Vora.

»Ich werde sie finden«, versprach ich. »Oder zumindest finde ich heraus, was mit ihr passiert ist.«

»Wenn ihr etwas zugestoßen ist ....«, meinte Vora zögernd, »... dann passen Sie auf, dass es nicht auch Ihnen zustößt.«

Es waren nur juristische Unterlagen, doch das Gewicht der Akten riss mir fast die Arme aus den Gelenken, bis ich zur U-Bahn kam und den Karton endlich auf meinen Schoß stellen konnte. Der Wagen rumpelte und holperte und schwankte Richtung Westen und die anderen

Fahrgäste spielten an ihren Smartphones oder starrten in die Luft, während ich in die Kiste spähte.

In der Schule hatte man irgendwann eine Legasthenie bei mir festgestellt, doch bevor man Spezialunterricht für mich organisieren konnte, war ich wegen Prügeleien hinausgeworfen worden … und weil ich gedealt hatte und wegen Sachbeschädigung. Es gab Kurse für Erwachsene, die ich besuchen konnte, aber ich kam nie dazu, weil ich mich erstens nicht aufraffen konnte und es mir außerdem zu peinlich war. Jetzt wünschte ich mir, ich hätte meinen Stolz heruntergeschluckt, denn ich würde Monate brauchen, um das alles zu lesen. Ich hatte Sherwoods Geld nicht, und ich hatte kaum noch Zeit, den Karton im Studio abzustellen, bevor ich zu meiner Verabredung in diesem Plüschbordell von einem Büro bei der alten Billard-Halle musste. Ich ging meine Optionen durch: Ich konnte Sherwood sagen, dass ich mehr Zeit brauchte, ich konnte ihm sagen, er solle zur Hölle fahren, oder ich konnte Nickys Beispiel folgen und verschwinden … bei allen drei Möglichkeiten blieben Delroy und Winnie in der Schusslinie.

Ich hatte keine Optionen.

Sean, der Kleiderschrank, grinste, als er mich an der Tür vor dem Büro von Sherwood stehen sah, als wüsste er etwas, was ich nicht wusste. Ich betrachtete den blauen Fleck auf seinem Gesicht.

»Sieht man kaum noch«, bemerkte ich. »Haben Sie etwa ein wenig Puder aufgetragen?«

Sein Grinsen verkümmerte zu einem trotzigen Blick, und er trat beiseite, um mich die Treppe zuerst hinaufgehen zu lassen. Vor Sherwoods Büro langte er an mir vorbei, um die Tür aufzumachen – ohne zu klopfen dieses Mal, und ich fragte mich, warum, bis ich feststellte, dass Sherwood nicht hinter seinem großen Schreibtisch saß. Doch Elvis war da und saß wie eine zahme Eidechse in derselben Ecke wie zuvor. Er sagte nichts, sondern sah mich nur an, und ich schätzte, dass das ein weiteres von Sherwoods Spielchen war.

Meine Mutter hatte mich im Alter von acht Jahren mal zu einem Zahnarzt gebracht, um mir einen Zahn ziehen zu lassen. Ich wusste, dass es schmerzhaft werden würde, und wollte es hinter mich bringen, doch dieser besondere Mistkerl von einem Zahnarzt schien sich einen Spaß daraus zu machen, die Vorfreude bis ins Unerträgliche zu verlängern. Ich hatte gefühlte eineinhalb Tage auf dem gepolsterten Stuhl gewartet und ein Regal voller Gaszylinder und eine zweifelhaft aussehende Chemieflasche mit einem langen durchsichtigen Schlauch betrachtet, der zu einer Maske führte, während Mum versuchte, mich mit dummen Fragen über mein Lieblings-Videospiel abzulenken. Genau an diese Situation musste ich jetzt denken.

Man zollte mir schon weniger Respekt als bei meinem letzten Besuch. Sherwood wusste, dass etwas im Busch war.

»Flynn, hallo«, sagte Sherwood, der durch einer Tür in einer Nische hinter seinem Schreibtisch hereinkam und sich seine Jacke anzog. Er trug einen anderen Anzug, genauso elegant geschnitten wie der erste. Ich konnte mir nicht vorstellen, dass er in seinem Geschäft zu vielen Vorstandssitzungen oder TV-Interviews musste, daher ging es bei seinen Anzügen wohl eher um Image. Er wollte aussehen wie ein legitimer Geschäftsmann, der er keineswegs war. »Dean, sei so gut und hol mir einen Kaffee.«

Elvis schniefte und ging. Er hieß also Dean? Vielleicht ahmte er diesen alten Filmstar James Dean nach – obwohl sie außer dem Schmollen, der Tolle und der undeutlichen Aussprache nichts gemein hatten.

Sherwood hatte meinen Namen falsch gesagt und mir bewußt nichts zu trinken angeboten – mit den albernen Beleidigungen wollte er mich ärgern. Mit acht hatte ich versucht, dem Arzt die Zange wegzunehmen und es selbst zu erledigen. Dazu hatte ich im Moment auch Lust.

»Ich habe das Geld nicht, Mr Sherwood. Und ich werde es bis morgen auch nicht bekommen.«

»Aha«, machte Sherwood. Er klang enttäuscht, dass ich sein Vorspiel abgekürzt hatte.

»Meine Anwältin ist verschwunden und sie hatte Zugriff auf meine Konten.«

»So etwas habe ich noch nicht gehört«, stellte Sherwood fest. »Aber warum genau ist das mein Problem?«

Ich nahm meine Brieftasche hervor, holte die Geldkarte aus ihrem Fach und reichte sie Sherwood. Er sah sie an, als hätte ihm sein neues Kätzchen eine halbvergammelte Ratte aus dem Garten mitgebracht.

»Auf diesem Konto sind fast neuntausend Pfund«, erklärte ich.

»Fast neuntausend?«

»Achteinhalb«, gab ich zu. Nicky hatte es für mich eingerichtet, damit ich immer an Bargeld kam, und ich hatte kaum je mehr als vierzig Pfund die Woche abgehoben – ich hasste es, mehr als das in meiner Brieftasche zu haben. Ich fragte mich, warum sie dieses Konto nicht auch leer geräumt hatte. Aber sie war ja in Eile gewesen. »Die PIN lautet sechs-sieben-vier-drei.«

»Und jetzt erwartest du, dass ich zu einem Geldautomaten an einem Supermarkt gehe und mich in die Schlange stelle, um an das Geld zu kommen, das du mir schuldest. Ist es so?«

»Ich würde Ihnen ja alles geben, aber meine Anwältin muss die Schecks gegenzeichnen.«

»Und was sollte dich daran hindern, die Bank anzurufen und die Karte sperren zu lassen?«

»Das werde ich nicht tun. Ich bin doch nicht blöd.«

»Tatsächlich? Denn ich habe da einen ganz anderen Eindruck.«

Elvis – oder Dean – kicherte. Er war leise hinter mir hereingekommen und stellte eine Porzellantasse mit Kaffee auf Sherwoods Tisch, wobei er ein wenig Kaffee auf die Untertasse verschüttete. Als Kellner taugte er nicht viel. Ich steckte die Geldkarte wieder in die Brieftasche. So viel dazu.

»Du bist in mein Büro gekommen, Flynn«, sagte Sherwood. »Du hast mir ein Geschäft vorgeschlagen, das ich angenommen habe, und jetzt, nur einen Tag später, bietest du mir einen Bruchteil dessen an, auf was ich einen Anspruch habe?«

»Mehr kann ich nicht tun.«

»Das glaube ich nicht. Streng dich an.«

Ich wollte ihm schon von dem Regulierungsfonds erzählen und dass ich ihm das Geld in ein paar Wochen bezahlen konnte, doch ich erkannte, dass es nutzlos wäre, sich zu entschuldigen und zu verhandeln, und wenn man schwach war, war es nie gut, es zu zeigen.

»Sagen Sie mir doch einfach, was Sie wollen«, schlug ich vor.

»Ich will das Geld, das du mir schuldest.«

»Dann werden Sie warten müssen.«

»Vielleicht werde ich ja schon alt«, meinte Sherwood, »aber ich lasse mir nicht gerne von vorlauten Teenagern sagen, was ich zu tun habe.« Sein Zorn war nicht gespielt, und irgendwie war ich froh, dass ich endlich zu ihm durchgedrungen war. »Du musst mich für einen Idioten gehalten haben, als du hierhergekommen und dich mit deinem Freund, dem Guvnor, gebrüstet hast, und dass er auf dich aufpasst.«

»Ich habe McGovern nie erwähnt«, berichtigte ich ihn. »Das waren Sie.«

Das stimmte zwar, aber Sherwood gefiel es gar nicht, dass ich ihn darauf aufmerksam machte.

»Wen interessiert das?«, schrie er. Er erwartete wohl, dass ich zurückzuckte, doch ich war schon früher angeschrien worden, und zwar von Leuten, die wesentlich furchterregender waren als Sherwood. Da er sah, dass es nicht die gewünschte Wirkung hatte, wenn er die Beherrschung verlor, riss er sich zusammen und begann stattdessen zu grinsen. »Mit deinem Freund McGovern ist es aus«, sagte er. »Er ist Geschichte. Seine bestochenen Bullen sind geschnappt worden und die Abteilung für organisiertes Verbrechen steckt ihm so tief im Arsch, dass sie seine Gedanken lesen können.«

Das hatte er falsch verstanden. Der bestochene Polizist hatte sich gegen den Guvnor gewendet und war erschossen worden. Ich wusste das, denn ich war dabei gewesen, aber jetzt war nicht der Zeitpunkt, Haarspaltereien zu betreiben.

»McGovern hat sich nach Sibirien oder sonst wohin verpisst und er wird nicht wiederkommen«, höhnte Sherwood. »Jetzt regieren andere Leute. Schon mal was vom *Türken* gehört?«

»Von wem?«, fragte ich.

»Habe ich mir gedacht«, grinste Sherwood, erfreut, mehr zu wissen als ich. Er lehnte sich in seinem teuren Ledersessel zurück. »Okay, du willst die Bedingungen für deinen Kredit neu verhandeln.«

Mir fiel auf, dass er nicht mehr von Delroys Kredit sprach, und ich hatte das Gefühl, dass die Verhandlungen ein wenig einseitig verlaufen würden. »Dean hat mir erzählt, dass du ein Fitnessstudio betreibst. Bringt das Geld ein?«

»Wir kommen zurecht«, erwiderte ich.

»Hast du die Räume gekauft oder gemietet?«

Ich wusste, was Sherwood hören wollte.

»Sie gehören mir«, log ich. Vielleicht hatte er gehört, dass Nicky verschwunden war, aber er wusste nicht, dass sie abgehauen war, bevor ich die Eigentumsrechte an dem Gebäude erwerben konnte, sonst hätte er nicht gefragt.

»Auf wen lauten die Grundbucheintragungen?«

»Auf mich«, log ich weiter.

»Nun dann, sagen wir dreitausend im Monat, zwei Jahre lang, und dein Laden dient als Sicherheit«, verkündete Sherwood. »Bring Montag die Grundstücksurkunde mit, dann arbeiten wir die Papiere aus.«

»Ich habe keinen Anwalt mehr.«

»Kein Problem«, lächelte er. »Meiner kümmert sich um die Papiere. Gehört alles zum Service.«

Die Zahlungen würde ich mir nie leisten können, das war mir klar, aber genauso wollte Sherwood es. Er hatte kein Interesse an einem Fitnessstudio – er war nicht der Typ, der morgens um fünf aufstand, um Böden zu wischen, und ich bezweifelte, dass er es Dean tun lassen würde. Er würde den Laden schließen, das Gebäude entkernen, Eigentumswohnungen einrichten und verkaufen und den Profit einstreichen. Das würde zwar nicht passieren, da mir das Haus nicht gehörte, aber das musste er ja nicht gerade jetzt erfahren.

Die Lüge verschaffte mir etwas Zeit, um nachzudenken. Im Moment war es wichtig, so zu tun, als zögerte ich.

»Das Geschäft gehört mir und Delroy zusammen. Ich muss das erst mit ihm besprechen.«

»Was gibt es da zu besprechen? Sag es ihm einfach. Er hat dich schließlich da hineingezogen.«

»Das ist nicht nur mein Geschäft, das ist auch mein Zuhause«, protestierte ich. »Wenn Sie es übernehmen, wo soll ich dann denn wohnen?«

»Solange du pünktlich zahlst, ist das kein Problem«, bemerkte Sherwood. »Und wenn es nicht klappt, kannst du dich ja nach Russland verpissen und es dir von McGovern leihen.« Er nickte zu Dean hinüber, der zur Tür schlich und sie aufmachte.

»Kennen Sie eigentlich Nicky Hale?«, fragte ich.

Sherwood blinzelte, als ärgerte er sich, dass ich das Thema wechselte.

»Nie von ihm gehört«, sagte er.

Die Tür zu Sherwoods Büro knallte hinter mir zu, und ich stellte den Kragen auf, um mich vor dem Regen zu schützen. Es war sowieso ein Schuss ins Dunkle gewesen. Sicherlich würde Sherwood von Nickys Verschwinden profitieren, aber er war nur ein kleiner Gauner, ein brutaler Schwindler – ich konnte mir nicht vorstellen, dass er eine Anwältin entführen würde, nur um mein schäbiges kleines Fitnessstudio in die Finger zu bekommen.

Wer war dann dieser neue Mann, der *Türke?* Sherwood hatte nicht nur von ihm gehört – dem selbstzufriedenen Lächeln nach, mit dem er den Spitznamen hatte fallen lassen, hatte er mit ihm gesprochen. Mir schien es nicht sehr klug für einen kleinen Fisch wie Sherwood, sich mit den Namen der großen Haie zu brüsten. Aber das war seine Sache, fand ich, und es wurde höchste Zeit, dass ich mich um meine kümmerte.

Zunächst musste ich Delroy alles beichten. Wenn es im Ring unangenehm wurde, hatte ich mich immer sicherer gefühlt, ihn in meiner Ecke zu wissen, damit er mir den Schweiß abwischen, die Wunden versorgen und mir sagen konnte, was ich falsch machte. Wenn er keinen Rat wusste, pflegte er mich anzuschnauzen, mich aufzustacheln und mich wütend zu machen, und das funktionierte ebenfalls. Ich konnte nur hoffen, dass er dieses Mal nicht mit mir in den Ring gezerrt werden würde.

VIER

»Was hast du jetzt vor?«, fragte Delroy, während wir die Sparringausrüstung des Studios in der ruhigen Zeit vor dem abendlichen Ansturm reinigten.

»Solange wir die Zahlungen hinkriegen, kann ich ihn wohl bei Laune halten«, meinte ich.

»Und wie sollen wir das schaffen? So viel Umsatz machen wir nicht.«

»Fürs Erste werde ich es auslegen«, erklärte ich. Das Geld, das Nicky nicht mitgenommen hatte, würde Sherwood ein oder zwei Monate lang ruhigstellen. Ich merkte, dass Delroy widersprechen wollte, aber dann nickte er nur. Mit so etwas kannte er sich nicht aus, merkte ich, und er war schwach und krank und müde. Wieder einmal schämte ich mich, dass ich ihn in die Angelegenheit mit hineingezogen hatte.

Delroy hängte den letzten Helm an einen Haken zum Trocknen.

»Oh ja«, fiel ihm plötzlich ein. »Du hast Besuch.« Ich

sah mich um. »Sie ist oben.« Normalerweise erwartete ich, Neuigkeiten wie diese mit einem dreckigen Grinsen überbracht zu bekommen, aber er sah nur grimmig drein, sodass ich sofort wusste, um wen es sich handelte.

Susan Horsfall saß auf meinem zerrissenen Vinylsofa und las. Meine getragenen T-Shirts hatte sie über die Lehne gehängt und – wie ich peinlich berührt feststellte – meine dreckige Unterwäsche vom Boden aufgesammelt und in die Mülltüte geworfen, in der ich die Schmutzwäsche sammelte.

»Fühlen Sie sich wie zu Hause«, sagte ich.

Erschrocken sah sie auf und lachte ein wenig nervös.

»Hi, Finn. Tut mir leid – dein Freund Delroy hat mich nach oben geschickt, und ich dachte, dass du hier sein oder zumindest bald zurück sein würdest. Es gab nicht viel zu lesen außer dem hier ...« Sie hielt eine der Fallakten hoch, die ich aus Nickys Büro hatte. »Wie bist du denn darangekommen?«

»Das sind die Akten von Nickys anderen Klienten«, wich ich mit Rücksicht auf Vora aus. Ich fand, es sei nicht der Zeitpunkt, zu erklären, warum auf meinem Nachttisch keine Zeitschriften und Romane lagen.

»Du glaubst wirklich nicht, dass sie durchgebrannt ist, sondern dass ihr etwas passiert sein könnte?«

»Sie doch offensichtlich auch nicht«, meinte ich. »Sonst wären Sie nicht hier.«

Sie war nicht so selbstbewusst wie das letzte Mal, und sie schien besorgt und ein wenig beschämt.

»Letzte Nacht konnte ich nicht schlafen«, verkündete sie. »Ich musste immer denken, was ist, wenn er recht hat? Es wäre so viel einfacher, zu glauben, dass sie weggelaufen ist, dass sie irgendwo in Sicherheit ist und das Geld von jemand anderem verprasst, als ...«

»... was auch immer die Alternative sein mag«, ergänzte ich.

»Nicky und ich sind nicht immer gut miteinander ausgekommen«, erzählte Susan. »Ich meine, wir haben in unserer Kindheit eine Menge Mist durchgemacht und einiges davon war meine Schuld. Doch der Gedanke daran, dass sie jemand entführt hat und vielleicht gefangen hält und niemand auch nur davon weiß ... das ist schrecklich. So etwas würde ich niemandem wünschen ... nicht einmal meiner blöden Schwester.«

Ich sah, dass sie die Stimmung mit einem albernen Witzchen auflockern wollte, doch es funktionierte nicht. Sie musste schlucken und die Papiere in ihren Händen zitterten.

»Wenn Sie etwas tun wollen, dann helfen Sie mir«, schlug ich vor.

»Wie?«

»Sie könnten mir sagen, was in diesen Akten steht. Ich bin nicht der schnellste Leser.«

»Glaubst du, einer ihrer Klienten hat etwas mit ihrem Verschwinden zu tun?«

»Ich habe keine Ahnung«, erwiderte ich. »Ich schüttle nur mal jeden Baum und schaue, was herunterfällt.«

Sie wandte sich wieder den beiden Mappen zu.

»Soweit ich das sehe, hatte sie nur zwei persönliche Klienten«, sagte sie. »Joan Bisham und Jeremy Zeto.«

»Wer ist Joan Bisham?«

»Eine Bauunternehmerin, die wegen Versicherungsbetrugs angeklagt ist. Ein Gebäude, das ihre Firma gekauft hatte – ein Pub –, ist auf mysteriöse Weise abgebrannt, mit zwei Obdachlosen darin. Einer von ihnen ist im Feuer umgekommen, ein gewisser Leslie hat überlebt.«

Sie reichte mir die Kopie eines Artikels, der offenbar aus einer Lokalzeitung stammte. Auf dem Bild war ein Mann in den Dreißigern zu sehen, dessen Gesicht stark bandagiert war.

»Betrug? Warum hat man sie nicht wegen versuchten Mordes drangekriegt?«

»Ihr Mann ist für die Brandstiftung verurteilt worden. Die Versicherung glaubt, dass sie dahintersteckt. Die Verhandlung ist in etwa einer Woche.«

»Was ist mit der anderen Akte?«

»Zeto? Das ist nicht viel. Ein Pfarrer, der betrunken Auto gefahren ist.«

»So viel Papierkram für einen betrunkenen Fahrer?«

»Nicky hat sich, wie es scheint, ordentlich in die Verteidigung gekniet. Zeugenaussagen … psychiatrische Gutachten …«

»Lassen Sie mich mal sehen.« Ich streckte die Hand

aus und sie reichte mir den Bericht. Wie erwartet handelte es sich um einen unverständlichen Jargon, aber zumindest nicht viel davon – der Bericht war nur zwei Seiten lang. Vielleicht zahlte Zeto selbst für seine Verteidigung und konnte sich nicht mehr leisten. Ich sah die restlichen Papiere in der Kiste durch. Sie bestanden aus etwa einem Dutzend Zeugenaussagen, die so eng und klein geschrieben waren, dass mir schon vom Ansehen die Augen wehtaten. Was hatte Nicky vorgehabt – die Anklage mit einem Wortschwall zu ersticken?

Unter dem Stapel lag ein Ausdruck eines Fotos, das die Vergrößerung eines Bildes von einer Webseite zu sein schien und einen kräftig gebauten Mann in einem billigen Anzug zeigte, dessen Hängebacken ihm über den Kragen hingen. Ein Cop, das erkannte ich sofort, wahrscheinlich an der Art, wie er mir stirnrunzelnd und misstrauisch mit dem Blick durch den Raum zu folgen schien. Er lächelte fade, als ob die Presseabteilung der Polizei ihm während der Aufnahme eine Pistole an die Nieren gehalten hätte.

»Wer ist denn dieser Versager?«, fragte ich.

»Der Beamte, der den Fall bearbeitet, glaube ich.«

Ich drehte das Foto um. Auf der Rückseite stand in Nickys Handschrift: *DS Ian* … irgendwas.

»Können Sie Nickys Handschrift entziffern?«, fragte ich so beiläufig wie möglich.

Susan warf einen Blick darauf. »DS Ian Lovegrove«, las sie vor. »North Metropolitan Police, Verkehrsabteilung.

Hier steht auch eine Telefonnummer, aber keine E-Mail-Adresse … Wofür hältst du das hier?« Sie hielt ein kleines schwarzes Stück Plastik hoch – eine Speicherkarte. Sie musste lose in der Mappe gelegen haben, als Vora die Kopien hineingestopft hatte.

»Stecken wir sie einmal in den PC und sehen sie uns an«, schlug ich vor.

Mein alter Dell kam keuchend in Fahrt, und nachdem wir eine Ewigkeit gewartet hatten, flackerte endlich der Bildschirm auf. Ich klickte auf das Icon für die SD-Karte, und dann warteten wir noch einmal genauso lange, bis sich das Fenster öffnete. Ich wünschte, ich hätte mir einen neuen PC gekauft, solange ich noch das Geld dazu hatte.

Es befand sich nur eine Datei auf der Karte, ein Video. Ich klickte darauf und spürte, wie mir Susan über die Schulter sah. Sie benutzte die gleiche parfümierte Seife wie Nicky, bemerkte ich und verspürte insgeheim ein kurzes Verlangen.

Das Video war schwarz-weiß und grobkörnig. Die Kamera war hinter einer Windschutzscheibe angebracht und zeichnete offensichtlich eine Fahrt auf einer anonymen nächtlichen Autobahn auf. In der Ecke flackerten weiße Zahlen – Uhrzeit und Datum – vermutete ich. Der Blickwinkel schien ziemlich hoch zu sein, was darauf schließen ließ, dass sich die Kamera in einem Bus oder Laster befand, der auf der mittleren Spur fuhr, auf der einen Seite Laster und Wohnwagen überholte und auf der anderen von Limousinen und Geländewagen mit überhöhter Geschwindigkeit überholt wurde. Heutzutage hatten viele Laster Kameras an Bord, die wie Black-Box-Flugschreiber wirkten und Bilder aufzeichneten, die man nutzen konnte, falls es zu einem Unfall kam. Die Zahl in einer Ecke des Bildes flackerte zwischen 64 und 65 – wahrscheinlich die Geschwindigkeit des Lasters. Ich achtete auf die Überholspur rechts und erwartete, dort den teuflischen Pfarrer in rasender Fahrt zu sehen, als plötzlich in der Mitte des Bildschirms eine Konstellation von Bremslichtern aufleuchtete, aufblitzte, sich verschob und hin und her schwankte.

Zetos alter kleiner Kombi überholte den Laster nicht – er kam ihm mit Höchstgeschwindigkeit auf der falschen Seite der Autobahn direkt entgegen, auf der mittleren Spur. Ich hatte ja schon gehört, dass Gottes Wege wundersam sein sollten, aber wie er es geschafft hatte, dass Zeto sich selbst und zwanzig andere Fahrer *nicht* umbrachte, war mir absolut schleierhaft. Der Laster mit der Kamera bremste scharf ab, während die Autos vor ihm ebenfalls bremsten, ausbrachen, ins Schleudern gerieten und ineinander krachten, um Zeto auszuweichen. Schließlich prallte ein weißer Lieferwagen, der keine Ausweichmöglichkeit mehr hatte, nicht ganz frontal in Zetos Auto, schob ihn auf die Mittelleitplanke und ließ ihn mit einem Rad dort oben hängen, während der Lieferwagen holpernd und stockend hinter einem Haufen verbeulter, zerschrammter Autos zum Stehen kam. Auch der Laster mit der Kamera hatte angehalten, und das Video zeigte benommene Fahrer, die wie betäubt aus ihren Autos stiegen. Dann erstarrte das Bild, brach ab und wir sahen nur noch Schnee.

»Oh Mann«, keuchte ich. »Damit könnten wir auf YouTube ein Vermögen machen.«

»Finn, das ist Beweismaterial in einem Gerichtsfall«, mahnte Susan. »Das sollten wir uns nicht einmal ansehen.«

»Entspannen Sie sich«, erwiderte ich. »Ich gebe es zurück. Sobald ich es kopiert habe.« Ich klickte auf die Datei und zog sie auf den Desktop. Ächzend und surrend begann der Rechner, das Video zu kopieren. Wahrscheinlich würde er nur die halbe Nacht dafür brauchen, schätzte ich. »Wie viel Messwein muss man denn intus haben, um so einen Stunt abzuziehen?«, fragte ich Susan, die sich gerade einen weiteren gedruckten Bericht ansah.

»Etwa eine Kiste, schätze ich«, meinte sie. »Aber hier steht, dass sein Bluttest noch bestätigt werden muss.« Sie stand auf und stieß sich prompt den Kopf an der niedrigen Decke an.

»Vorsicht, die Decke ist sehr niedrig«, warnte ich.

»Wie zum Teufel kommst du hier klar?«, erkundigte sie sich und rieb sich die Beule. »Du bist doch sicher eins neunzig groß?«

»Ich bewege mich normalerweise auf allen vieren voran«, erklärte ich.

Susan schob die Akte wieder in die Mappe. »Ich weiß nicht, wie dieser verrückte Pfarrer etwas mit Nickys Verschwinden zu tun haben soll.«

»Ich im Augenblick auch nicht«, gab ich zu. »Aber ich würde ihn gerne finden und fragen.«

»Und was ist mit Nickys Handy?«

»Was soll damit sein?«

»Hast du es noch?«

»Warum?«

»Sollten wir das nicht der Polizei zeigen?«

»Wenn ich damit fertig bin«, erklärte ich.

»Aber die müssen doch von diesen Droh-Nachrichten erfahren.«

»Das wissen sie schon«, sagte ich.

Das stimmte auch, denn nach Voras Worten hatte Nicky ihnen davon erzählt. Wie ich allerdings die Cops kannte, würden sie da nie eine Verbindung ziehen. Sie hatten Nickys Beschwerde ganz hinten in einen Aktenschrank gepackt und vergessen. Wenn ich die Wahrheit herausfinden wollte, dann musste ich es selbst tun – und es nicht einem Haufen uniformierter Aktenschieber überlassen, bei denen eine Tasse Tee und ein Keks höchste Priorität hatten.

»Du hast Nicky gemocht, nicht wahr?«, erkundigte sich Susan.

»Sie war eine Freundin«, antwortete ich. »Ist.«

»Ich hatte den Eindruck, es war mehr.«

Ich wollte nicht lügen, aber da ich nicht wusste, was die Wahrheit war, schwieg ich lieber.

»Du gehst ein großes Risiko für sie ein. Du manipulierst Beweise. Man könnte uns sogar dafür verurteilen.«

»Vielleicht. Wenn es die Cops je herausfinden.« Ich

sah sie an und sie lachte. Sie ähnelte Nicky so sehr, dass ich das Gefühl hatte, sie schon seit Monaten zu kennen und nicht erst seit Tagen, und einen Moment lang fragte ich mich, ob sie das mit Absicht tat.

»Ich werde es ihnen nicht sagen«, versprach sie. »Du brauchst meine Hilfe. Und ich werde helfen.«

»Können Sie mir die Adresse dieser brandstiftenden Bauunternehmerin verschaffen?«

Joan Bishams Wohnung lag in einem ruhigen, wohlhabenden Vorort etwa zwanzig Minuten mit dem Bus entfernt. Ich hätte gedacht, ein Bauunternehmer würde irgendwie schick und modern wohnen, vielleicht in einem Architektenhaus, doch da irrte ich mich. Ihr Haus aus bröckelndem roten Backstein war vor nicht allzu langer Zeit in ein Dutzend enger Wohnungen aufgeteilt worden – an einem Teil der Wand stand noch eine grob gemalte 14a und ein Pfeil zeigte nach unten in den Keller. Man konnte zwischen zwei Eingangstüren wählen, daher nahm ich die, die sauberer aussah, und hörte es irgendwo drinnen klingeln. Gleich darauf wurde die Tür von einer gut gekleideten Frau in den Vierzigern mit großen braunen Augen und schulterlangem kastanienroten Haar geöffnet, das die eleganten Ohrringe aus Golddraht und blauen Perlen nicht ganz verdeckte. Wir stutzten einen Moment überrascht, als wir uns erkannten, und mir fiel ein, wo ich sie schon einmal gesehen hatte – bei einem meiner Besuche bei Nicky war sie gerade gegangen, als ich gekommen war.

Ich merkte, dass sie nicht wusste, woher sie mich kannte, und dass es sie nervös und gereizt machte, es nicht zu wissen. Vielleicht war sie aber auch einfach so. Als ich sie das letzte Mal gesehen hatte, hatte sie bitter und enttäuscht ausgesehen. Das tat sie jetzt auch, und die Bitterkeit schien zu einem festen Bestandteil ihres Gesichtes geworden zu sein, was schade war, denn sie sah immer noch ziemlich gut aus.

»Hallo«, begrüßte ich sie mit einem hoffentlich charmanten Lächeln.

Sie sah mich misstrauisch an und fragte sich offensichtlich, ob ich gleich ein religiöses Faltblatt hervorholen und ihr die Ohren mit der Apokalypse vollquasseln würde.

»Kenne ich dich?« Ihre Stimme hatte einen harten Klang.

»Finn Maguire. Wir haben uns im Büro von Nicky Hale getroffen. Ich bin einer ihrer Klienten und versuche, sie zu finden.«

»Hier versteckt sie sich nicht, falls du das glaubst.«

»Ich suche all ihre früheren Klienten auf.«

Ich sah ihr an, dass sie mich für einen Idioten hielt und mir am liebsten die Tür vor der Nase zugeschlagen hätte – hätte sie es nicht genossen, mich zu ärgern.

»Na und? Willst du eine Protestgruppe organisieren, um Schadensersatz zu fordern?«

»Nein, eigentlich nicht.«

»Was dann?«

»Das ist eine lange Geschichte.«

»Tut mir leid, für lange Geschichten habe ich keine Zeit.« Sie trat zurück, um die Tür zu schließen, ohne auch nur einen Anflug jenes oberflächlichen Lächelns, mit dem Leute aus der gehobenen Mittelschicht lästige Vertreter loszuwerden pflegen.

»Ich dachte, es könnte vielleicht etwas mit diesem Obdachlosen zu tun haben«, warf ich ein.

In letzter Sekunde hielt sie die Tür einen Spalt offen und sah mich beunruhigt und wütend an.

»Der, der bei dem Feuer in Ihrem Haus umgekommen ist«, fuhr ich fort, obwohl mir klar war, dass sie genau wusste, was ich meinte. »Oder vielleicht mit dem, dessen Gesicht halb abgefackelt ist. Ich dachte, dass er sich vielleicht rächen wollte.«

»Wieso rächen?«

»Wie gesagt, es ist eine lange Geschichte.«

Bisham führte mich durch ein Labyrinth von Gipskarton-Trennwänden und abblätternder Farbe in eine Küche, dekoriert mit feuchten Stellen und mit Einbauschränken, die so kaputt waren, dass sie nicht mehr schlossen. In ihrem schicken Hosenanzug sah sie hier fehl am Platze aus, und ich fragte mich, wie sie den Schein wahren konnte, wenn sie in einem Haus wohnte, in dem kein Crack-Dealer mit einem Rest von Selbstachtung sein Zeug zusammenbrauen würde.

»Hübsches Haus. Hat Charakter«, bemerkte ich. Mein Versuch, nicht sarkastisch zu klingen, scheiterte kläglich.

»Es ist ein Dreckloch«, erwiderte Bisham. »Aber wenn es saniert ist, bekomme ich mehr dafür, als ich investiert habe.« Sie zündete sich ein Zigarette an und lehnte sich mit vor der knochigen Brust verschränkten Armen an den Küchentresen. Ich war froh, dass sie mir nichts zu trinken anbot, da ich in den Ecken der Küchenzeile Mäuseköttel liegen sah und in den Schränken und im Geschirr weitere vermutete. Vielleicht war mein Wohnklo über dem Studio doch nicht so schlecht.

»Ja, ich bin sicher, es hat eine Menge Potenzial.« Ich wollte nur höflich sein, doch jetzt klang ich wie ein Makler. Bisham schien das auch zu glauben und sie schien Makler genauso zu hassen wie ich.

»Was sagtest du über diesen toten Obdachlosen?«

Ich wusste eigentlich nicht so recht, wohin das führen sollte, und antwortete daher nicht, obwohl ich merkte, dass ihre Geduld erschöpft war. Stattdessen nickte ich zu einer kleinen Kamera, die auf einem der Schränke angebracht war. Neben der Linse leuchtete ein kleines blaues Licht.

»Wie ich sehe, haben Sie eine Überwachungskamera«, stellte ich fest. »Befürchten Sie einen Einbruch?«

»Siehst du etwas, was sich zu stehlen lohnt?« Sie zog tief an ihrer Zigarette.

»Die Kamera?«, scherzte ich schwach.

Bisham klopfte ihre Asche ins Spülbecken, sah mich kalt an und antwortete schließlich: »Das gehört meinem Sohn. Er hat sie hier aufgestellt, damit er sehen kann, ob ich da bin und wann sein Essen fertig ist. Sein Zimmer ist ganz oben. So spare ich es mir, fünf Stockwerke hinaufzusteigen.«

Sie hatte einen Sohn?

»Wie alt ist er denn?«

Ich hoffte, dass ein wenig Small Talk Bisham auftauen könnte – ich dachte, alle Eltern würden gerne mit ihren Kindern angeben, oder sich über sie beschweren, oder beides. Hier schien das nicht der Fall zu sein.

»Ich warte immer noch darauf, die lange Geschichte zu hören.«

»Wussten Sie, dass Nicky Drohungen erhalten hat?«, fragte ich. »Über E-Mail und Twitter?«

Bishams goldene Ohrringe klimperten schwach, als sie mit den Schultern zuckte. »Sie hat nichts gesagt. Hatte das etwas mit meinem Fall zu tun?«

»Schwer zu sagen. Es waren zum großen Teil nur Drohungen.« Äußerst drastische und perverse Drohungen, doch ich wollte nicht ins Detail gehen. Ich hatte etwa fünfzig Nachrichten auf Nickys Telefon gelesen, und als ich aufgegeben hatte, hätte ich mich fast übergeben müssen, und das lag nicht daran, dass ich so angestrengt den winzigen Bildschirm angestarrt hatte. In der Jugendhaft hatte ich ein paar kranke Frauenhasser kennengelernt, aber nicht viele mit so einem Durchhaltevermögen und einem derartigen Vorrat an Schweinereien wie dieser Kerl.

Ich war mir ziemlich sicher, dass es ein Mann war, darauf deutete hin, dass er von der weiblichen Anatomie besessen war. Doch er vermied sorgfältig alle Hinweis, durch die man ihn identifizieren oder vermuten konnte, warum er es auf Nicky abgesehen hatte.

Bisham schnaubte nur. »Dann weiß sie ja, wie das ist.«

»Was?«

»Ich kriege so etwas seit Jahren. Drohungen. Obszönitäten.«

»Seit wie vielen Jahren?«

»Zwei oder drei. Ich habe meine Telefonnummer geändert, meine E-Mail-Adresse, meinen Online-Namen, aber nach ein paar Wochen findet mich derjenige immer wieder. Zuerst hielt ich es für erbärmlich und auch ein wenig amüsant, so wie diese armen alten Spanner im Park. Aber jetzt ...« Sie sog die Luft zwischen den Zähnen ein, und ich glaubte, ein Schaudern erkennen zu können. »Es ist nur ... irgendwann macht es einen fertig.«

»Haben Sie es gemeldet?«

Sie pustete Rauch aus und verdrehte die Augen angesichts meiner Naivität.

»Aber Nicky wusste davon?«

»Ja. Sie hat versucht, den Absender herauszufinden, doch es ist ihr nicht gelungen. Sie sagte mir, ich solle von allen Nachrichten eine Kopie aufheben, damit wir sie als Beweis verwenden konnten. Eine Kopie aufheben! Ich musste keine Kopie aufheben, ich konnte die verdammten Dinger nicht loswerden!«

»Und sie hat nie erwähnt, dass sie auch welche bekam?«

»Nein, aber das überrascht mich nicht. Man kommt

sich wie ein Opfer vor, man ist wütend, hat Angst und fühlt sich hilflos. Nicky hätte das nicht gefallen. Und vielleicht dachte sie, ich würde glauben, ich hätte sie da mit hineingezogen.«

»Sie haben ihr vertraut?«, fragte ich. Plötzlich musste ich wissen, dass ich nicht dumm gewesen war, Nicky zu vertrauen. Ich wollte, dass mich jemand darin unterstützte, und sei es eine verbitterte Frau, die ich kaum kannte und die auf einer abgewrackten Müllhalde wohnte.

Bisham schien die Frage zu überraschen. »Nicky? Ja. Ich habe ihr vertraut.«

»Und Sie haben keine Ahnung, wer Ihnen die Droh-Mails geschickt hat?«

»Oh doch«, lachte sie bitter. »Ich weiß verdammt genau, wer sie schickt. Er sitzt in Dalston und reißt sechs bis zehn Jahre wegen Brandstiftung ab.«

»Wer?«

»Mein Exmann. Früher war er mein Geschäftspartner, als wir noch ein Geschäft hatten. Das ist seine Art, in Verbindung zu bleiben.« Sie drückte ihre Zigarette im Spülbecken aus. »Und diese Idioten von der Versicherung behaupten immer noch, wir würden zusammenarbeiten.«

»Aber wie zum Teufel kann er Droh-Mails vom Gefängnis aus schicken?«

»Tja, das ist von drinnen einfacher als von hier draußen. Die kriegen alles dort. Drogen, Frauen, Waffen. Und sie können alles machen lassen.«

Was könnte Nicky getan haben, um Bishams Mann zu

verärgern?, fragte ich mich. Und würde er wirklich Nicky belästigen, um seine Frau zu treffen?

»Und was hat das alles jetzt mit dem Obdachlosen zu tun, der sich rächen will?«, fragte Bisham, offenbar gereizt, weil ich Löcher in die Luft starrte.

Ich wunderte mich, von was sie redete, bis mir die Geschichte wieder einfiel, die ich ihr an der Tür erzählt hatte.

»Äh, das ist nur eine Theorie«, erwiderte ich. »Ich dachte, dass sich vielleicht ein Kumpel des Typen, der im Feuer umgekommen ist, an Ihnen rächen wollte und sich stattdessen Nicky geschnappt hat.«

»Hast du mit ihm gesprochen?«

»Noch nicht.«

Ich musste so verlegen ausgesehen haben, wie ich mich fühlte.

Bisham warf den nassen Zigarettenstummel Richtung Mülleimer, den sie verfehlte.

»Also hast du mir bislang nur Mist erzählt, stimmt's?«, stellte sie fest.

»Ich versuche nur herauszufinden, was mit Nicky passiert ist«, wollte ich sie beschwichtigen. Doch das funktionierte wohl nicht.

»Wie zum Teufel bist du an meine Adresse gekommen?«

Zu spät fiel mir ein, dass ich mir eine Antwort auf diese Frage hätte ausdenken sollen, bevor ich gekommen war. Ich konnte ihr kaum erzählen, dass ich Nickys Akten und ihr Handy gestohlen hatte.

»Nicky hat mir einen Brief geschickt, der für Sie bestimmt war«, improvisierte ich. »Ich kam nie dazu, ihn zurückzuschicken. Daher habe ich Ihre Adresse.«

»Das ist Quatsch«, fuhr sie mich an. Sie richtete sich auf und stieß den Zeigefinger, auf dem ein rasiermesserscharfer rotlackierter falscher Fingernagel klebte, in Richtung meines Gesichts. »Was willst du?« Sie war vielleicht ein knappes Drittel kleiner als ich, doch sie war angespannt wie eine Klapperschlange, und der Zorn ging in pulsierenden Wellen von ihr aus. »Wer zum Teufel bist du überhaupt?«

»Ich sagte doch, mein Name ist Maguire. Ich kann Ihnen meine Adresse dalassen, wenn Sie möchten.«

»Du kannst dir deine Adresse sonst wohin stecken. Mach, dass du aus meinem Haus kommst!«

»Kein Problem«, sagte ich, hob die Hände und ging um sie herum zur Tür. Auf dem Tresen rechts von ihr lag ein Kartoffelschäler, und ich erwartete schon halb, dass sie ihn nehmen und sich damit auf mich stürzen würde. Doch ich kam ungehindert in den Flur, und als ich zur Tür ging, wobei sie mir dicht folgte, sah ich ein rundes, blasses Gesicht hinter schmierigen Brillengläsern die Treppe herunterstarren.

»Mum?«

Joan Bishams Sohn war ein übergewichtiger Junge von etwa vierzehn Jahren, bleich wie ein Albino, mit hervortretenden Augen unter der formlosen schwarzen Kapuze eines Sweatshirts, das ihm zu groß war. Um den dicken Hals hingen ihm überdimensionale Kopfhörer.

»Alles in Ordnung?«, fragte er unsicher. Es war schwer zu sagen, ob er schon im Stimmbruch war. Er schien Angst zu haben, die Treppe herunterzukommen.

»Alles bestens, Gabe. Ich habe das im Griff.«

Ich bewunderte den Jungen dafür, dass er seiner Mutter zu Hilfe eilen wollte, doch falls es tatsächlich ernst geworden wäre, hätte mir von ihm wahrscheinlich höchstens die Gefahr gedroht, dass er mich mit seinen Schuppen berieselte. Ich öffnete die Tür und ging.

»Vielen Dank für alles«, sagte ich noch und hörte Mrs Bishams Flüche, die durch das Knallen der Tür hinter mir abgeschnitten wurden.

Ich versuchte, aus dem, was ich gehört hatte, irgendwie schlau zu werden, doch am Ende war ich noch verwirrter als vor meinem Besuch. Man musste kein Psychiater sein, um zu erkennen, dass Joan Bisham eine gestörte Persönlichkeit mit einem gefährlichen Temperament und äußerst kurzer Lunte war. Ich beneidete Nicky nicht darum, dass sie sich mit ihr hatte auseinandersetzen müssen. Aber Nicky war eine gute Anwältin, eine, die nie aufgab. Warum sollte Joan Bisham sie nur ein oder zwei Wochen vor dem Beginn ihres Prozesses verschwinden lassen wollen? Das konnte die Verhandlung um Wochen, wenn nicht sogar um Monate verzögern. Wollte sie das?

Genervt stellte ich fest, dass das alles nur Vermutungen waren. Ich wusste nicht, was von dem, was Mrs Bisham mir erzählt hatte, glaubhaft war oder ob sie tatsächlich auch ein Opfer dieser fiesen E-Mails war. Andererseits, wenn einen etwas an den Rand des Wahnsinns treiben konnte, dann wohl ein unaufhörlicher Strom perverser Drohungen über Monate und Jahre hinweg. Aus eigener, schwerer Erfahrung wusste ich, dass jede gescheiterte Ehe zwei Seiten hatte. Vielleicht würde ich nie die volle Wahrheit erfahren, aber vielleicht konnte ich einen anderen Blickwinkel auf das Geschehen bekommen ... wenn ich mit Mrs Bishams Ehemann James sprach.

Der Bus wurde langsamer, als er meine Bushaltestelle gleich gegenüber des Studios erreichte, aber die Türen gingen nicht auf. Ich hörte, wie der Busfahrer auf die Hupe drückte, und beugte mich vor, um durch die Windschutzscheibe zu sehen. Direkt in der Bushaltestelle parkte ein großer Mercedes, aus dem gerade drei kräftige Männer mit Skimasken ausstiegen. Kein gutes Zeichen – es war nicht gerade Skisaison in London. Zwei der Männer trugen Vorschlaghämmer, und der dritte, der mit der Brechstange, machte dem Busfahrer ein V-Zeichen, während er mit seinen Freunden über die Straße schlenderte – auf mein Fitnessstudio zu. Ich konnte mir denken, was sie vorhatten, und drückte immer wieder hektisch auf den Halteknopf.

»Ich kann die Türen erst aufmachen, wenn wir an der Haltestelle sind!«, rief der Fahrer zurück.

Fluchend suchte ich das Paneel über der Tür ab, sah den Nothebel und zerrte ihn herunter. Ächzend und quälend langsam gingen die Türen auf. Ich ignorierte den Busfahrer, der mir eine Lektion in Fahrgastsicherheit zuschrie, rammte meinen Körper in den Türspalt, quetschte mich hindurch und platzte hinaus, wobei ich fast auf den Asphalt gestürzt wäre. Als ich mein Gleichgewicht wiedererlangt hatte, rannte ich hinten um den Bus herum, musste jedoch fast sofort wieder zurückspringen, weil ein Kipplaster vorbeigedonnert kam, gefolgt von einem endlosen Strom rasender Autos. Ich konnte nur stehen bleiben und warten und dabei zusehen, wie zwei der Wintersportfans auf der anderen Seite auf dem Parkplatz des Studios herumliefen und die Fenster und Scheinwerfer der Autos meiner Kunden einschlugen, während der dritte, ein Riese mit Lederhandschuhen, Bremsflüssigkeit über Dächer und Motorhauben kippte und kichernd zusah, wie sie blubbernd und zischend die Farbe der Karosserien verätzte und sich als klebrige Chemiepfütze auf dem Beton sammelte.

Bis ich die Straße überquert hatte, heulten mindestens zwei Alarmsirenen und hallten ohrenbetäubend von der Front des Studios und den graffitibeschmierten Mauern um den Parkplatz wider. Der Kerl mit der Bremsflüssigkeit hatte gerade die zweite Flasche geöffnet, als ich ihn erreichte, seinen Arm packte und zurückbog, sodass ihm die blaue Flüssigkeit über die Jacke und in sein maskiertes Gesicht spritzte. Er kreischte und fluchte, bis ich ihm die Maske abriss. Es war natürlich Sean, der Wandschrank – ich hatte ihn an seinem Gang und den bescheuerten Lederhandschuhen erkannt, die er immer trug. Immer noch seinen Arm haltend, nutzte ich den Moment des Zögerns, um ihn aus dem Gleichgewicht zu bringen und ihn über die niedrige Mauer vor dem Parkplatz zu stoßen, an der er sich heftig die Schienbeine anstieß.

Als ich mich umdrehte, sah ich Deans anderen Helfer direkt auf mich zurennen und konnte nicht mehr ausweichen. Der Aufprall verschlug mir den Atem, wir stolperten beide zurück und stießen gegen Sean, der fluchte und humpelte. Ich spürte, wie seine riesigen Pranken nach meiner Jacke griffen, um mich festzuhalten, damit sein Kollege einen Schlag landen konnte, doch der entschied sich, mir eine Kopfnuss zu verpassen, und zog den Kopf zurück, als wolle er den Hahn einer Waffe spannen. Ich hielt ganz still, bis zum letzten Augenblick, dann trat ich Sean kräftig auf den Fuß und drehte mich nach links weg. Ich spürte den wollverkleideten Kopf des anderen an meinem vorbeisausen und roch sein billiges Aftershave. Er verfehlte mein Gesicht und knallte gegen Seans Wange. Aus nächster Nähe konnte ich die Knochen brechen hören. Seans Kumpane taumelte angeschlagen zurück, was mir die Gelegenheit verschaffte, ihm in die Nüsse zu treten. Während er sich vor Schmerz zusammenkrümmte, versuchte ich, mich Seans Griff zu entwinden, doch selbst blind vor Wut und Schmerz schaffte er es, mich mit der Linken am Haar zu packen und es mir fast vom Kopf zu reißen. Ich packte seine geballte Faust, duckte mich weg und drehte sie herum, bis ich ihn in einem Fesselgriff hatte – und dieses

Mal würde ich ihm den Arm wirklich brechen und dazu noch ausrenken, wenn ich die Chance bekam. Doch sein Freund mit den geknackten Nüssen hatte sich schneller erholt als gedacht und stürzte sich auf mich.

Um ihn mir vom Leib zu halten, benutzte ich Sean als Barriere und zerrte noch ein wenig mehr an seinem Arm, sodass die meisten der wilden Schläge Sean trafen, der uns beide verfluchte. Das machte mir irgendwie Spaß, was nie ein gutes Zeichen ist, und ich versuchte, mir irgendeine schlaue Bemerkung einfallen zu lassen, um sie noch wütender zu machen. Doch plötzlich ließ ein vernichtender Schlag auf den Kopf meine Augen tränen und meine Knie gaben nach.

Ich musste Sean loslassen, damit ich mich zu Dean umdrehen konnte, der hinter mir aufgetaucht war. Er hatte seine eigene Skimaske abgezogen und grinste mich an wie ein Terrier, der ein Kaninchen in die Ecke getrieben hatte. Er hatte mich mit dem stumpfen Ende der Brechstange erwischt und drehte sie nun lässig herum, sodass er mit dem spitzen Ende auf mich zielte. Er täuschte an, während ich mich duckte und zurückwich, in der Hoffnung, dass ich gleich wieder klar sehen konnte, bevor er zuschlug. Außerdem hoffte ich, die drei dazu zu kriegen, sich gegenseitig in die Quere zu kommen. Doch da ich mit dem Rücken zur Wand des Studios stand, hatte ich kaum Rückzugs- oder Spielraum.

Ich wollte gerade über die lange Motorhaube des Fords neben mir springen und über das Dach flüchten, als Sean darüber auf mich zugewalzt kam wie ein Walross auf einer Wasserrutsche, sodass der Wagen in die Knie ging und eine gewaltige Beule in die Karosserie bekam. Aus dem Augenwinkel sah ich Dean mit der Brechstange ausholen und machte einen Schritt nach vorne. Ich biss die Zähne zusammen, als Deans Knöchel mich oben auf dem Kopf trafen. Dadurch wurde die größte Schlagkraft abgefangen. Ich schlug mit der Rechten zu, aber dennoch traf die Spitze der Brechstange meine rechte Schulter, was den Schlag so ablenkte, dass ich Deans Gesicht kaum traf. Und dann war Sean über mir. Das Blut lief ihm über Gesicht und Kinn und seine riesige Pranke krallte sich um meinen Hals.

Ich fragte mich, was wohl mit dem dritten Mann passiert war und wann er sich wieder einmischen würde, als ich spürte, wie Sean einen Moment lang abgelenkt wurde. Ich nutzte den Augenblick, um den kleinen Finger der Hand, die meine Kehle gepackt hatte, zu greifen und ihn zurückzubiegen, bis ich spürte, wie er aus dem Gelenk sprang. Meine Fäuste folgten dem mittlerweile vertrauten Geräusch von Seans Jaulen und trafen ihn genau auf dem blauen Fleck, den ich ihm neulich verpasst hatte. Seine Beine gaben nach und er klappte heulend zusammen. Ich machte mich auf einen weiteren Schlag von Dean mit der Brechstange gefasst, als ich sah, was Sean abgelenkt hatte.

Delroy war aus dem Fitnessstudio gekommen. Er hatte sich mit dem Rücken an ein Auto gelehnt und blieb felsenfest stehen, während der Kollege von Dean und

Sean ihn mit den Fäusten bearbeitete und vergebens versuchte, seine Deckung zu durchbrechen. Ich dachte schon, Delroy sei zu lange nicht mehr im Ring gewesen, weil er die Arme zu hoch hielt, und das schien auch der Schläger zu bemerken und holte zu einem Tiefschlag aus. In diesem Augenblick ließ Delroy eine Rechte los, dass dem Kerl fast der Kopf von den Schultern flog und er zurücktaumelte. Er wollte gerade umfallen, als ich die Sache beendete, mich auf ihn stürzte, sodass wir zu Boden gingen. Ich schickte mich gerade an, Delroys Werk zu vollenden, als mir etwas die Sicht nahm – mir lief Blut in die Augen und jetzt wurde ich gepackt und grob auf die Füße gezerrt. Von Dean? Oder Delroy?

Als ich bäuchlings über die Motorhaube des Ford geworfen wurde – wobei ich nur knapp neben einer langen glänzenden Spur von Bremsflüssigkeit mit Lack aufkam – und ich den vertrauten Biss von Handschellen um meine Gelenke spürte, wurde mir klar, dass es keiner von beiden war. Unter das Quieken der Alarmanlagen aus den Autos mischten sich jetzt Polizeisirenen und das Knistern ihrer Funkgeräte. Auf dem kleinen Parkplatz wimmelte es nur so von Uniformierten. Zwei von ihnen zogen mich hoch und brachten mich zu einem Polizeiwagen, dessen hintere Türen weit offen standen. Ich sah, wie Sean und sein Kumpel in einen anderen Wagen verfrachtet wurden. Sean jaulte jedes Mal auf, wenn seine Hand bewegt wurde. Von Dean war keine Spur zu sehen. Delroy wurde, soweit ich sehen konnte, von einer Polizistin befragt und erzählte ihr wahrscheinlich, dass ich hatte verhindern wollen, dass mein Laden demoliert wurde, doch dann knallte die Tür zu und mein Schädel begann zu hämmern. Ich merkte plötzlich, dass ich jedes Mal, wenn ich den Kopf drehte, Blut verspritzte wie ein avantgardistisches Kunstprojekt.

Seit meinem zwölften Lebensjahr war ich öfter Gast auf der einen oder anderen Polizeiwache in West London gewesen, doch diese hier hatte ich noch nie gesehen. Aufgrund von Budgetkürzungen war die Wache bei uns in der Nähe eingemottet worden, und die Cops, denen nicht gekündigt worden war, hatte man hierher versetzt, in ein baufälliges 70er-Jahre-Bürohhaus in Klapsmühlenbeige mit schwachen Neonleuchten, die mit leisem Plingen an und aus gingen. Die Platzwunde, welche die Brechstange an meinem Kopf hinterlassen hatte, war von einem blassen, müden, einsilbigen Sanitäter versorgt worden, der von keinem der Cops, mit denen ich vor ein paar Monaten nach dem Tod meines Vaters zu tun gehabt hatte, gehört hatte. Einen von ihnen, Detective Sergeant Amobi, hatte ich fast leiden können. Für einen Cop schien er relativ intelligent und aufgeschlossen, was wahrscheinlich der Grund dafür war, dass er hier nicht mehr dabei war.

Als man mich endlich aus der Arrestzelle in einen Vernehmungsraum brachte, schien sich die Stimmung ein wenig gelockert zu haben. Man schubste mich nicht länger herum wie einen Schläger, den man von einer

Prügelei auf der Straße hergeschleppt hatte. Ich nahm an, dass Delroy und die Zeugen aus dem Studio die Berichte bald bestätigen würden und ich nach Hause gehen konnte. Doch die erste Tasse schlappen Tees wurde kalt, und ein Beamter brachte mir eine neue und sagte, dass irgendjemand meine Aussage aufnehmen würde, und zwar »bald«. Doch auch diese Tasse Tee wurde kalt, denn die Vorstellung der Polizei von »bald« ist nicht die von uns anderen. Wir werden nicht nach Stunden bezahlt.

»Mr Maguire. Wir haben Sie schon gesucht.«

McCoy trug einen anderen Anzug, hatte aber denselben furchtsamen Assistenten im Schlepp, der sich hinter einer Aktenmappe versteckte und sichtlich darauf erpicht war, die schäbigen Vororte endlich zu verlassen.

»Nun, Sie haben mich gefunden. Kann ich jetzt gehen?«

»Noch nicht. Irgendjemand muss noch Ihre Aussage aufnehmen.«

»Warum tun Sie das nicht?«

»Tut mir leid, aber das ist nicht mein Gebiet. Ich bin hier wegen der Anwältin, die verschwunden ist. Nicky Hale?«

Sie trug ein besonders selbstzufriedenes Lächeln, als hätte sie bereits alle Antworten und wollte, dass ich sie darum anflehte, sie mir mitzuteilen.

»Haben Sie sie gefunden?«

McCoy setzte sich auf den Stuhl mir gegenüber, und

ihr Gehilfe ließ sich neben ihr nieder wie ihr Schatten, nur weniger nützlich.

»Ich habe mir mal Ihre Geschichte angesehen, Mr Maguire. Sie sind ja recht bescheiden.«

»Bestimmt nicht«, gab ich zurück.

»Ein Freund der Berühmten. Oder eher der Berüchtigten.« Ich starrte sie nur an und weigerte mich, ihr diesen Ball zuzuspielen. »Ihre Anwältin, Nicky Hale, wusste sie, dass Sie ein großer Freund des Guvnors waren?«

»Das bin ich nicht. Aber lassen Sie sich dadurch nicht daran hindern, sich Theorien auszudenken.«

Sie lächelte milde, als wäre ich nur schüchtern.

»Meinen Sie nicht, dass Sie Ihre Verbindung zu ihm hätten erwähnen sollen, als Sie das Verschwinden von Mrs Hale gemeldet haben?«

»Da gibt es keine Verbindung, soweit ich weiß. Ich bin kein Freund des Guvnors. Wenn es so wäre, glauben Sie dann, dass sich Idioten wie Sherwood trauen würden, meinen Laden auseinanderzunehmen?«

»Wenn die Katze aus dem Haus ist«, meinte McCoy. »So etwas haben wir in letzter Zeit häufiger. Kleinkriminelle, die sich ums Territorium streiten.«

»Ich bin kein Krimineller. Ich leite ein Fitnessstudio, und Sherwood versucht, Geld aus mir herauszuholen. Erpressung, nennt man das, glaube ich, und das sollte die Polizei eigentlich verhindern.«

»Haben Sie diese … Erpressung … offiziell gemeldet?«

»Das werde ich gleich tun«, erwiderte ich. »Haben Sie einen Stift?«

»Sie sagen also, dass es zwischen dem heutigen Vorfall und Nicky Hales Verschwinden keine Verbindung gibt?«

»Nein, das sage ich nicht, denn ich habe keine Ahnung, was mit Nicky Hale passiert ist.«

»Haben Sie deshalb ihre Familie und Klienten aufgesucht und ihnen Fragen gestellt?«

Ich fragte mich, wer sich wohl über mich beschwert hatte. Joan Bisham? Oder Nickys Mann?

»Irgendjemand musste es ja tun.«

Zu meiner Freude stellte ich fest, dass McCoy zusammenzuckte.

»Wir haben uns sehr eingehend mit dem Verschwinden von Ms Hale befasst, wenn Sie darauf anspielen.«

»Und was haben Sie herausgefunden?«

»Uns fehlen noch ein paar Beweise.«

»Also im Grunde genommen gar nichts, stimmt's?«

»Im Augenblick versuchen wir, ihr Handy zu finden.«

Ah ... Nickys Handy. McCoy durchbohrte mich mit ihrem Blick. Ihre Augen hatten unterschiedliche Brauntöne, doch dazu sagte ich lieber nichts. Möglicherweise hätte es geklungen, als wolle ich sie anbaggern.

Stattdessen versuchte ich es mit Sarkasmus.

»Haben Sie schon versucht, es anzurufen?« Doch ich hatte schon zu lange gezögert.

»Ms Hales Mann sagt, er hätte es das letzte Mal gesehen, als Sie ihn zu Hause aufgesucht haben. Kurz nachdem Sie gegangen waren, hat er festgestellt, dass es fort war.«

»Nun, hat er versucht, es anzurufen?«

»Sie haben also keine Ahnung, wo Ms Hales Telefon sein könnte?«

Ich zuckte mit den Schultern, als wüsste ich überhaupt nichts, doch ich hatte das Gefühl, McCoy ließe sich davon nicht beeindrucken.

»Nun«, sagte sie. »Falls es Ihnen über den Weg läuft, lassen Sie es uns wissen.«

Warum hörte sie auf? Beinahe hätte ich ihr gesagt, dass es ihre verdammte Aufgabe sei, das Handy zu finden, nicht meine. Ich wollte zwar nicht unbedingt, dass sie intensiver suchte, aber trotzdem …

»Wieso habe ich den Eindruck, dass es Sie gar nicht stört, wenn dieses Handy nicht wieder auftaucht?«

Wieder lächelte sie und streckte die Hand nach ihrem Assistenten aus. Wortlos klappte er die Mappe auf und reichte ihr einen Stapel Fotos, die sie herumdrehte und mir über den Tisch hinweg zuschob.

In unscharfen Farbbildern sah ich Schritt für Schritt, wie eine Frau mit einer Baseballcap und Sonnenbrille an einen Glaskasten herantrat und dem Uniformierten darin etwas überreichte. Es war bei der Ausreise in irgendein EU-Land, wie man am blauen Aufkleber mit dem Kreis gelber Sterne an dem Glaskasten erkennen konnte. Der Zollbeamte machte eine Geste und die Frau nahm die Kappe und die Sonnenbrille ab. Es war Nicky Hale, mit einer geschwollenen, blutigen Lippe und einem dicken blauen Auge. Ich erkannte sie kaum, doch die Bluse und den Anzug, den sie trug, hatte ich schon ein paarmal gesehen. Der Zollbeamte reichte Nicky ihren Pass zurück und winkte sie durch. Sie setzte die Sonnenbrille wieder auf, drehte sich weg und ging nach unten aus dem Bild.

»Ist sie verletzt?«, fragte ich und bemerkte zu spät, wie besorgt ich klang. Doch wenn es McCoy aufgefallen war, so ließ sie es sich jedenfalls nicht anmerken.

»Sieht so aus. Aber was wichtiger ist, diese Fotos bestätigen, dass Ms Hale das Land verlassen hat, mit ihrem britischen Pass, und zwar frühmorgens am Montag, dem Vierzehnten, an dem Tag, an dem Sie zu uns kamen.«

»Und wohin ist sie gegangen?«

»Wir haben ihre Spur bis zum Flughafen Paris-Charles-de-Gaulle verfolgt, doch danach ...« Sie zuckte mit den Schultern, als könne sie nichts weiter tun. »Bevor diese Aufnahmen gemacht wurden, wurde das Geld – Ihr Geld – auf ein Offshore-Konto auf den Cayman-Inseln überwiesen und fast sofort von dort aus weitergeleitet. Auch das können wir nicht weiter verfolgen.«

Ich sah mir die Fotos noch einmal an, als ob sich etwas daran verändert haben könnte, seit ich sie zum ersten Mal betrachtet hatte. Plötzlich fiel mir auf, dass es so war.

»Sie sagten, ›mit ihrem britischen Pass‹. Heißt das, dass sie noch einen hat?«

»Ms Hale hat eine doppelte Staatsbürgerschaft«, erklärte McCoy. »Englisch-brasilianisch. Möglicherweise ist sie von Paris aus mit ihrem brasilianischen Pass weitergereist. Großbritannien hat zwar ein Auslieferungsabkommen mit Brasilien, aber zuerst muss man sie finden, und wir wissen nicht einmal, ob sie überhaupt dorthin geflogen ist.«

Sie lehnte sich in ihrem Stuhl zurück, als wolle sie Mitleid, Bedauern und das Ende ihrer Untersuchungen ausdrücken.

»Sie wurde nicht entführt, Mr Maguire«, sagte sie. »Sie hat Ihr Geld gestohlen und ist außer Landes geflüchtet. Wir können da nichts weiter tun, und es hat keinen Sinn, dass Sie weiter herumlaufen und ihre Bekannten ausfragen. So sieht es aus. Es tut mir leid.«

Mir fiel auf, wie sie das sagte. Sie nahm an, es ging mir nicht nur um das Geld, das ich verloren hatte. Ich hatte das Gefühl, als hätte ich noch einmal eins mit der Brechstange übergezogen bekommen. Ich hatte nicht akzeptieren wollen, dass Nicky mich bestohlen hatte – ich hatte mich geweigert, es zu glauben. Ich hatte sie finden wollen, sie retten wollen, sie sogar rächen wollen … Aber das waren alles nur nutzlose, idiotische Teenager-Fantasien gewesen. Ich war hin und her gesaust wie eine Stubenfliege, die immer wieder mit dem Kopf gegen das Fenster fliegt, weil sie zu dumm ist, das Glas zu sehen.

»Wir dachten, dass Sie das wissen sollten«, sagte McCoy. »Und wenn das Telefon wieder auftaucht, geben Sie es ihrem Mann. Lieber früher als später, würde ich vorschlagen.«

Ich war so benommen, dass ich kaum mitbekam, wie sie aufstand, um zu gehen. Es war, als schlichen sie und ihr Anhängsel auf Zehenspitzen hinaus, um mir keinen weiteren Kummer mehr zu bereiten.

»Ja, nein, danke«, murmelte ich. In meinem Kopf wummerte es wie verrückt und im Augenblick war ich froh über den Schmerz.

FÜNF

Sehr langsam und methodisch nahm ein uniformierter Beamter meine Aussage wegen der Schlägerei auf dem Parkplatz auf. Er war Linkshänder und legte beim Schreiben die Hand über das Blatt. Ich konnte mir vorstellen, wie er Stunden nach dieser Vernehmung meine Worte einer gelangweilten Schreibkraft vorlas, die seine Handschrift nicht lesen konnte, und das Protokoll in den Computer eingeben musste. Ich beneidete ihn dennoch, den so schlecht seine Handschrift auch war, meine war so schlimm, dass nicht einmal ich selbst sie lesen konnte. Er war ein wenig irritiert, weil ich auf drei Angreifern beharrte, obwohl die Polizei nur zwei verhaftet hatte – offensichtlich Sean und den Nachwuchs-Knochenbrecher oder was er auch war. Ich hatte den Eindruck, dass die Anwesenheit von Dean für die Polizei noch mehr lose Enden und somit mehr Arbeit bedeutete, und dass sich der Beamte daher nach Kräften bemühte, Dean aus dem Protokoll zu halten, indem er ihn mit Sean gleichsetzte, der offensichtlich in einem weiteren Vernehmungsraum saß und zu niemandem ein Wort über irgendetwas verlor. Der Gehilfe, den er und Dean mitgebracht hatten, sprach kein Englisch oder wollte es nicht, und man versuchte immer noch, herauszufinden, auf welche Sprache er ihre Fragen nicht beantworten wollte.

Die Frage, ob ich Anzeige erstatten wollte, beantwortet ich mit Nein, denn ich hatte keinen Anwalt mehr, war mir aber sicher, dass Sherwood jemanden beschäftigte, der sich um seine Gorillas kümmern würde. Wenn sie oder er damit fertig waren, die Fakten zu verdrehen, würde es so aussehen, als hätte ich zwei gutherzige Kerle angegriffen, die auf dem Parkplatz für einen guten Zweck Autos gewaschen hatten. Das Rechtssystem war nicht dazu ausgelegt, die Wahrheit zu finden, sondern nur, jemanden einzusperren, damit die Sache erledigt war, und das wollte nicht ich sein. Natürlich las ich mir meine Aussage nicht durch, sondern setzte nur ein paar Krakel darunter, damit ich endlich nach Hause gehen konnte.

Als ich die Wache verließ und die nasse Treppe herunterging, war es bereits dunkel und es wehte ein eiskalter Wind. Ich hatte keine Ahnung, wo zum Teufel ich war oder in welche Richtung ich gehen musste, aber nach längerer, angestrengter Betrachtung einer Karte an einer Bushaltestelle konnte ich mich schließlich orientieren, wandte mich nach Osten und begann zu rennen.

Na gut, ich hatte mich geirrt. Nicky hatte das Land

verlassen und sie hatte mein Geld mitgenommen. Aber warum? Die Cops schienen das nicht für wichtig zu halten. Wer hatte ihr in der Nacht, bevor sie ging, das Gesicht zerschlagen? Sie hatte am Morgen im Ring Prügel bezogen, aber am Körper, und außerdem hatte sie da einen Helm getragen. Als ich ihr Gesicht zum letzten Mal gesehen hatte, war es so hübsch gewesen wie immer, wenn auch ein wenig blass und angespannt. Sie war nicht freiwillig geflohen – sie war verjagt worden, und wer das getan hatte, der hatte auch mich dabei hereingelegt.

Ich fragte mich, ob McCoy sich bei Nickys Mann nach dem verprügelten Gesicht seiner Frau erkundigt hatte. Anderson hätte geleugnet, etwas von ihren Verletzungen gewusst zu haben, und damit hätte sich die Sache für sie erledigt. Selbst die Fotos reichten als Beweise nicht aus, um ihn anzuklagen, wenn die Zeugin und das Opfer nicht mehr da waren. Aber vielleicht sollte ich Anderson auf meine eigene Art vernehmen. Vielleicht bekam ich so nicht mein Geld zurück, aber ich wollte gerne auf jemanden losgehen. Nicky war nicht da – er schon.

Es war schon spät und ich rannte durch breite, dunkle und schweigende Vorstadtstraßen Richtung Osten. Schließlich erkannte ich ein paar markante Punkte: Türme, Parks und Kreuzungen, die früher einmal die Erkennungszeichen der Dörfer am Rande von London gewesen waren, bevor sich die Stadt ausgedehnt und sie mit einer Flut von schmutzig gelben Ziegelbauten überrollt hatte. Busse mit kalten blauen Scheinwerfern, leer bis auf ein paar müde Schichtarbeiter und abgerissene Studenten, denen das Geld zum Saufen ausgegangen war, rumpelten an mir vorbei. Ich ließ sie alle vorbeifahren und rannte weiter.

Die Tür zum Fitnessstudio stand offen, und obwohl ich außer Atem und verschwitzt war, nahm ich immer zwei Stufen auf einmal und erwartete halb, Dean und ein paar weitere Auftragsschläger vorzufinden, die den Laden zerlegten. Doch er war leer und still und ordentlich aufgeräumt, die Böden gewischt. Delroy kam müde und demoralisiert aus der Küche wie ein alter großer Bulle, der auf einer Wiese nach einem Unterstand und Ruhe sucht.

»Delroy?«

»Hi, Finn! Ich dachte schon, die Schweine wollten dich die ganze Nacht dabehalten.«

»Danke für vorhin. Dem Kerl hast du ja ordentlich eine verpasst!«

»Ach, der war nicht in Form und wusste überhaupt nicht, was er tat. Der hat das Kämpfen wohl aus Hollywood-Filmen gelernt.«

Doch trotz der gespielten Munterkeit hörte ich eine Traurigkeit und Bitterkeit in Delroys Stimme, die ich noch nie zuvor bei ihm vernommen hatte. Ich versuchte, ihn aufzuheitern.

»Du hast ja super sauber gemacht hier. Da kann ich morgen mal ausschlafen.«

»Das können wir wohl beide«, meinte Delroy. »Wird auch Zeit.« Er ging von einem Trainingsgerät zum anderen und tat, als wische er sie ab, um mich nicht ansehen zu müssen.

»Del?«, fragte ich. »Ist alles in Ordnung?«

»Ich habe mich nie bei dir bedankt, Finn«, sagte Delroy. »Für die Chance, wieder zu arbeiten. Ich weiß wirklich zu schätzen, was du für mich getan hast. Es ist nur ... ich kann das nicht mehr.«

Ich sah, wie er seine breiten Schultern niedergeschlagen sinken ließ. Nein, dachte ich. Nicht du, Delroy, nicht jetzt!

»Delroy, du kannst doch jetzt nicht aufhören ... ich kann den Laden nicht ohne dich führen. Ich bin kein guter Trainer.«

»Wir können den Laden beide nicht führen, Finn. Es war eine dumme Idee und sie hat dich viel zu viel gekostet.«

»Mach dir darum keine Sorgen ...«

»Einer von uns muss sich darum Sorgen machen. Das ist Geld, von dem du leben musst. Ich hätte dich nie ermutigen sollen – du bist noch ein Junge, deine Familie ist tot, ich hätte dir die Sache ausreden sollen.«

»He, zum Teufel mit Sherwood, ja? Wir haben ihn schon einmal geschlagen.«

»Finn, bitte«, flehte er. »Hör doch zu. Wir können den Laden nicht weiterführen. Sam und Daisy haben gekündigt. Die Hälfte der Kunden heute haben ihre Mitgliedschaft gekündigt und sie werden auch nicht wiederkommen. Und wenn uns nur einer von ihnen wegen des Schadens an seinem Auto verklagt …«

»Aber das war doch nicht unsere Schuld!«

»Das spielt keine Rolle! Wir werden kein Geld haben, um Sherwood auszuzahlen …«

»Aber das ist doch genau das, was er will! Darum hat er das überhaupt gemacht!«

»Dann hat er eben gewonnen und es ist vorbei. Solange der Laden hier offen bleibt, sind wir angreifbar. Wir müssen schließen, bevor du alles verlierst oder jemand schwer verletzt wird.«

»Nein, auf keinen Fall …«

Angesichts meiner Dickköpfigkeit warf Delroy verzweifelt den Putzlappen weg.

»Es würde nie funktionieren. Was glaubst du denn, was die Leute von der Versicherung sagen würden, wenn sie erfahren, dass ich der Einzige hier mit einer Erste-Hilfe-Ausbildung bin? Ich kann ja kaum laufen, um Himmels willen! Und sollte jemand verletzt werden, kann ich dir nicht mal helfen, ihn zu bewegen …«

»Wir haben es doch bislang auch geschafft. Wir müssen nur neues Personal anheuern, qualifiziertes Personal …«

»Ich stelle niemanden ein, um ihn in Gefahr zu bringen, Finn. Bislang hatten wir Glück, aber jetzt ist es vorbei. Ich bin hier fertig.«

Er schlurfte zur Tür. Meine Worte machten nicht mehr Eindruck auf ihn als früher meine Fäuste beim Sparring.

»Schließ den Laden, verkauf ihn an eine der großen Ketten und verbuche es als Erfahrung. Du bist jung, du bist clever, du wirst schon einen Weg finden, um Geld zu verdienen. Mensch, du hast das Haus in Spanien, du musst nicht einmal Geld verdienen.«

»Ich kann das nicht ohne dich, Del.«

»Dann lass es. Denn ich werde nicht mehr weitermachen. Ich gehe nach Hause. Schließ hinter mir ab und halt die Türen verschlossen.«

Er humpelte mit klappernder Krücke an mir vorbei zur Treppe, und ich hörte, wie er langsam hinunterholperte, Schritt für Schritt, während ich ihm nur nachsehen konnte. Mit den Zähnen knirschend vor Enttäuschung und allein blieb in dem riesigen Raum zurück. Ich war wütend auf Delroy, und wütend auf mich selbst, weil ich wusste, dass er recht hatte.

Diese Runde ging an Sherwood.

Delroys Putzaktion war recht oberflächlich gewesen. Er hatte die Ecken ausgelassen, aber wahrscheinlich hatte er den Mopp mehr als Stütze als zum Wischen benutzt. Ich beendete die Arbeit, reinigte erneut die Küche und die Toiletten, bevor ich hinunterging, um abzuschließen. Auf halber Höhe sah ich, wie die Tür aufschwang, und mein Herz machte einen Satz, als ich Nicky Hale hereinkommen sah, bis ich merkte, dass sie es natürlich gar nicht war.

»Hi Finn«, sagte Susan. »Ich habe gehofft, dich zu Hause anzutreffen.« Sie zupfte an ihrem Haar, als schäme sie sich für etwas, was sie getan hatte, und hätte Angst, mich anzusehen. »Die Polizei war heute bei mir.«

»Ja, bei mir auch.«

»Es tut mir leid. Ich wollte dich nicht in Schwierigkeiten bringen, aber ich dachte, es sei besser, wenn ich zugebe, dass ich mit dir gesprochen habe.«

»Schon gut. Mach dir deswegen keine Gedanken.«

Ich stand auf der Treppe, während sie verlegen in der Tür wartete. Sie glaubte offensichtlich, dass ich wütend auf sie war. Obwohl mir eigentlich nicht nach Gesellschaft zumute war, fragte ich: »Möchtest du eine Tasse Tee oder so?«

»Oder so wäre nett«, gab sie zurück. »Hast du Gin?«

»Wir haben Alkohol zu medizinischen Zwecken.«

»Äh …«

»Mit einem Stück Zitrone merkt man den Unterschied kaum.«

»Im Ernst, hast du etwas zu trinken?«

»Tee«, antwortete ich.

Zu den Dingen, die ich aus meinem alten Zuhause mitgenommen hatte, bevor ich es vermietete, gehörte meine Nachttischlampe, aber ich hatte nichts, worauf sie hätte stehen sollen, daher beleuchtete sie meine Dachkammer vom Fußboden aus. Der Effekt an der Dachschräge war merkwürdig, aber irgendwie gemütlich. Susan schien sich jedenfalls wohlzufühlen, sie hängte ihre Jacke über einen Stuhl und setzte sich auf das abgewetzte Sofa.

»Sie haben mir Fotos gezeigt, wie Nicky an einer Grenze das Land verlässt.«

»Mit einem ihrer Pässe«, ergänzte ich.

»Oh ja. Sie hat Familie in Südamerika.«

»Und du nicht?«

»Halbschwestern«, erinnerte sie mich.

»Stimmt ja. Sorry, das vergesse ich immer wieder, ihr seid euch …«

»… so ähnlich, ich weiß. Das ist verrückt. Manchmal überlege ich, ob ich mir die Haare färben oder die Nase operieren lassen soll.«

»Nein, tu das nicht, Blond steht dir.«

»Gefällt es dir?« Sie fuhr sich mit der Hand durch den blonden Bob und sah mich an. Plötzlich fiel mir auf, wohin das führte oder führen mochte. Ihr schien der gleiche Gedanke zu kommen und er schien sie ebenso zu überraschen wie mich. Ein wenig verlegen sah sie weg.

»Ihr Vater war Brasilianer. Deutsch-Brasilianer. Um sie zu ärgern, habe ich immer gesagt, er sei ein flüchtiger Nazi. Als Nicky zwei war, hat er unsere Mutter verlassen. Sie hat wieder geheiratet und mich bekommen, aber Nicky war immer ihr Liebling …« Sie brach ab, um es locker klingen zu lassen, doch ich hörte die Schärfe in ihrer Stimme und wusste, wie sie sich fühlte. Zu erfahren, dass seine Mutter jemand anderen vorzog, konnte einem schon die Kindheit vermiesen.

»Mein Vater verschwand, als ich zehn war. Wir haben nie wieder von ihm gehört. Nicky hatte zu ihrem immer noch Kontakt … mit achtzehn oder so hat sie ihn besucht, hat vor dem Studium ein Jahr dort gearbeitet und auch nach ihrem ersten Abschluss in Oxford. Sie hat mir nie etwas von ihrer anderen Familie erzählt, nicht einmal, wo in Brasilien sie wohnen. Ich glaube, irgendwo bei Sao Paolo, aber …«

Sie verstummte und sah in ihre Teetasse, als wolle sie die Zukunft aus den Teeblättern lesen. Doch ich hatte Teebeutel verwendet, also hatten wir wohl keine Zukunft.

»Es ist spät«, sagte sie. »Ich schätze, ich sollte gehen.«

Sie stand auf, vorsichtig, um sich nicht den Kopf zu stoßen, und ich reichte ihr ihre Jacke von der Stuhllehne.

»Bist du erleichtert?«, fragte ich. Susan runzelte die Stirn. »Ich meine, jetzt wissen wir, dass sie gesund und munter ist und das Geld anderer Leute verprasst.«

»Ich weiß gar nicht recht, was ich fühle«, bekannte sie. »Und du?«

»Ich bin verdammt wütend«, sagte ich und reichte ihr ihre Jacke.

Sie nahm sie nicht. Stattdessen sagte sie: »Es tut mir leid, Finn«, und streckte die Arme nach mir aus. Dieses Mal wusste ich genau, wohin das führen würde.

Dachte ich zumindest.

Ich ließ die Deckung sinken, weil ich glaubte, sie wolle mich trösten, aber als sie ihre Zähne in meiner Lippe vergrub, erkannte ich, dass sie genauso wütend war wie ich, wenn nicht sogar wütender. Sie war nur halb so schwer wie ich und hatte nur halb so viel Reichweite, doch ich hatte es noch nie mit einem Gegner zu tun gehabt, der so kratzte, biss und krallte. Ich hing in den Seilen, noch während ich versuchte, die Regeln zu erkennen. Doch ich lernte schnell und ich stellte bald fest, dass es keine Regeln gab. Sie ging auf mich los wie ein Titelverteidiger, packte meine Haare an den Schläfen und zog daran, doch ihr Griff lockerte sich, als ich ihre Handgelenke ergriff und sie an die Wand drängte. Es war ein heißer, wilder, hektischer Kampf, der Spaß machte, doch nicht eine Sekunde lang hörte ich auf, mir zu wünschen, dass es Nicky wäre, die ihre Nägel in meine Schultern grub.

Als ich am nächsten Tag in einem Café in Kew saß, konnte ich Susan noch auf meiner Haut riechen. Ich fragte mich, ob andere es auch rochen. Sie war bis um zwei Uhr geblieben und hatte sich dann eines meiner Hemden geliehen, denn ihre Bluse war in keinem brauchbaren Zustand mehr. Schnell hatte sie sich angezogen und sich dann rittlings auf meinem ungemachten Bett über mich gesetzt. Wortlos neigte sie sich zu mir herunter, nahm mein Gesicht in beide Hände und küsste mich so heftig, dass beinahe meine Lippen geplatzt wären. Sie lächelte zwar, doch es war kein zufriedenes Lächeln, eher ein wehmütiges, als hätte sie gewusst, was ich dachte, und verstünde es. Als ich mit ihr nach unten ging, um sie zur Tür zu bringen, flüsterte sie mir im Dunkeln zu: »Danke, Finn. Wir sehen uns.« Sie ließ unsere Begegnung so beiläufig, fast zufällig erscheinen, dass ich ein wenig Schuldgefühle bekam und mich ärgerte, dass sie mich zwar durchschaute, es sie aber nicht weiter zu stören schien.

»Hi, Finn, wie geht's?«

Zoe zog sich einen Stuhl mir gegenüber heran und streifte ihre Jacke ab. Ich war so in meinen Gedanken verloren gewesen, dass ich nicht einmal bemerkt hatte, wie sie hereingekommen war, obwohl das Café ziemlich klein war und leer, bis auf mich und die wortkarge alte Dame hinter dem Tresen, die lustlos Sandwiches für den Mittagsansturm vorbereitete. Ich stand auf, um Zoe zu begrüßen, war mir jedoch nicht sicher, ob sie sich von mir würde umarmen lassen. Doch sie schlang die Arme um mich und küsste mich auf die Wange. Ihr straffer, fester Körper fühlte sich vertraut an, und ich umarmte sie ebenfalls – vielleicht ein wenig zu lang, denn ich spürte, wie sie erstarrte, und wusste, dass sie den Geruch einer anderen Frau an mir bemerkt hatte.

»Danke, dass du gekommen bist, Zoe«, sagte ich.

Sie grinste breit und die Anspannung ließ nach. Warum war sie überhaupt eifersüchtig, fragte ich mich. Zoe hatte unsere Freundschaft ziemlich zugrunde gerichtet, als sie mich an die Kinderhändler verraten hatte, die einen Stepptanz auf meinen Nieren aufgeführt hatten. Ich hatte ihr verziehen, aber wir wussten beide, dass sie mir einen Gefallen schuldete – um es milde auszudrücken –, und ich nahm an, dass sie deswegen hier war.

Sie bestellte sich einen Cappuccino, und während wir

darauf warteten, unterhielten wir uns über ihre Pläne, an eine Uni im Norden zu gehen, um IT zu studieren.

»Aber das weißt du bestimmt alles schon, oder?«, fragte sie. »Du bist doch auch auf Facebook.«

»Ich sehe mir nur die Bilder an«, erwiderte ich. Sie wusste, warum. Die Fotos in ihrer Chronik sagten mir alles, was ich wissen musste. Sie war so alt wie ich, und da sie keine Eltern hatte, die ihr Vorschriften oder Verbote machten, führte sie bereits das Leben einer Studentin. Das bedeutete, dass sie jede Menge trank und auf Partys, Gigs und Festivals ging. Auf jedem Foto schien sie in einer Gruppe von Jungs zu stehen. Und wegen all der Bilder war es auch nicht so überraschend für mich, sie wiederzusehen. Nun, da sie sich mit dem Eyeliner etwas zurückhielt und ein kleines bisschen zugenommen hatte, sah sie gesünder, fröhlicher und normaler aus – nicht mehr wie ein aufgekratzter, unberechenbarer Junkie. Dennoch hatte ich bemerkt, dass ihr Status auf »Single« stand, und irgendwie befriedigte mich das, obwohl es mich eigentlich gar nichts anging.

»Und was ist mit dir? Was machst du so?« Es war nett von ihr, so zu tun, als wollten wir uns unterhalten, wo meine Nachricht an sie doch nur so knapp und unpersönlich gewesen war. Allerdings wusste sie, dass alles, was ich schrieb, knapp und unpersönlich war, da ich für jeden Satz Stunden brauchte.

Ich klärte sie über die Geschehnisse der letzten Zeit auf. Sie wirkte entsetzt, als ich ihr von Nicky erzählte, und wütend, als sie von Sherwood hörte und wie er mein Studio ruiniert hatte, und dann kamen wir endlich zur Sache.

»Was willst du jetzt tun?«

»Ich will herausfinden, was passiert ist.«

»Ich dachte, du wüsstest schon, was passiert ist.«

»Ja, aber ich weiß nicht, warum«, erwiderte ich. »Und ich will es wissen. Ich habe Nicky vertraut. Ich habe sie nicht für jemanden gehalten, der mich so hintergehen würde.« Ich sah, wie Zoe ein bedauerndes Lächeln unterdrückte. »Jedenfalls nicht, ohne dass sie dazu gezwungen wird«, ergänzte ich. »Und ich würde gerne wissen, wer sie gezwungen hat.«

»Und? Willst du jetzt nach Brasilien fliegen und Fragen stellen? Wie ist denn dein Portugiesisch?«

Ich nahm Nickys Handy aus der Tasche und schob es über den Tisch. Zoe sah erst das Telefon an und dann mich, nahm es aber nicht.

»Da drauf sind ein paar Mails und SMS, die ich gerne zurückverfolgen würde«, erklärte ich. »Ich dachte, dass du oder einer deiner nerdigen Freunde mir dabei vielleicht helfen könntet.«

»Warum sollten sie?«

»Ich bin mir sicher, dass du einen Weg findest, sie zu überreden«, meinte ich, doch als ich ihren verletzten Blick sah, wünschte ich mir, ich hätte den Mund gehalten. Ich hatte ihr verziehen und wollte ihr ihre Fehler nicht unter die Nase reiben, aber ich musste es wissen. »Bitte, Zoe. Du bist die Einzige, die mir helfen kann.«

Seufzend nahm sie das Telefon an sich. »Welche Nachrichten soll ich denn verfolgen?«

»Das weißt du, wenn du sie liest. Schalt es hier noch nicht an – die Cops wissen sofort, wenn es ans Netz geht.«

»Warum lässt du sie nicht suchen?«, fragte Zoe. »Lass sie doch die Nachrichten zurückverfolgen.«

»Das haben sie vor ein paar Monaten bereits versucht und sind nicht weit gekommen. Die Polizei kann doch nicht mal Leute finden, die ihnen Namen und Adresse hinterlassen – bei einem Handy sind sie völlig überfordert. Und selbst wenn sie es schaffen würden, würde es Monate dauern, und ich habe keine Lust, so lange Däumchen zu drehen.«

Zoe steckte das Telefon in ihre Handtasche und sah sich um, als suche sie nach versteckten Kameras. Aus gutem Grund, fiel mir ein. Sie nahm ihre Tasse, aber da der letzte Rest Kaffee darin kalt geworden war, setzte sie sie wieder ab.

»Möchtest du noch einen?«

»Nein danke«, antwortete sie. Sie sah auf ihr eigenes Handy, wahrscheinlich nach der Uhrzeit. »Du hast sie Nicky genannt«, bemerkte sie.

»So heißt sie.«

»Ich meine, das klingt nicht nach einer Anwältin. Es klingt mehr wie eine Freundin.«

»Das war sie auch«, erwiderte ich. »Sie kam zur Beerdigung meiner Mutter.«

»Mir hast du gesagt, keiner wäre zur Beerdigung deiner Mutter gekommen«, sagte Zoe ein wenig beleidigt.

»Fast keiner. Damals kannte ich sie noch kaum«, erklärte ich. Und was geht dich das überhaupt an?, dachte ich bei mir.

»Schöne Freundin. Du hast sie nicht wirklich gekannt, nicht wahr?«

»Offensichtlich nicht«, gab ich zu.

»Ich mache mir Sorgen um dich, Finn. Du scheinst den falschen Leuten zu vertrauen.«

Wie dir, hätte ich gerne entgegnet.

»Ich lerne dazu.«

»Und mit wem triffst du dich so zurzeit?«

»Mit niemand Bestimmtem.« Das stimmte sogar fast. Susan hatte ich vielleicht drei Mal getroffen und ein Mal mit ihr geschlafen, und das zählte wohl kaum als Beziehung. Aber Zoes Gesicht verhärtete sich, als hätte ich ihr ins Gesicht gelogen, und einen Augenblick lang fürchtete ich schon, sie würde Nickys Handy aus ihrer Tasche holen und mir ins Gesicht werfen.

»Und vertraust du ihr? Der Frau, die du nicht triffst?«

»Ich vertraue niemandem«, erklärte ich. »So werde ich nicht enttäuscht.«

Zoe schob ihren Stuhl zurück.

»Ich spreche mit meinem Abteilungsleiter, vielleicht kann er die IP-Adresse herausbekommen«, sagte sie. Ich musste sie verständnislos angesehen haben, denn sie erklärte: »Der, der diese Nachrichten geschickt hat, hat eine IP-Adresse, eine Internet-Adresse. Wahrscheinlich hat er versucht, sie zu verbergen, aber das kann man knacken, wenn man weiß, wie es geht.«

»Das wäre toll«, sagte ich. »Danke.«

»Schon gut«, erwiderte Zoe. »Sonst noch etwas?«

»Ich bringe dich zum Bahnhof«, bot ich an.

»Da will ich nicht hin«, sagte Zoe, erläuterte aber auch nicht, wohin sie wollte. Dann schien es ihr plötzlich peinlich, wie ein schmollender Teenager zu klingen. »Danke für den Kaffee, Finn. War schön, dich zu sehen. Pass auf dich auf, ja?«

Sie beugte sich zu mir und küsste mich. Ihre Lippen waren voll und weich und sanfter als Susans, und plötzlich verspürte ich einen Stich in meiner Brust ... ein Anflug von Verlust oder Bedauern. Aber derartige Gefühle hatten mir nie etwas anderes eingebracht als Ärger.

»Okay«, sagte ich und ließ sie gehen.

Als ich die Rechnung bezahlte, fragte ich mich, ob ich mir ein Trinkgeld leisten konnte. Ich konnte es nicht, gab es aber trotzdem. Dann verließ ich das Café, wandte mich nach Norden und begann zu laufen.

Es war nicht schwer, sich auszurechnen, warum Susan mich angemacht hatte. Sie war wütend, dass Nicky die Stadt verlassen hatte, ohne sich auch nur zu verabschieden. Sie wollte sich abreagieren und ich war verfügbar. Ich fragte mich, ob es damit jetzt gut war oder ob sie sich noch einen Nachschlag holen würde. Einerseits hoffte ich, sie käme, andererseits auch wieder nicht, denn ich wusste, dass ich eigentlich in Wirklichkeit Nicky wollte. Ich hatte sie schon lange gewollt, und auch wenn Susan meinem Alter näher kam als sie, so hatte sie doch nicht ihre Klugheit, ihr Lachen oder diese

Art, ihren Kopf zu wenden. Außerdem hatte Nicky mein Geld. Und ihre Fingernägel waren kürzer … die Kratzer auf meinem Rücken hatten unter der Dusche ziemlich gebrannt und sie taten auch jetzt noch weh, als ich schneller wurde und auf die Kew Bridge zulief.

Eine dürre junge Mutter, die einen Kinderwagen vor sich herschob und ein nörgelndes Kleinkind hinter sich herzog, sprang erschrocken zurück, als das Mercedes-Cabrio auf sie zuschoss, über den Bordstein vor ihr rumpelte und auf seinen Parkplatz neben der Straße einbog. Sie sah den Fahrer finster an, als wolle sie ihm gehörig die Meinung geigen, wenn er ausstieg, doch das tat er nicht, daher schob sie nur leise fluchend ihren Buggy weiter die Straße entlang.

Sherwood telefonierte noch, als er ausstieg. Er sah wütend aus und trug eine schlanke lederne Aktentasche, in der sich wahrscheinlich nur ein Pornoheftchen befand. Als er mich an der Tür zu seinem Büro erblickte, wo ich auf ihn gewartet hatte, sah er noch grimmiger drein und zögerte. Vielleicht überlegte er, ob er in seinem Auto sicherer war. Was würde ich wohl eher verbeulen, die Karosserie seines Autos oder seine Visage? Ich hätte Dean als Babysitter erwartet, da sich Sean entweder noch im Gefängnis oder in Gips befand, doch keiner von ihnen war zu sehen. Kein Wunder, dass Sherwood besorgt war.

»Wir hatten eine Abmachung, Mr Sherwood«, sagte ich. »Wie soll ich meine Zahlungen leisten, wenn die

Idioten von Ihrem Personal meine Kunden vertreiben? Oder gehört das mit zum Service?«

»Die Abmachung, die du vorgeschlagen hast, basierte darauf, dass du Sicherheiten lieferst«, antwortete Sherwood. Ich vermutete, dass er auf Pseudo-Finanz-Jargon umschaltete, weil er Angst hatte. »Aber du besitzt die Grundrechte an dem Gebäude gar nicht.«

Interessant, dachte ich. Das wussten wohl nur wenige Leute außer Nicky. »Wer hat Ihnen denn das gesagt?«, fragte ich.

Sherwood leckte sich über die Lippen. »Ich habe mit den Besitzern gesprochen.«

Die Antwort war zwar plausibel, hörte sich aber nicht nach der Wahrheit an.

»Nein, das Gebäude gehört mir nicht«, sagte ich. »Also machen Sie sich nicht die Mühe, noch weitere Schläger zu schicken, es sei denn, Sie besuchen gerne Leute im Krankenhaus.«

Sherwood packte die Aktentasche mit beiden Händen, als beabsichtige er, sie als Schild zu benutzen.

»Der Vertrag, den dein Freund Delroy unterzeichnet hat, ist immer noch gültig«, erinnerte er mich.

Mist. Das war der Grund gewesen, das Fitnessstudio zu demolieren – nicht mir sollten die Daumenschrauben angelegt werden, sondern Delroy. Es juckte mich in den Fingern, ihm den Kopf durch die Windschutzscheibe seines schicken Wagens zu schmettern, aber das würde auch nichts nutzen. Delroy brauchte einen Anwalt. Scheiß drauf, dachte ich. Ich kann einen anderen finden – ich würde Vora aus dem Ruhestand holen, wenn es sein musste.

»Delroys Haus kriegen Sie nicht, Sie Arschloch«, verkündete ich. »Zerren Sie ihn doch vor Gericht, Sie werden schon sehen, wie weit Sie damit kommen.«

»Nun, ich bevorzuge zunächst andere Herangehensweisen«, grinste er. Seine Augen blickten über meine Schulter hinweg, und als ich mich umdrehte und seinem Blick folgte, sah ich einen Verkehrspolizisten, der die Straße entlangkam und uns Seitenblicke zuwarf, als könne er das Adrenalin von der anderen Straßenseite aus riechen. Sherwood hoffte wahrscheinlich, mich dazu zu bringen, ihm vor einem Zeugen eine zu verpassen.

Ich neigte mich dicht zu ihm und sprach so leise und sanft wie möglich.

»Wenn Sie sich Delroy auch nur nähern, werde *ich* Ihre Herangehensweise bevorzugen. Mit einer zerbrochenen Flasche.«

Sein Grinsen wurde noch breiter, und ich entschied mich, zu gehen, bevor ich die Geduld verlor und ihn trotz allem verprügelte. Wir wussten beide, dass meine Drohungen nur Bluffs waren. Delroy hatte einen Kreditvertrag unterschrieben und ich war in keiner guten Verhandlungsposition – ich konnte nur abwarten, bis Sherwoods Vertreter mit mir Kontakt aufnahmen. Dann konnte ich ihnen die Zähne aus dem Gesicht verhandeln.

Allerdings vermutete ich, dass Sherwood für solche Fälle über einen besonderen Pool von Schlägern verfügte, und mit seinem Geld würde er eine unabsehbare Zahl von Raufbolden auf mich loslassen, bis ich mir vorkam wie in einem Combat-Videospiel, bei dem mir langsam die Münzen ausgingen.

Ich war viel zu jung schon in eine Jugendstrafanstalt gesperrt worden, und auch wenn ich es verdient hatte, dorthin geschickt zu werden, war es doch ein Höllenloch gewesen. Dort hatte ich gelernt, dass zwei mit Klebeband aneinandergeklebte Plastikmesser eine Klinge bilden konnten, mit der man problemlos eine Lunge durchbohren konnte, dass kochender Tee mit Zucker einem das Gesicht wie Napalm verbrennen konnte, und dass man sich, wenn alles schiefging, mit den zusammengeflochtenen Seiten einer Zeitschrift erhängen konnte. Doch was mich damals wirklich wach hielt, waren die Gerüchte, dass die Anstalt überfüllt sei, und man einige von uns nach Dalston Prison überführen würde.

Dalston war ein Knast für Erwachsene im Norden von London, ein heruntergekommenes viktorianisches Verlies, das schon vor Jahren hätte geschlossen und abgerissen werden sollen, doch das immer weitere Gnadenfristen bekam. Die Politiker brauchten die Zellen, weil sie beweisen mussten, wie entschieden sie gegen Kriminalität vorgingen, und sie zwangen die Richter, immer mehr Leute einzusperren, die ihre Fernsehgebühren nicht bezahlt hatten oder eine Prise Hasch bei sich hatten. Dalston war dafür berüchtigt, nicht vom Management, sondern von den Gefängniswärtern geleitet zu werden, die, wenn ihnen danach war, die Insassen dreiundzwanzig Stunden am Tag in ihre Zellen sperrten und die Türen nur aufmachten, um die Leichen der Knastbrüder herauszubringen, die sich aus Verzweiflung selbst umgebracht hatten.

Als ich an diesem Nachmittag Dalston betrat und sich die schwarzen Holztore und sechs Meter hohen Mauern um mich schlossen, waren es nicht der scharfe Geruch billigen Bleichmittels, die feuchte, stickige Luft und der Gestank nach Schweiß, Angst und Elend, die mich nervös machten. Es war der Geruch des falschen Ausweises, der mir ein Loch in die Tasche brannte. Als ich mich in die Schlange vor der Sicherheitskontrolle einreihte, spürte ich, wie meine Handflächen vor Schweiß kribbelten.

Ein Kumpel von mir – Jonah, der wesentlich abgedrehter und durchtriebener war, als ich es je sein würde – hatte diesen Trick vor Jahren einmal angewandt, als er mich besucht hatte. Er war nicht gekommen, um mich aufzumuntern, er war nur davon überzeugt, dass ich wusste, wo noch ein Vorrat kostenloser Drogen lag. Stolz hatte er mir den Ausweis gezeigt, mit dem er hereingekommen war, komplett mit Foto und offiziellem Stempel. Er war vom Royal British Archive ausgegeben worden, das gleich am anderen Flussufer lag, und sah total koscher aus, weil er genau das war. Das Personal im Archiv stellte jedem einen Ausweis aus, der behauptete, er betreibe für eine Schularbeit historische Recherchen, und man konnte ihnen ganz leicht einen falschen

Namen unterjubeln. Niemand prüfte, wer man war, wenn man sich nur alte Aufzeichnungen oder Archive ansehen wollte, oder ob man überhaupt lesen konnte. Mir war das gerade recht.

Der Wärter an der Besucherkontrolle sah den Ausweis an, sah mich an, drehte die Karte um und betrachtete sie, dann reichte er sie mir zurück. Ganz vorsichtig atmete ich erleichtert aus, aber ich war noch nicht ganz durch. Er ließ die Finger über sein Klemmbrett gleiten, bis er den Namen fand, den ich angegeben hatte, als ich im Gefängnis angerufen hatte, um einen Besuch zu arrangieren. Er machte mit einem blauen Kugelschreiber ein Kreuz in die Spalte daneben, vergaß augenblicklich, wer ich war, und nickte dem Nächsten zu, an seinen Tisch zu treten.

Danach ging es zur Sicherheitskontrolle. Ich hatte alles Metall zu Hause gelassen – Uhr, Handy, Münzen, selbst meinen Gürtel. Es gab zwar Schließfächer im Gefängnis, aber da hätte man seine Sachen auch gleich auf einem Tisch ausbreiten und ein Schild »Klau mich!« daneben stellen können. Ein gelangweilter Wärter, der aussah, als gäbe es bei ihm dreimal täglich fettige Fritten zu essen, wedelte mit einem Metalldetektor in meine Richtung und winkte mich dann in den Besucherbereich.

Ungefähr zwei Dutzend Tische waren dort aufgereiht, und plötzlich fühlte ich mich an alle Prüfungsräume erinnert, in denen ich je gesessen hatte, und an all die Prüfungen, bei denen ich so grandios versagt hatte. Hier und da hockten nörgelnde Kinder auf den Holzstühlen und baumelten mit den Beinen, während Mum Dad erzählte, was zu Hause passierte, und versuchte, das Leben draußen nicht zu interessant klingen zu lassen. Ich nahm den Tisch, der am weitesten vom Eingang für die Häftlinge entfernt war. Ich wollte den Typen sehen, den ich besuchte, bevor er begann, sich nach dem Sohn umzusehen, den er erwartete. Er würde mich nicht erkennen, und es bestand die Gefahr, dass auch ich ihn nicht erkannte. Das Bild aus den Zeitungsarchiven, die ich online gefunden hatte, war ein paar Jahre alt, und es handelte sich um ein frontal aufgenommenes Verbrecherfoto ohne jeglichen menschlichen Zug. Aber ich hatte mich eben erst gesetzt, als ein Gefangener eintrat, der verdächtig nach James Bisham aussah. Sofort stand ich auf und rief: »Dad?«

Bisham sah mich und zögerte. Ich strahlte ihn mit meinem breitesten, herzlichsten Lächeln an und sah, wie ein Zweifel über sein Gesicht huschte, dann Neugier, und als er schließlich vorsichtig lächelte und auf mich zukam, wusste ich, dass ich die letzte Hürde genommen hatte. Ich streckte ihm die Hand hin, bevor er den Tisch erreichte und bevor er dachte, ich wolle ihn womöglich umarmen. Er nahm sie fest und schüttelte sie breit grinsend, als freue er sich, mich zu sehen, obwohl er mich noch nie getroffen hatte. Aus dem Augenwinkel hatte ich bemerkt, wie uns ein Wärter beobachtete. Doch dann sah ich, dass er seine Aufmerksamkeit den beiden Vierjährigen widmete, die sich zwischen den Stuhlreihen jagten.

»Du hast dich ganz schön verändert, mein Sohn«, stellte Bisham fest. »Hätte dich fast nicht erkannt.«

Er sprach leise und blieb entspannt.

Ich sprach noch leiser. »Mr Bisham, mein Name ist Maguire. Ihre Frau hat mir erzählt, dass Sie hier einsitzen. Ich musste leider Gabriels Namen benutzen, um hereinzukommen. Ich hatte gehofft, ich könnte mit Ihnen sprechen.«

»Ich höre.« Er war neugierig, aber gleichzeitig distanziert, und ich wusste, dass ich vorsichtig vorgehen musste, denn er konnte mich immer noch reinreiten, wenn er wollte. Wahrscheinlich nicht sehr tief, denn einen Jungen zu spielen, der seinen Vater im Gefängnis besucht, konnte man kaum ernsthaft als kriminelles Verhalten bezeichnen, aber das Personal konnte mich trotzdem mit dem Gesicht an einer Wand entlangschrappen lassen, bevor sie mich hinauswarfen, nur weil ich sie ausgetrickst hatte.

»Eine Freundin von mir hat das Land überstürzt verlassen«, erzählte ich. »Sie hat Drohungen bekommen, als Mails, SMS und Tweets. Ihre Frau behauptet, sie hätte davon auch einige bekommen.«

Bisham verdrehte die Augen, doch er lächelte wehmütig. Das hatte er schon mal gehört, merkte ich,

»Und sie hat behauptet, ich hätte sie geschickt?«, fragte er. »Ja, hier kriegt jeder bei der Ankunft ein Handy, das man nicht orten kann, und dazu unbegrenzte Freiminuten und SMS. Das ist hier wie in so einem beschissenen Ferienlager.«

»Ich frage mich, ob es vielleicht ein wohlmeinender Freund von Ihnen gewesen sein könnte«, sagte ich.

»Was für ein Freund?«, gab er zurück. »Ich hatte dieselben Freunde wie sie, bis sie mich ans Messer geliefert hat. Sie hat mich betrogen und ausgeliefert. Bist du ein Freund von Gabriel?«

»Sozusagen.«

Bisham nickte. »Du hast ihn noch nie gesehen, oder?«

»Doch, das habe ich«, widersprach ich. »Scheint ein netter Junge zu sein.«

»War er, bevor meine Frau ihn in die Finger gekriegt hat«, bestätigte Bisham. »Ihretwegen kommt er mich nie besuchen.«

»Ich kann ihm etwas von Ihnen ausrichten, wenn Sie möchten«, bot ich an. Bisham blinzelte, und ich stellte fest, dass er zwar tough genug war, jahrelange Haft zu ertragen, doch dass sein Sohn den Kontakt zu ihm verlor, machte ihm schwer zu schaffen

»Ich glaube nicht, dass das noch Sinn macht«, meinte er. »Du würdest nicht glauben, was diese Schlampe ihm über mich erzählt hat.«

»Ich weiß, dass sie behauptet, Sie hätten den Pub angezündet.«

»Das ist nicht das Schlimmste. Das wäre Gabriel egal gewesen.«

»Was dann?«

Er zögerte, er fragte sich offenbar, ob er das alles jemandem erzählen sollte, den er gar nicht kannte.

»Es war Messy, die Katze«, sagte er schließlich.

»Was war mit Messy?«

»Jemand hat sie mit Feuerzeugbenzin übergossen und angezündet. Und hat es so aussehen lassen, als sei ich es gewesen, als ich betrunken war. Der kleine Gabe war völlig fertig, total traumatisiert. Wetten, meine Frau hat das bei der Anhörung zur Scheidung vorgebracht?«

»Aber Sie waren das nicht?«

»Natürlich nicht! Ich bin doch nicht der beschissene Irre – das ist sie!« Er war laut geworden, und ich hatte schon Angst, dass wir die Aufmerksamkeit der Wache auf uns gezogen hatten, aber wahrscheinlich gab es während dieser Begegnungen jede Menge Auseinandersetzungen, daher kümmerte sich keiner darum. Bisham holte tief Luft und beruhigte sich wieder, doch dass er so die Fassung verloren hatte, überzeugte mich fast davon, dass er die Wahrheit sagte.

»Es war ihr verdammtes Feuerzeugbenzin – ich habe die leere Dose in ihrem Auto gefunden.«

Das war schrecklich, aber ich sah nicht, was eine gequälte Katze mit Nicky zu tun hatte, daher unterbrach ich ihn.

»Kennen Sie eine Frau namens Nicky Hale?«

»Ja, das war doch Joans Anwältin? Ganz nett, aber die dumme Ziege hätte Joan nie als Klientin annehmen sollen. Wer meiner Frau in die Quere kommt, endet gerne in einer Benzinlache. Oder hier.«

»Nicky ist die Freundin, die die perversen Botschaften bekommen hat.«

»Dann hätte sie Joan lieber nicht ihre Kontaktdaten geben sollen«, meinte Bisham.

Ich war unter Vorspiegelung falscher Tatsachen hier, und nichts, was Bisham sagte, konnte je als Beweis verwendet werden. Er wusste es, und ich hatte mich auch ein wenig darauf verlassen, dass er das wusste – dass er sich damit brüsten würde, was er getan hatte, oder es zumindest wenig überzeugend leugnen würde. Doch mich hatte er überzeugt. Alles was er über seine Frau und ihren Geisteszustand gesagt hatte, schien mir ins Schwarze zu treffen, wenn ich von meiner eigenen Begegnung mit ihr ausging. Und das bedeutete, dass ich wieder ganz am Anfang stand.

»Vielen Dank für Ihre Hilfe«, sagte ich.

»Wir haben noch zwanzig Minuten«, sagte Bisham.

»Worüber würden Sie sich gerne unterhalten?«

»Kennst du ein paar Witze?«

»Nur den mit dem Schwein mit dem Holzbein.«

»Nein, nicht so einen alten …« Er betrachtete seine Hände, fasste sich ein Herz und fragte: »Wie war er so? Gabriel? Als du ihn gesehen hast?«

»Er ist groß«, antwortete ich und suchte im Geiste nach einem Kompliment, das nicht nach einer glatten Lüge klang. »Sieht clever aus. Und er hat Mumm. Er wollte sich auf mich stürzen, weil er meinte, ich würde seine Mutter belästigen.«

»Gut«, meinte er. »Er war immer ein wenig ein Muttersöhnchen.«

»Soll ich ihm etwas ausrichten?«

Bisham holte tief Luft, klappte den Mund aber wieder zu, als hätte er zu viel zu sagen für die kurze Zeit, die uns noch blieb. Oder vielleicht wollte er das, was er seinem Sohn sagen wollte, nicht einem Fremden anvertrauen.

»Grüß ihn von mir.« Plötzlich erinnerte er mich an meinen Vater, den ich auch immer als selbstverständlich hingenommen hatte. Als Teenager hatte ich aufgehört, auf ihn zu hören, bis ich eines Tages nach Hause gekommen war und ihn ermordet aufgefunden hatte. Und danach konnte ich es nicht mehr ändern. Irgendwie, entschloss ich mich, würde ich an Gabriel Bishams verrückter Mutter vorbeikommen, und dann würde ich den kleinen Dicken schütteln, bis ihm die Zähne im Kopf klapperten, und ihm sagen, dass er gefälligst mit seinem Vater reden sollte, solange er noch die Möglichkeit dazu hatte.

Ich stand auf und streckte Bisham erneut die Hand hin. Er ergriff sie und in seinem Händedruck lag Wärme.

»Vielen Dank, dass du gekommen bist«, sagte er. »Im Ernst. Im Gefängnis ist es so verdammt langweilig, du glaubst es nicht.«

»Ehrlich gesagt doch.«

Mit einem Lächeln erkannte er einen alten Knastbruder an. »Komm wieder, ja?«

»Ich werde es versuchen«, erwiderte ich. Wir wussten beide, was das bedeutete – dass ich mir eher mit einem stumpfen Messer die Haut vom Bein schälen würde, als noch einmal einen Fuß in diesen Laden zu setzen.

Dalston Prison lag von meinem Studio aus gesehen auf der anderen Seite der Stadt, daher gelangte ich auf dem gleichen Weg zurück, wie ich hingekommen war, mit dem Zug durch das trostlose Hinterland von Nordlondon mit seinen Rangiergleisen und den verfallenen Ziegelbauten, deren Fassaden und Balkone mit Efeu überwuchert waren. Die Wagenräder machten nicht einmal so ein beruhigendes, rhythmisches Geräusch, sondern rumpelten und holperten über zahllose Weichen, genau wie die Gedanken in meinem Kopf. Die Bishams hassten einander also und der Sohn stand dazwischen. Die Geschichte hatte ich schon mindestens hundertmal gehört. Als meine Mutter uns verlassen hatte, war mir wenigstens noch ein Elternteil geblieben, das mich genug liebte, um sich mit dem Mist, den ich baute, abzufinden. Ich kannte einige Kinder, die sich schließlich die ganze Nacht auf der Straße herumgetrieben hatten, wütend, weil sie sich zurückgestoßen und erniedrigt fühlten, weil ihre Eltern sich nicht einigen konnten, wer an der Reihe war, sie zu füttern. Gabriel Bishams Mutter hatte vielleicht nicht alle Tassen im Schrank, aber sie liebte ihn und war für ihn da, und zumindest in dieser Hinsicht konnte er sich glücklich schätzen.

Aber ich wusste immer noch nicht, wer Nicky diese Drohungen geschickt hatte.

SECHS

Das Haus, in dem Delroy und Winnie wohnten, lag zwischen hellen modernen Häusern, sauber, ordentlich und grün. Auf dem Spielplatz kreischten fröhlich die Kinder, die in den bunten Karussellen auf den dicken Gummimatten herumkreiselten. Als ich ein Kind gewesen war, lagen auf dem zum größten Teil geteerten Spielplatz Glassplitter und Hundehaufen herum und die Klettergerüste und Wippen waren ständig dermaßen demoliert, dass man sich fragte, warum die Irren, die das taten, nicht einen ordentlichen Job bei einer Abbruchfirma bekamen.

Mein Dad hasste Nostalgie – er behauptete, in seiner Jugend sei das Wetter beschissen und das Essen schlechter gewesen und wer der Vergangenheit nachtrauerte, sei ein Idiot. Damit hatte er zwar irgendwie recht, aber ich erinnerte mich daran, wie ich hier geschaukelt hatte und wie er hinter mir stand und mich immer höher und höher schubste, während ich vor Furcht und Vergnügen quietschte. Danach fuhr ich auf meinem klapprigen Plastikdreirad nach Hause und stellte ihm unmögliche Fragen, die er so gut wie möglich beantwortete.

Winnie öffnete mir die Tür in ihrer großen geblümten Schürze und bestand darauf, mich zu umarmen. Sie roch nach Seife, Möbelpolitur und Haarspray und aus dem Haus wehte der Geruch von gewürztem Fleisch. Mit knurrendem Magen folgte ich ihr in die Küche und stellte fest, dass sie Erbseneintopf machte – wie üblich in Mengen, mit denen sie eine kleinere karibische Insel hätte versorgen können. Während ich Tee aufsetzte, goss sie das Wasser von den Schweineschwänzen, die sie über Nacht in Salz eingelegt hatte, und erklärte, dass Delroy zum Sozialamt gegangen sei, damit sie testen konnten, ob er immer noch behindert sei oder auf wundersame Weise von seinem Schlag geheilt worden war.

»Wenn man heutzutage zwei Minuten am Stück aufrecht stehen kann, erklären sie einen für arbeitstauglich, um Gott weiß was zu machen – ein Schild mit ›Autowäsche‹ hochzuhalten oder so einen Unsinn«, erklärte Winnie. »Aber Delroy ist so stolz, dass er den Hohlköpfen lieber zustimmen würde als zuzugeben, dass er Hilfe braucht.«

»Ich hätte ihm nie den Vorschlag machen sollen, das Studio wiederzueröffnen«, sagte ich. »Es tut mir wirklich leid, Winnie.«

»Oh Gott, das ist doch nicht deine Schuld. Delroy ist wirklich groß und hässlich genug, um seine eigenen

Entscheidungen zu treffen. Nur schade, dass es nicht funktioniert hat.« Sie schob die gelben Yamswurzelstücke von ihrem Schneidebrett in den Topf, in dem es gerade zu kochen begann. »Und vielleicht ist es so ja am besten. Du bist zu jung, um dein ganzes Leben in diesem Schuppen zu schuften. Und Delroy ist zu alt dazu, er sollte es langsamer angehen.« Ich runzelte die Stirn. Winnie versuchte, die Dinge positiv zu sehen, alles, was sie jetzt sagte, widersprach dem, was sie gesagt hatte, als wir eröffnet hatten. »Vielleicht sollten wir nach Hause gehen«, meinte sie. »Wenn wir das Haus hier verkaufen, hätten wir auf Jamaika ein gutes Auskommen.«

Wenn Sherwood euch lässt, dachte ich.

»Winnie ... habt ihr noch einmal von diesem Geldverleiher gehört?«

»Dieser Mann ...« Winnie sah böse drein, etwas, was ihr gar nicht stand.

»War er da? Oder hat er jemanden geschickt?«

»Dieser miese kleine Kerl, der unseren Fernseher genommen hat, der, der wie Elvis aussieht. Er war hier und hat versucht, uns zu erzählen, dass Sherwood uns das Haus wegnehmen wird, aber Delroy hat ihn in die Wüste geschickt.«

»Im Ernst?«

»Ich war bei der Rechtsbeihilfe und habe mit den Anwälten dort gesprochen. Sie haben sich den Vertrag angesehen, aber sie sagen, solange wir Sherwood bezahlen, kann er gar nichts machen. Und wir haben ihn bezahlt, also ...«

»Ich werde das bezahlen, Winnie, sobald das mit meinem Geld geregelt ist.«

»Oh, dieses Geld!« Winnie schlug die Hände zusammen. »Das zeigt nur wieder, dass die Bibel recht hat. Das ganze Geld hat nichts als Ärger gebracht.«

Da hatte sie durchaus nicht unrecht. Als ich noch in dem schmierigen Fastfood-Laden gearbeitet hatte, zum Spaß gejoggt war und abends zusammen mit meinem Vater in Decken gewickelt auf dem Sofa gesessen hatte, um Gas zu sparen, war das Leben viel einfacher gewesen. Aber einfacher bedeutete nicht zwangsläufig besser, und ich hatte gerade angefangen, es zu genießen, Geld zu haben und die Möglichkeiten zu nutzen, die es bot ... als Nicky damit verschwunden war. Das war es, was uns den Ärger eingebracht hatte, nicht die Kohle selbst.

An der Tür klapperte es, und Schlüssel klimperten, was die Rückkehr von Delroy ankündigte, der seine Krücke über die Schwelle setzte.

»Verdammt, hier riecht aber etwas gut! Bist du das, Mrs Llewellyn?«

Auf Winnies Gesicht breitete sich ein verlegenes und gleichzeitig erfreutes Lächeln aus. Sie hievte ihre knirschenden Gelenke aus dem Sessel und watschelte Delroy entgegen, und plötzlich sah ich das junge Mädchen, das Delroy an einem Strand auf Jamaika gesehen hatte, dem er gefolgt war und das er so lange bekniet hatte, bis sie einwilligte, ihn zu heiraten. Über vierzig Jahre später waren sie immer noch zusammen, liebten, neckten und stritten sich immer noch. Ich fragte mich, ob ich wohl je jemanden finden würde, mit dem ich mein Leben so vollständig teilen konnte, und erschrak, als vor meinem Auge das Bild von Zoe in dem Café in Kew auftauchte, wie sie Zucker in ihren Kaffee rührte. Das Mädchen, das mir gesagt – mich gelehrt – hatte, niemandem zu vertrauen.

»Finn!«, bellte Delroy. »Da sitzt du und machst dich in meiner Küche breit. Hol ein paar Gläser, Junge!«

Delroy leerte eine kleine Flasche Rum und begann mit der nächsten, obwohl Winnie missbilligend den Kopf schüttelte. Entschlossen, sich einen hinter die Birne zu kippen, machte er sich kaum die Mühe, ihn zu verdünnen, wahrscheinlich, um die Demütigung zu vergessen, dass er vor einem staatlichen Arzt, der Kreuzchen auf ein Formular setzte, seine Unfähigkeit und Schwäche bestätigen musste. Ich war froh, zu sehen, dass er den Arzt nicht über die eine physische Fähigkeit aufgeklärt hatte, die er ausgezeichnet beherrschte – seinen rechten Haken, auch wenn ich es ihm bestimmt nicht übel genommen hätte. Aber ich vertrug nicht so viel verwässerten Rum, und als ich mein Limit erreicht hatte, küsste ich Winnie auf die Wange, klopfte Delroy auf die Schulter und joggte nach Hause, mit wirrem Kopf und einem Magen, in dem der Rum wie in einer Flasche bei jedem Schritt mitschwappte.

Vielleicht war es der Alkohol oder die Aussicht auf eine weitere einsame Nacht, vielleicht auch, dass ich immer aufhörte, Nicky zu vermissen, wenn ich Susan sah, aber als ich zu Hause ankam, nahm ich das Handy und rief sie an. Sie klang erfreut, mich zu hören, als hätte sie meinen Anruf erwartet, aber ihre Worte passten nicht dazu.

»Heute Abend schaffe ich es leider nicht, tut mir leid. Vielleicht später diese Woche?«

Es klang, als sei ich ihr Personal Trainer. Plötzlich erkannte ich, dass sie mich vor jemandem geheim halten wollte, der bei ihr war. Das war nicht verwunderlich. Ich war ein primitiver Analphabet, ungefähr sieben Jahre jünger als sie, und sie war eine gebildete junge Dame mit reicher Familie und Freunden. Sie würde mich nicht zu ihren Dinnerpartys mitnehmen, es sei denn, ich konnte die anderen Gäste damit unterhalten, dass ich Wein aus der Flasche trank oder vielleicht Bananen mit den Füßen schälte.

»Ja sicher«, erwiderte ich. »Ruf mich an.«

Ich warf das Telefon weg.

Sie würde mich nicht anrufen. Sie war nur gekommen, um herauszufinden, was mit Nicky passiert war, und jetzt, wo sie glaubte, es zu wissen, interessierte es sie ebenso wenig, warum sie verschwunden war, wie die Polizei. Der Einzige, den es interessierte, war ich.

Ich putzte mir die Zähne, ging aufs Klo, zog mich aus und legte mich ins Bett.

Am nächsten Morgen wachte ich um fünf Uhr auf und fühlte mich wie ein Hundehaufen, in den jemand hineingetreten war. Ich war nicht gut im Trinken – auf dem Gebiet war mein Dad der Experte gewesen – und ich wollte es auch nie werden. Ich wollte gerade meinen üblichen Tagesablauf beginnen und das Studio putzen, als mir wieder einfiel, dass es ja geschlossen war und dass ich im Grunde arbeitslos war. Ich entschloss mich, joggen zu gehen, um den Alkohol in meinem Blut zu verbrennen, und schaffte tatsächlich zehn Kilometer, bevor ich in die Themse kotzen musste.

Aber es funktionierte. Nach einer Dusche zu Hause – das war eine Anschaffung im Studio, die ich nicht bereute – fühlte ich mich wieder wie ein Mensch. Ich ging in meine Wohnung, rubbelte mir die Haare trocken und dabei fiel mein Blick auf die Schachtel mit den Akten, die immer noch auf meinem Tisch stand. Mit einem von Nickys Klienten hatte ich noch nicht gesprochen. Vielleicht hatte es keinen Sinn mehr, aber ich hatte ja nichts anderes zu tun.

Der Ort, den ich suchte, war einmal ein gemütliches Café in einem belebten Shoppingviertel gewesen, bis der nördliche Ring sich durch die Straße gefressen und sie wie einen Regenwurm in zwei Teile geschnitten hatte. Doch während Regenwürmer so etwas überleben können, wanden sich die beiden Enden der Ladenstraße in den letzten Zügen. Die einzigen Geschäfte, die sich noch hielten, waren Wettbüros und schäbige Lebensmittelläden, die angeschlagenes Obst und verbeulte Dosen verkauften. So früh am Morgen hatten die Wettbüros noch geschlossen, und am meisten Betrieb herrschte dort, wo ich hin wollte. Durch die offene Tür schlurfte ein Strom schäbiger Gestalten in die willkommene Wärme. Manche von ihnen hatten dreckige Schlafsäcke dabei, andere nicht einmal das.

Wenn jemand Notiz von mir nahm oder meinte, ich gehöre nicht in eine Suppenküche, dann sagte er es zumindest nicht. Andererseits können obdachlose und hungrige Menschen sehr unterschiedlich aussehen.

Obwohl Reverend Zeto, der Kamikazefahrer, keinen Kragen trug, erkannte ich ihn sofort. Heute Morgen trug er Jeans, ein T-Shirt und eine fleckige Schürze, mit deren Hilfe er einen Stapel angewärmter Suppenschüsseln auf einen Tresen neben einen großen Topf mit wässrigem Haferbrei stellte. Zwei andere ehrenamtliche Mitarbeiter waren hinter dem Tresen beschäftigt, schlanke Mädchen von kaum zwanzig Jahren, die ihr Haar hochgesteckt hatten und diskrete goldene Kreuze um den Hals baumeln hatten. Sie strahlten die Penner an, die sich für Frühstück anstellten, als sei es ein Privileg, sie zu bedienen. Ihre Ernsthaftigkeit war rührend. Eigentlich hatte ich mich nicht mit anstellen wollen, aber als ich sah, wie die Gäste sich schlurfend ihr Plastikbesteck holten, fielen mir meine eigenen Umstände ein, und ich fragte mich, ob ich wohl auch bald hier landen würde.

»Hallo, was hätten Sie denn gerne?«, strahlte mich Zeto an. Ich zögerte, denn ich hatte Gewissensbisse, Essen anzunehmen, das eigentlich für Obdachlose bestimmt war, was ich ja nicht war, zumindest noch nicht.

Ich grinste ihn dümmlich an und sah, wie Zeto mich musterte und noch breiter grinste. »Ich habe Sie hier noch nie gesehen«, sagte er. »Der Haferbrei ist besser, als er aussieht, ganz bestimmt.«

»Sind Sie Reverend Zeto?«

Sein Lächeln verkümmerte und zerfiel zu Staub. Er war schätzungsweise Mitte dreißig, mit hohen Wangenknochen und vollem blondem Haar. Er sah fit aus, wenn auch magerer als auf den Fotos – aber sich zu betrinken und bei einem fehlgeschlagenen Selbstmordversuch beinahe ein Dutzend Autofahrer umzubringen, konnte jeden dazu bringen, ein paar Pfund zu verlieren.

»Möchten Sie Haferbrei?«, fragte er ungeduldig, als hätte ich ihn nicht beim Namen genannt.

»Ehrlich gesagt würde ich mich gerne mit Ihnen unterhalten«, antwortete ich.

»Tut mir leid«, sagte er. »Das Essen hier ist für Bedürftige. Wenn Sie das nicht sind, dann sollten Sie nicht hier sein.«

»Es geht um Nicky. Nicky Hale.«

Zeto zögerte, als hätte ich ein Codewort genannt, dann änderte er seine Meinung.

»Egal um was es geht, ich kann nicht helfen. Der Nächste!«

»Ich kann warten«, erklärte ich. »Kein Problem. Ich war auch ihr Klient und ich möchte herausfinden, was mit ihr passiert ist.«

»Ich weiß nicht, was mit ihr passiert ist«, entgegnete Zeto. Seiner Stimme fehlte es eindeutig an christlicher Wärme. »Ich kann Ihnen nicht helfen, es tut mir leid, auch wenn Sie den ganzen Tag hier herumhängen. Der Nächste!«

Dem Kerl hinter mir musste man das nicht zweimal sagen. Er ging um mich herum, boxte sich mit den Ellbogen den Weg frei und reichte Zeto seine Schüssel, der ihm eine große Kelle grauen Haferbreis gab.

»Zucker ist da drüben«, sagte er, als er die Schüssel zurückgab. Dann wandte er sich um und sah direkt durch mich hindurch. »Der Nächste bitte!«

So ziemlich der unhöflichste Pfarrer, den ich je gesehen habe, dachte ich, als ich mich an einem der langen, laminierten Klapptische niederließ. Ich hoffte immer noch, dass Zeto nachgeben und sich mit mir unterhalten würde, wenn der Andrang erst nachließ, doch es wurde immer später, während er weiter schleimigen Haferbrei austeilte und meine Anwesenheit ignorierte. Nach etwa einer Stunde wurde die Schlange kürzer und er verschwand mit einem Stapel schmutziger Schüsseln nach hinten. Ich hätte mich treten können. Ich hätte anbieten können, zu helfen, anstatt hereinzumarschieren und eine Unterhaltung zu verlangen wie ein arroganter Cop. Das hatte ich vermasselt, und jetzt würde Zeto nicht einmal mit mir sprechen, wenn ich seiner Gemeinde beigetreten wäre, sonntags ministriert hätte oder auf Knien nach Jerusalem gerutscht wäre. Ich stand auf und wollte gehen. Wahrscheinlich war es sowieso egal. Zeto war mürrisch und schlecht gelaunt und eine Gefahr hinter dem Steuer, aber es war schwer vorstellbar, dass ein Pfarrer, der freiwillig in einer Suppenküche arbeitete, Nicky schmutzige Nachrichten schickte und ihr Verschwinden plante.

Doch als ich mich zur Tür wandte, trat gerade ein Mann ein, bei dessen Anblick ich zusammenzuckte. Der Neuankömmling bemerkte meinen Blick und starrte trotzig zurück, vielleicht erwartete er, dass ich wegsah oder würgte. Sein Anblick war schwer zu ertragen. Die linke Seite seines Gesichtes bestand nur aus Narbengewebe und sein linkes Auge war ein blickloser weißer Ball unter verdrehten Hautfalten. Seine Wollmütze hatte er sich tief ins Gesicht gezogen, wahrscheinlich um das fehlende linke Ohr zu verbergen und den kahlen Schädel mit den paar wirren Haarbüscheln.

Dann entschied er sich, mich zu ignorieren, und ging an den Tresen, um sich sein Frühstück zu holen. Ich sah, wie das Lächeln der ehrenamtlichen Helferin mit der Kelle ins Wanken geriet. Dann zwang sie sich, ihn anzusehen und zu lächeln. Er musste es auch bemerkt haben, und ich ahnte, wie schwer es sein musste, jeden Tag dieser Mischung aus Ekel und Mitleid zu begegnen.

Mit dem Tablett in der Hand suchte er sich einen Platz und ich ließ mich auf einem Stuhl ihm gegenüber nieder. Ich achtete darauf, ihn direkt anzusehen und dem Blick seines einen Auges nicht auszuweichen.

»Entschuldigung, ist Ihr Name vielleicht Leslie?«, fragte ich. »Alan Leslie?«

»Was willst du?«, grunzte Leslie mit vollem Mund.

»Mein Name ist Finn Maguire. Ich habe Ihr Bild in der

Zeitung gesehen ... ich wollte Sie fragen, wie das passiert ist.«

»Wie was passiert ist?«, schnaubte er. Ihm fiel ein wenig Essen durch die steifen Lippen aus dem linken Mundwinkel. Nervenschäden, vermutete ich und fragte mich, wie oft er sich wohl auf die Wange biss. Ich wusste es, als ich sah, wie er Blut spuckte.

»Als Sie in dem Gebäude übernachtet haben, das abgebrannt ist«, sagte ich.

»Abgebrannt wurde«, korrigierte er mich, »das war keine verdammte spontane Selbstentzündung.«

»Abgebrannt wurde«, bestätigte ich. »Das mit Ihrem Freund Martin tut mir leid.«

Leslie nahm eine weitere Gabel voll. Ich fragte mich, wie oft er die Geschichte schon erzählt hatte, und hoffte, es waren noch nicht allzu viele Male. Wenn er nicht häufig jemanden fand, der ihm zuhören oder ihn ansehen wollte – dann bestand eine größere Chance, dass er mir gegenüber offen sein würde.

»Er war nicht mein Freund«, murmelte Leslie.

»War er nicht? Dann müssen die Medien das falsch mitbekommen haben.«

»Er war mein Liebhaber. Wir waren zusammen.« Er starrte mich an, als wolle er mich herausfordern, über die Vorstellung zu lachen, dass jemand mit so einem Gesicht jemals hätte für einen anderen Menschen attraktiv sein können, egal welcher sexuellen Orientierung.

»Oh Mann«, stieß ich hervor. »Das tut mir leid. Das

muss schrecklich gewesen sein, jemanden auf diese Weise zu verlieren.«

Leslie schüttelte den Kopf und blinzelte. Sein eines Auge tränte, und ich fragte mich, ob er zu weinen versuchte, es aber nicht mehr konnte.

»Dieser Mistkerl von einem Anwalt hat es so dargestellt, als hätten wir das Feuer gelegt«, sagte er. »Mit Absicht, um uns zu wärmen.«

Plötzlich fiel ihm wohl auf, dass er zeterte, das gleiche Gezeter, das er offenbar schon oft zuvor von sich gegeben hatte, ohne dass es jemanden interessiert hätte, und er klappte den Mund zu.

»Was ist passiert?«, fragte ich.

Leslie starrte mich an, als frage er sich, ob ich ihn auf den Arm nehmen wollte.

»Es gab einen Bericht, einen Bericht der Feuerwehr … darin stand, dass das Feuer am Fuß der Treppe ausgebrochen ist. Warum zum Teufel sollten wir …« Erneut brach er ab.

»Haben Sie das vor Gericht gesagt?«

»Ich war nicht bei der Verhandlung. Da lag ich immer noch auf Station.«

»Aber Bisham ist doch dafür in den Knast gewandert, oder?«

»Sechs bis zehn Jahre wegen Brandstiftung? Es war Mord, er hätte lebenslänglich kriegen müssen!«

»Aber wenn er nicht wusste, dass Sie da drin waren …«

»Scheiße, von wegen er wusste es nicht … die verdammte Tür war zugeschraubt worden!«

»Zugeschraubt?«

»Ja! Der Scheißkerl Bisham hat in der Nacht Schrauben in die Tür gedreht, bevor er das Haus angezündet hat. Ich weiß das – denn ich war zuvor dort hereingekommen. Aber meine Aussage wurde vor Gericht nie verlesen. Niemand ist der Sache nachgegangen, weil wir nur Penner sind, für die sich keiner interessiert.«

»Wie hat Bisham das Feuer denn gelegt? Hat er Benzin durch den Briefkastenschlitz gegossen?«

»Das hätte jeder gekonnt. Es hat unten an der Treppe angefangen, etwa drei Meter vom Briefkasten entfernt. Der Kerl hatte Schlüssel. Er ist einfach hereingekommen.«

»Das ist ein bisschen schlampig für einen Versicherungsbetrug. Kein Wunder, dass sie ihn geschnappt haben.«

»Das war kein Versicherungsbetrug. Er wollte uns verbrennen. Mich und Martin.«

»Warum denn?«

»Um andere Obdachlose abzuschrecken, deshalb.« Leslie ließ die Gabel fallen und starrte seinen Teller an, als hätte er den Appetit verloren. Als er wieder sprach, war er so leise, dass ich ihn kaum verstehen konnte. »Martin hatte keine Feinde. Er war der sanftmütigste Mensch, den man sich vorstellen konnte ... Er starb vor meinen Augen. Fiel durch den Boden. Er lebte noch, als das Feuer ...«

»Oh Gott!«, entfuhr es mir.

»Wenn du nicht für Martin betest, dann beschmutze nicht den Namen des Herrn«, warnte Leslie. »Er hört dich.«

Ich glaubte erst, er mache Witze, doch seine Stimme klang hart, er meinte es todernst.

»Wer hört mich?«

»Der Herr hört dich!«, fuhr Leslie mich an.

»Oh ja, natürlich. Tut mir leid. Sind Sie einer aus Zetos …«

»Was?«, fuhr Leslie auf, ein wenig defensiv, wie mir schien.

»… Gemeinde«, schloss ich.

»Oh.« Soweit ich in Leslies Gesicht lesen konnte, sah er ein wenig verlegen aus.

»Ich gehe in seine Kirche, ja.«

»Was haben Sie denn gedacht, was ich meine?«

»Vergiss es.« Er nahm erneut seine Gabel und schob ein wenig Rührei auf seinem Teller herum.

»Danke. Dass Sie mit mir gesprochen haben.«

Leslie schob seinen Teller weg. »Was ist das denn wert?«

Ich nahm meine Brieftasche und sah hinein. Ich hatte nur noch einen Zehner.

Leslie griff danach. »Das reicht schon, danke«, sagte er.

Trotz seines gottesfürchtigen Getues war ich davon überzeugt, dass er alles Geld, das ich ihm gab, in Alkohol oder Drogen investieren würde. Aber mit diesem Gesicht sollte er das ruhig. Er konnte alle Narkotika brauchen, die er kriegen konnte.

Eigentlich hatte ich direkt nach Hause gehen wollen, aber als ich den Bahnhof verließ, ging ich stattdessen nach Süden. Nicht wegen der Landschaft, sondern weil Nicky dort gewohnt hatte.

Ein Cop – Zoes Vater war es gewesen – hatte mir einmal erzählt, dass der Hauptverdächtige in einem Mordfall immer derjenige sei, der den Fund der Leiche meldete. Nicky war zwar nicht tot, aber ihr Mann Harry Anderson war der Letzte, der sie gesehen hatte, und es wurde Zeit, dass ich ihn aufsuchte, um herauszufinden, was er wusste. Die Gespräche mit Nickys Klienten hatten mir nichts gebracht, aber vielleicht konnte ich Anderson irgendwie aus der Reserve locken, bis er die Fassung verlor. Ich könnte vielleicht seinen Kokainkonsum erwähnen, um den Eindruck zu erwecken, dass ich mehr über ihn wusste, als ihm lieb war. Ich wusste, dass er dazu beigetragen hatte, Nicky unglücklich zu machen – er hatte mir selbst erzählt, dass sie sich am Abend, bevor sie gegangen war, gestritten hatten – und ich fragte mich wieder, ob es Anderson gewesen war, der sie geschlagen und damit das Fass zum Überlaufen gebracht hatte. Ich würde es ihn geradeheraus fragen, und wenn er meinte, das sei nur eine Art Liebesspiel gewesen und Nicky hätte es gerne etwas rauer gehabt, dann hatte ich einen Grund mehr, ihm ähnlich liebenswürdig zu kommen.

Joggend brauchte ich nur fünf Minuten zu Nickys Haus, und als ich dort ankam, blieb ich auf der anderen Straßenseite stehen und tat so, als hätte ich Seitenstechen und müsste zu Atem kommen, damit niemand, der mich sah, auf die Idee kommen könnte, dass ich das Haus für einen möglichen Einbruch abcheckte. Doch es war niemand da außer dem Postboten, der sein überladenes Fahrrad auf mich zu schob und über seine Kopfhörer Musik hörte. Seine gebräunten Beine ließen mich vermuten, dass er einer jener Postboten war, die das ganze Jahr über in Shorts herumliefen, um allen zu zeigen, was für Outdoormenschen sie waren. Nickys Bilderbuchhaus schien jedoch leer zu sein – der elegante BMW stand nicht in der Einfahrt. Ich fluchte. Es war schließlich mitten am Tag – ich hätte wissen müssen, dass Anderson bei der Arbeit war. Dann dachte ich, dass ich ja mal nachsehen konnte ... ich könnte zuerst klopfen und dann schauen, ob ich ein offenes Fenster fand. Dann fiel mir die Alarmanlage ein, die mir bei meiner ersten kurzen und unangenehmen Begegnung mit Anderson aufgefallen war, daher strich ich die Idee. Als der Postbote kam und sein Fahrrad an ein Gartentor zwei Häuser weiter lehnte, um in der Auffahrt zu verschwinden, kam mir noch eine andere Idee – genauso illegal, aber weniger riskant.

Ich stemmte mein Bein an die Bordsteinkante und tat so, als massiere ich einen Krampf, wobei ich unauffällig beobachtete, wie der Briefträger wiederkam, sein Fahrrad zur Auffahrt neben der von Nickys Haus schob und die Briefe ganz oben in seiner Tasche durchsah, einen herausnahm und ging, um ihn abzuliefern.

Bei Diebstählen am helllichten Tag sind Timing und

Entschlossenheit am wichtigsten. Es gehört auch ein gewisses schauspielerisches Talent dazu – für zufällige Beobachter mussten die Handlungen unbewusst und unauffällig sein. In zwei Sekunden war ich beim Fahrrad des Postboten, eine halbe Sekunde danach hatte ich das nächste Bündel Briefe von seinem Stapel genommen und eine weitere Sekunde später joggte ich mit Andersons Briefen unter dem T-Shirt die Straße entlang. Zum Glück schwitzte ich nicht sehr. Ich konnte nur hoffen, dass das dünne Bündel auch tatsächlich Briefe für Anderson enthielt und nicht nur Werbemüll von Pizzalieferanten und Taxiunternehmen.

Zwei Straßen weiter blieb ich neben einem Briefkasten stehen und ging das Bündel durch. Ich brauchte ein oder zwei Minuten, aber ich fand drei Briefe für Anderson und einen für Nicky. Den Rest warf ich in den Briefkasten, steckte die anderen in die Tasche meines Kapuzenpullis und rannte weiter. Nördlich der Kew-Bridge war der Verkehr stockend wie üblich, und höchst zufrieden rannte ich an den Fahrern vorbei, die kochend in ihren Autos saßen wie Tausende von Sardinen, die langsam in ihren eigenen Dosen verrotteten.

Aufgeregt summte mein Handy auf dem Tisch. Ich sah auf das Display, überlegte kurz und nahm dann ab.

»Hi Finn, ich bin es, Susie.«

»Ich weiß, dass du es bist, deine Nummer ist gespeichert.«

»Ich habe mich gefragt, ob wir uns treffen könnten.«

»Wann?«

»Jetzt zum Beispiel.«

»Ich dachte, du könntest erst später diese Woche?«

»Jetzt ist später diese Woche.«

»Ich bin aber gerade beschäftigt.«

»Ich könnte zu dir kommen.«

Einem Teil von mir gefiel diese Idee, und es war nicht schwer zu erraten, welchem.

»Okay. Ich bin den ganzen Abend zu Hause.«

»Das ist gut, denn ich stehe unten. Warum hast du keine Sprechanlage?«

Als ich die Tür aufmachte, rauschte sie herein wie ein Cop bei einer Razzia, packte mich am Haar, zog meinen Kopf herunter und küsste mich. Nun, dachte ich, damit sparen wir uns die langen, unangenehmen Minuten des Überlegens, ob das neulich Nacht ein Fehler gewesen sei. Als sie vor mir die Treppe hinaufging und ihren Hintern auf meiner Augenhöhe schwenkte, kribbelten die Kratzer auf meinem Rücken erwartungsvoll, und sobald sie oben angekommen war, drehte sie sich um und packte mich am Hemd. Nur gut, dass ich die kaputten Möbel nicht ersetzt hatte.

Eine Stunde später lag ich verschwitzt, keuchend und mit neuen Blutspuren am Körper auf dem Bauch auf meinem Bett, während sie in einem Hemd von mir in der Wohnung herumlief, das ihr kaum über den hübschen Hintern reichte.

»Was machst du eigentlich beruflich?«

»Ich unterrichte Tennis. Es wird nicht sehr gut bezahlt, aber ich habe etwas Geld aus meiner Profizeit gespart.«

»Das erklärt deinen hübschen Hintern.«

»Danke. Das hat man mir schon gesagt, aber ich habe ihn noch nie selbst gesehen.«

Sie bemerkte die Post, die offen auf meinem Tisch lag, und griff mit der Vertraulichkeit eines Menschen danach, mit dem man gerade geschlafen hat.

»Du hast eine American-Epress-Karte?«, wunderte sie sich. Dann bemerkte sie die Anschrift auf dem Kreditkartenauszug. »Das ist Harrys«, stellte sie fest. Sie sah schockiert, gleichzeitig aber auch gespannt aus – als wäre ich ein Einbrecherkönig, der eine Diamantenkrone aus einer Jacht in Monte Carlo gestohlen hätte, und nicht ein West-Londoner Bengel, der ein Postbotenfahrrad beklaut hatte. »Was machst du damit?«

»Ich überprüfe ihn«, sagte ich. »Hast du nicht gemeint, er arbeite für eine Bank?«

»Hennesey's. Das ist eine der Privatbanken, von denen man nie etwas hört, es sei denn, man ist stinkreich. Sehr stylisch, sehr exklusiv. Er hat immer angedeutet, dass sein letzter Klient ein Rockstar sei oder ein Erste-Liga-Fußballer. Nicky hatte es satt, ihm zu sagen, er müsse diskreter sein. Ich glaube, er wollte nur nicht, dass die Leute erfahren, wie langweilig er wirklich ist.«

»So langweilig ist er gar nicht«, meinte ich. »Ich meine für einen Bankmanager.«

»Meinst du das Koks?«

Das überraschte mich. Ich hätte gedacht, dass Andersons Kokainmissbrauch in seiner Position eine große Sache wäre.

»In seinem Job gehört das praktisch dazu«, fuhr Susie fort. »Ich meine, alle jungen Fondsmanager tun es. Für diese Typen ist nicht Koks zu schnupfen so wie Veganer zu sein.«

»Ehrlich gesagt ist es nicht das Koks«, erwiderte ich, kletterte aus dem Bett und wickelte mir ein Handtuch um die Hüften, um meine wichtigsten Körperteile vor der Zugluft aus den undichten Fenstern zu schützen. Ich nahm den Kreditkartenbeleg und wies auf drei Transaktionen, die ich unterstrichen hatte. »Siehst du das?«

»Zehntausend Pfund?«

»Jeweils. Findest du das nicht merkwürdig? Dass er drei Mal im Laufe von zwei Wochen genau zehntausend Pfund überwiesen hat?«

»Ja, aber ... das kann doch für alles Mögliche sein.« Sie betrachtete den Empfänger. »Fine Times Ltd?«

»Das ist eine Art Finanzleistungsgesellschaft. Ich habe sie gegoogelt.«

»Nun, dann muss es etwas mit seiner Arbeit zu tun haben.«

»Warum sollte er seine private Kreditkarte benutzen, um Geld von einem seiner Klienten zu bekommen?«

»Keine Ahnung, Finn. Ich bin kein Banker und du auch nicht.«

»Letzten Monat hat er sein Kreditlimit zweimal überzogen«, stellte ich fest. »Wenn du ein Fußballstar wärst, würdest du dann wollen, dass ein verschwendungssüchtiger Koksabhängiger dein Konto verwaltet?«

»Harry ist ein Idiot«, stellte Susie fest. »Aber er ist nicht abhängig. Das hätte Nicky nie zugelassen.«

»Vielleicht ist sie ja deshalb verschwunden.«

Susie warf die Kontoauszüge wieder auf den Tisch. »Was willst du jetzt unternehmen?« Sie wandte sich zu mir und hob die Hand, um mir über das Gesicht zu streichen.

»Ich weiß noch nicht«, erwiderte ich. »Ich werde erst einmal darüber schlafen, nehme ich an.«

»Nicht heute Nacht«, erwiderte sie, und ich zuckte zusammen, als sich ihre Faust in mein Haar krallte.

SIEBEN

Susie ging bei Sonnenaufgang und stolzierte die Straße auf eine Art und Weise entlang, dass ich ihr am liebsten nachgerannt wäre, hätte ich nicht das Gefühl gehabt, gerade zehn Runden gegen einen Gartenschredder durchgehalten zu haben. Es war ein schöner Sommermorgen, doch die Luft war nicht so frisch, wie sie es hätte sein können. Ein Passant hatte eine dieser billigen Zigarren geraucht, die wie verbranntes Haar rochen, und der Gestank hing noch immer in der Luft. Ich konnte nicht verstehen, wie jemand so früh am Morgen rauchen konnte, allerdings konnte ich ja noch nicht einmal verstehen, warum jemand überhaupt das Rauchen erfunden hatte.

Der Karton mit den Akten von Zeto stand noch auf dem Tisch, und ich wünschte, Susie wäre geblieben, um mir zu helfen, mich durch die Berge von Notizen und Protokollen zu arbeiten, die Nicky gesammelt hatte. Wieso gab es überhaupt so viel Material dazu? Ich wusste ja, dass Nicky gründlich war, aber es schien mir doch viel zu viel für einen einfachen Fall von Fahren unter Alkoholeinfluss. Ich nahm den Psychiatriebericht. Da er nur zwei Seiten lang war, würde ich nur eine Viertelstunde brauchen, um ihn zu lesen.

Ich brauchte eine halbe Stunde und am Ende war ich auch nicht schlauer. Es ging viel um Depressionen und den Kontrollverlust, aber nichts Genaues. Offenbar hatte Zeto nicht mit dem Psychiater kooperieren wollen, der ihm helfen sollte. Wollte er verurteilt werden? Wenn ja, warum bekannte er sich dann nicht einfach für schuldig?

Ich warf den Bericht wieder in die Kiste und nahm das Verbrecherfoto des bearbeitenden Beamten DS Lovegrove hervor. Warum hatte Nicky dieses Foto in der Akte? Ihr Personengedächtnis war nicht so schlecht gewesen. Ich drehte die Karte wieder um und las die Telefonnummer.

»Verkehrsabteilung.«

»Hallo. Ich suche nach Detective Sergeant Lovegrove.«

»Sie sprechen mit ihm.« Er klang knurrig, brüsk und ungeduldig.

»Ich, äh, ich bin ein Kollege von Nicky Hale«, sagte ich und hoffte, dass »Kollege« vage genug war, dass ich keinen Ärger bekam.

»Von wem bitte?«

»Nicky Hale. Sie hat Reverend Zeto vertreten, die Anklage wegen Fahrens unter Alkoholeinfluss?«

»Zeto … ach ja.« Es entstand eine Pause, und ich hörte es am anderen Ende rumoren, als ob er sich setzte und nach einem Stift griff. »Sie sagten, Sie seien ein Kollege von Ms Hale?«

»Genau. Maguire ist mein Name.«

»Soweit ich weiß, vertritt Ms Hale Mr Zeto nicht mehr. Hat sie nicht das Land verlassen?«

»Ja, aber wir haben noch einige Akten zu dem Fall und da gibt es …« Wie würde ein Anwalt so etwas ausdrücken? »Es gibt noch einige offene Fragen, um die wir uns kümmern müssen. Vielleicht können wir uns ja treffen?« Das war eine blöde Idee. Ich würde mir einen Anzug leihen müssen. Und ein Büro.

»Wieso haben Sie die Akten? Ich dachte, sein Fall wurde von einer anderen Kanzlei übernommen?«

Mist. Ich versuchte, beiläufig zu klingen, als ich sagte: »Wir müssen nur erst diese … äh … Unstimmigkeiten klären.«

Nach kurzem Schweigen ertönte ein Grunzen. »Wer zum Teufel sind Sie?«

Ich legte auf.

Ich wusste, dass ich ein Risiko einging, wenn ich den zuständigen Beamten anrief. Ich hatte erwartet, auf eisiges Schweigen oder Widerstand zu treffen, aber ich hatte gedacht, dass ich selbst so durch die Reaktion irgendetwas erfahren könnte. Das hatte ich auch – ich hatte das Gefühl, in einem Strohhaufen gestochert und etwas Großes, Bösartiges und Hungriges darunter gespürt zu haben. Mist – ich wünschte, ich hätte daran gedacht, meine Telefonnummer zu unterdrücken.

Zeto hatte Spätschicht. Durch die beschlagenen Scheiben des ehemaligen Cafés konnte ich ihn kaum erkennen. Sein blondes Haar hing ihm schweißverklebt ins Gesicht, während er sich abmühte, eine leere Pfanne mit angebrannten Lasagneresten aus dem Regal unter dem Glastresen hervorzuziehen. Wo sollte er auch hin?, dachte ich. Von seiner Gemeinde war er ausgeschlossen worden, von seiner Familie getrennt, was blieb ihm dann noch außer dem hier? Im selben Moment fiel mir ein, dass es mir auch nicht viel anders ging.

Es war ein schöner, kühler Sommerabend. Im Licht der untergehenden Sonne sah sogar diese Sackgasse idyllisch und friedlich aus und die Sattelschlepper auf dem Nordring wirkten fast wie Jahrmarktattraktionen. Ich hätte mich auch unten am Fluss zum Idioten machen können, indem ich irgendein Mädchen anbaggerte, aber stattdessen stand ich im Unterstand einer aufgegebenen Bushaltestelle in Nord-London und sah durch die Fensterscheibe einer Suppenküche einem gestrandeten Pfarrer beim Abwaschen zu. Ich wusste nicht, was ich zu finden hoffte – ich wusste nur, dass an dieser Geschichte mehr dran war als gesagt wurde, und dass DS Lovegrove ein richtig fieser Mistkerl war. Ich vermutete, dass Nicky das auch gespürt hatte. Und Nicky war verschwunden.

Genau wie Zeto. Plötzlich bemerkte ich, dass ich ihn nicht mehr sehen konnte und dass die einzigen Gestalten, die ich hinter dem beschlagenen Glas erkennen konnte, die beiden schlanken, fröhlichen Christenmädchen waren, die ich dort morgens schon gesehen hatte. Ich fluchte innerlich – als ich angekommen war, hatte ich den Hinterausgang überprüft und festgestellt, dass Müll davorstand, daher war ich davon ausgegangen, dass er nicht benutzt wurde. Aber vielleicht hatte ich ja die falsche Hintertür gesehen und Zeto war entwischt. Ich hatte geglaubt, ich könnte ins Café gehen, die Kapuze hochziehen und ihn von dort aus verfolgen, aber bei meiner Figur hätte Zeto mich leicht bemerkt. Jetzt wünschte ich mir, ich wäre das Risiko eingegangen, denn sonst war ich umsonst hierhergekommen und hatte stundenlang herumgelungert. Ich wollte schon die Straße überqueren, hineingehen und nach ihm fragen. Ich könnte ja sagen, ich sei ein früheres Gemeindemitglied, das ihn suchte. Vielleicht hielten sie mich auch nur für einen schäbigen Journalisten auf der Suche nach einer Story, aber was spielte das schon für eine Rolle?

Das Holztor zur Gasse neben dem Café knarrte plötzlich und ging auf und Zeto schob ein Fahrrad vor sich heraus. Er trug immer noch sein verschwitztes T-Shirt, doch er hatte knielange Shorts angezogen, und die knotigen Muskeln in seinen Schenkeln verrieten mir, dass ich ein Problem hatte. Ich wusste, dass er seinen Führerschein verloren hatte und nicht mehr Auto fahren durfte – darauf hatte ich mich verlassen –, aber ich war davon ausgegangen, dass er nach Hause laufen oder einen Bus nehmen würde. Dann wäre es einfach gewesen, ihm zu folgen. Ich versuchte, mich so gut wie möglich im Schutz der Bushaltestelle zu verstecken, und beobachtete, wie er vorne und hinten LED-Lampen an sein

Fahrrad klipste, sie anmachte und einen Helm aufsetzte. Sein Fahrrad war zwar alt und hatte tiefe Kratzer im blauen Lack, aber es war leicht und schmal – ein Rennrad – und es sah schnell aus. Er ist Pfarrer, verdammt noch mal, fluchte ich, er sollte eines von diesen gusseisernen Hollandrädern mit einem Korb vorne dran fahren, das nicht mehr als fünf Stundenkilometer macht.

Zeto zog sein Handy aus der Tasche, entsperrte es und blickte auf das Display. Ich sah zwar nicht, was er da sah, eine SMS oder einen verpassten Anruf, aber auf seinem Gesicht breitete sich Resignation aus, als hätte er schlechte Nachrichten erwartet und schließlich auch bekommen. Einen Augenblick blieb er stehen und überlegte, was er tun sollte, dann drehte er sein Rad langsam in die entgegengesetzte Richtung, schwang ein Bein über den Sattel, stemmte sich in die Pedalen und fuhr vom Gehweg auf die Straße.

Wäre er gelaufen, hätte ich ihm einen Vorsprung von zwanzig Metern gegeben. Doch bis ich mich jetzt entschieden hatte, was ich tun sollte, war er bereits fünfundzwanzig Meter voraus und fuhr davon. Er würde wohl kaum Wettkampftempo anpeilen, aber er radelte jetzt schon fast so schnell, wie ich laufen konnte.

Am Ende der Straße erreichten wir eine vierspurige Hauptstraße mit einer Leitplanke in der Mitte, die die Fahrbahnen teilte. Als ich um die Ecke gebogen kam, sah ich gerade noch, wie Zeto über die Schulter blickte, über einen dreißig Meter entfernten Übergang radelte und auf der anderen Seite nach rechts in eine Allee einbog und verschwand. Ich hatte kaum Zeit, auf den Verkehr zu achten, und rannte schnell hinter ihm her, schoss über die Straße und machte einen Satz über die Mittelleitplanke. Das Auto auf der nächsten Fahrbahn war weit genug weg, sodass ich weiterlief, doch der Sattelschlepper, der ihn auf der Innenspur überholte, war schneller, als ich gedacht hatte. Der Fahrer drückte zwar auf die Hupe, sodass ich fast taub wurde, bremste aber kaum ab. Als ich auf den Gehweg auf der anderen Seite sprang, brannte mir der Dieselgeruch in der Lunge, und ich spürte die Luft, die der Laster hinter sich aufwirbelte, als er immer noch hupend an mir vorbeiraste und mich nur um Zentimeter verfehlte.

Ich rannte weiter in die Allee und nahm fast unbewusst das Schild wahr, das sie als Sackgasse bezeichnete. Im Laufen sah ich mich um – wo zum Teufel war Zeto? Zu beiden Seiten standen große, prachtvolle Backsteinhäuser mit ordentlich getrimmten Hecken und vereinzelten hohen Büscheln Pampasgras in den Vorgärten. Makellos gepflasterte Auffahrten führten zu Garagen im Pseudo-Renaissance-Stil, die viel zu klein für moderne Autos waren. Keine Menschen, keine Fahrräder, kein Pfarrer. Mir brannte langsam die Lunge und am Ende der Straße war nur eine lange Hecke zu sehen, doch ich zwang mich weiterzulaufen und merkte gleich darauf, dass die Hecke die Sicht auf einen Park verstellte und dass es ein wackeliges Tor darin gab, durch das Zeto gegangen sein musste. Dazu hatte er absteigen müssen, überlegte ich, und damit war er langsamer geworden – vielleicht nur kurz, aber es könnte reichen.

Hinter dem Tor bot der Park einen weiten Blick über Süd-London, einen schmutzigen Haufen von Quadern in einer Smog-Pfütze, die gerade zu blinken begannen, weil in der Stadt die Lichter angingen. In vier Richtungen gingen Pfade ab, nach rechts und links und zwei diagonal von mir fort. Auf dem rechten Weg sah ich in einiger Entfernung einen Radfahrer, dessen blinkendes LED-Rücklicht zu Zeto passte, oder wenigstens ungefähr. Auf jeden Fall war es der einzige Radfahrer, den ich sehen konnte, also preschte ich hinterher. Er folgte dem gewundene Pfad um den Park, daher kürzte ich quer über den Rasen ab, doch da er auf Asphalt in voller Geschwindigkeit bergab fuhr, verschwand er um eine Ecke, noch bevor ich die Hälfte der Rasenfläche überquert hatte.

Ich lief weiter, ein wenig langsamer und gleichmäßiger, damit ich länger durchhielt. Doch als ich die Ecke erreichte, konnte ich keine Spur von Zeto mehr entdecken. Zwei Spaziergänger mit ihren Hunden nutzten die letzten Sonnenstrahlen, und ein Fahrrad, das mir entgegenkam, schwankte unter dem alten Mann, der sich schwerfällig und keuchend bergauf kämpfte. Der Mut verließ mich, aber ich lief weiter in die Richtung, in die ich Zeto hatte fahren sehen, gelangte wieder auf den Weg, der jetzt mit drei anderen zusammenlief, dort, wo ein Parktor auf eine ruhige Nebenstraße führte. Von Zeto war nichts zu sehen. Ich blieb langsam stehen, rang nach Luft und war viel zu erschöpft, um mich auch nur für diese Verschwendung von Zeit, Mühe und U-Bahn-Fahrgeld zu verfluchen. Ich richtete mich auf und fragte mich, ob ich zu der Bushaltestelle zurückkehren sollte, wo ich losgelaufen war, oder ob ich nach einem Bus hier in der Nähe suchen sollte.

Irgendwie brachte ich die Energie auf, meine wackeligen Beine zu strecken und zum Tor zu laufen. Beim Näherkommen bemerkte ich, dass ein Fahrrad an den Parkzaun gekettet war – ein dunkelblaues Rennrad mit tiefen Kratzern im Lack. Zetos.

Neben dem Eingang stand ein gedrungener Ziegelbau, der einmal eine öffentliche Toilette gewesen war. Dort sah ich zuerst nach. Aber er war seit Langem verschlossen und die Fenster waren mit Metallplatten verdeckt. Aber wo war er dann? Ich verbarg mich hinter einem Baum an der Kreuzung und betrachtete die Straße. Soweit ich sehen konnte, gab es keine Parkbeschränkungen in dieser Gegend, daher standen leere geparkte Wagen an der Straße, manche wohl schon seit Monaten, wenn man die Schichten von Laub, Staub und Vogelkacke darauf betrachtete. Möglichst unauffällig sah ich mir alle Autos einzeln an und bemerkte kurz hinter dem Tor eine glänzende neue Limousine, in der jemand auf den Vordersitzen saß. Und zwar Zeto. Er saß auf dem Beifahrersitz und lauschte jemandem, der am Steuer saß – ein untersetzter Mann, dessen Hängebacken über den Kragen seines Hemdes hingen. Ich schlich mich im Schutz der Büsche näher.

Der Mann, der auf Zeto einredete, war der für seinen Fall zuständige Cop, Lovegrove. Zeto sah bei seinen Worten unglaublich zerknirscht aus – bereit, auszusteigen und sich unter einen Bus zu werfen, wären irgendwelche Busse vorbeigekommen. Die beiden mussten wohl über den bevorstehenden Prozess reden – über was sonst? Doch ein am Straßenrand geparktes Auto schien mir ein merkwürdiger Treffpunkt für einen Polizisten zu sein, der einen Angeklagten vernahm. Auch wenn ich nicht hören konnte, was sie sagten, konnte ich doch einen Beweis für dieses Treffen bekommen, dachte ich und zog mein Handy aus der Tasche. Die Videoaufnahme würde etwas unscharf werden, besonders bei dem schwachen Licht, doch es könnte schon nützlich sein, wenn Zeto und Lovegrove erkennbar wären.

Die Linse verschwamm ein wenig, als ein paar Blätter des Busches, hinter dem ich mich versteckte, ins Bild gerieten. Ich hob das Handy etwas höher und auf einmal konnte ich Zeto und Lovegrove deutlich auf meinem Display sehen. Plötzlich beugte sich Zeto vor und verschwand aus dem Blickfeld, er hatte den Kopf in Lovegroves Schoß, und dieser legte den Kopf zurück und schloss die Augen, als lausche er verzückender Musik.

Heilige Scheiße!

Ich musste an all die Typen in ihren schäbigen Mänteln denken, die sich in die Toiletten der Billard-Halle geschlichen hatten, wo die dürren Junkies herumhingen. Ich hatte nie gesehen, was dort vor sich ging, aber meine Kumpel hatten es mir erzählt. Und genau das hatten sie beschrieben.

»Reverend?«

Zeto hatte gerade sein Fahrrad aufgeschlossen und richtete sich mit der schweren Kette in der Hand überrascht auf. Ich hielt Abstand: Auch wenn er nicht aussah, als wolle er zuschlagen – Reverend Zeto steckte doch voller Überraschungen. Ich schob die Kapuze meines Pullovers zurück, um weniger bedrohlich zu wirken, und hielt die Hände locker an der Seite. Doch auf Zetos Gesicht stritten Wut, Schuldgefühle und Furcht, während er versuchte, herauszufinden, woher ich gekommen war, wie lange ich schon da war und wie viel ich gesehen hatte. Dann erkannte er mich von meinem Besuch in der Suppenküche und entspannte sich leicht.

»Du schon wieder«, sagte er. »Ich habe dir doch schon gesagt, ich weiß nichts über Nicky Hale oder wohin sie gegangen ist. Es tut mir leid, ich kann dir wirklich nicht helfen.« Mit zitternden Händen bemühte er sich, die Fahrradlampen an seinem Rad zu befestigen.

»Wie dumm. Vielleicht sollte ich Detective Sergeant Lovegrove danach fragen.« Ich sah, wie die Farbe aus seinem Gesicht wich, und er vergaß die Lampen. Ich tat, als sähe ich mich nach der Limousine um, die vor fünf Minuten weggefahren war. »Oh, zu spät, er ist schon weg. Dann werde ich ihn wohl auf dem Revier besuchen müssen.«

Zetos Lippen bewegten sich, doch er brachte keinen Ton heraus.

»Es ist zu schade, dass Nicky weg ist«, meinte ich. »Wenn Sie von der Polizei vernommen werden, sollte immer ein Anwalt mit dabei sein. Sie wollen doch nicht, dass die Ihnen das Wort im Mund herumdrehen, oder?« Fast hätte ich hinzugefügt: *»Oder irgendetwas anderes«*, aber Zeto sackte in sich zusammen wie eine verdorrte Pflanze, und ich kam mir wie ein Fiesling vor, und so etwas hasste ich.

»Du hast nicht ... ich habe nicht ...«, begann er schwach zu protestieren.

»Sehen Sie, Reverend«, sagte ich, »mir ist es egal, ob Sie schwul sind. Das geht nur Sie etwas an ...«

»So ist das nicht! Ich bin nicht schwul!« Seine Stimme überschlug sich fast vor Angst und Wut.

»Na gut«, meinte ich, doch ich klang wohl nicht sehr überzeugt.

»Bin ich nicht. Er nutzt mich aus, meine ...« Er geriet ins Stammeln, doch dann stieß er hervor: »Es war eine sehr unangenehme Situation ... ein einfaches Missverständnis. Und er nutzt es aus.«

»Haben Sie das Nicky Hale erzählt?«

»Natürlich nicht! Warum sollte ich? Diese Frage stellte sich nie!«

Aber sie hatte etwas vermutet, dachte ich. Deshalb hatte sie weitergegraben und nach Beweisen gesucht. Die Reaktion des Obdachlosen mit dem verbrannten Gesicht, als ich ihn gefragt hatte, ob er ein Mitglied von Zetos Gemeinde sei, ergab jetzt Sinn. Er hatte gedacht, ich würde ihn aufziehen und fragen, ob er und Zeto etwas miteinander hatten. Er hatte die Wahrheit über Zeto gekannt, auch wenn dieser das nicht zugeben wollte.

Jetzt, wo Zeto eingesehen hatte, dass ich ihm nichts tun wollte, wurde er zornig, richtete sein Rad auf und wendete es. Na ja, er wollte eigentlich zornig werden, doch er wirkte nur trotzig. Ich machte ein paar Schritte vor, um ihm den Weg zu verstellen, sodass er mir fast sein vorderes Schutzblech in die Eier rammte.

»Was war denn das eben für eine unangenehme Situation?«, bohrte ich weiter nach.

Er versuchte, mich böse anzusehen. »Ich will nicht darüber reden.«

»Das ist mir aufgefallen«, erwiderte ich und griff nach dem Lenker. Ja, ich hasste Leute, die andere schikanierten, aber offensichtlich hatte Nicky es auf die nette Tour bei ihm versucht und war nicht weit damit gekommen. Zeto sah mich noch finsterer an, doch als ich ihn ebenso ansah, blinzelte er und blickte zu Boden.

»In meiner Gemeinde gab es einen Jungen ... kein Junge, ein Teenager, etwa in deinem Alter. Er stammte aus einer schwierigen Familie. Er kam zu mir, um sich Rat zu holen, wollte aber auf nichts hören, was ich ihm sagte, und behauptete, ich sei derjenige, der ... verwirrt war, nicht er. Und als ich ihm vorschlug, dass er sich woanders Rat holte ...«

»Nahm er es nicht so gut auf?«

»Er sagte, er würde mich bloßstellen. Er würde behaupten, ich hätte mich an ihm vergriffen.«

»Konnte er etwas beweisen?«

»Das brauchte er nicht.« Zetos Stimme bebte, und ich spürte die tiefe Verzweiflung, die ihn auf die falsche Seite der Autobahn geführt hatte. »Es ist nichts passiert«, beharrte er schwach. »Aber … wenn so eine Anschuldigung erst einmal im Raum steht … ein Mann in meiner Position … die Menschen nehmen immer das Schlimmste an.«

»Der Dreck bleibt kleben«, stimmte ich zu.

Zeto nickte, wahrscheinlich, weil er nicht sprechen konnte. Nach dem, was ich gerade in Lovegroves Auto beobachtet hatte, konnte ich Zetos Version nicht ganz glauben. Aber das spielte keine Rolle, denn Zeto schien sie zu glauben. Ich hätte wetten können, selbst wenn der Junge ein gestochen scharfes Video von allem hatte, was Zeto trieb, hätte dieser immer noch alles geleugnet und behauptet, es sei alles computergeneriert und bearbeitet. Aber das war nicht mehr wichtig.

»Und Nicky haben Sie nichts davon erzählt?«

»Sie hat mir nahegelegt, mir psychologische Unterstützung zu holen.« Er klang fast beleidigt. »Aber wieso sollte ich mit einem Psychiater über die kranken Fantasien eines anderen reden?«

Das erklärte den leeren Bericht.

»Und Lovegrove hat es herausgefunden?«

»Er hat mich vernommen, gleich nach meinem … Unfall.«

Nach dem Selbstmordversuch, wollte ich sagen, aber Zeto schien so entschlossen, alles zu leugnen, dass ich genauso gut hätte versuchen können, einen Schlafwandelnden zu wecken.

»Das war völlig unangemessen, denn ich stand unter Schock«, fuhr er fort. »Es war kein Anwalt dabei. Ich habe mich Lovegrove anvertraut und er …«

»Und er hat die Situation ausgenutzt?«

»Er bot mir an, die Sache zu regeln. Dafür zu sorgen, dass die Blutproben verlegt wurden, mit dem Jungen zu sprechen, der mich beschuldigt hatte, und ich … ich dachte, es würde alles vorbeigehen.«

»Offensichtlich hat er gelogen.«

»Irgendwie hat meine Frau es herausgefunden, das mit den Anschuldigungen, und hat mich verlassen. Und Lovegrove will sich immer weiter mit mir treffen, um den Fall zu besprechen. Er behauptet, dass wir über ein Problem reden müssten, aber es endet immer mit …«

Vergewaltigung, dachte ich. Vielleicht war das nicht die exakte Definition, aber im Grunde genommen war es das, Sex unter Zwang. Es klang, als stünde Lovegrove genauso unter Druck wie Zeto, und jemanden zu zwingen, ihm einen zu blasen, war seine Art, Macht zu demonstrieren. Und Zeto hatte so viel Angst vor der Wahrheit – davor, dass es alle erfuhren, dass er es vor sich selbst zugeben müsste –, dass er mitspielte.

Ich nahm die Hände vom Lenker und trat beiseite. Zeto blieb stehen, als erwarte er meine Erlaubnis, sich entfernen zu dürfen. Plötzlich schämte ich mich dafür, dass ich ein weiterer großer Fiesling in seinem Leben war, mit dem er sich gut stellen musste. In der Ferne begann eine Kirchenglocke zu läuten.

»Das bedeutet, dass sie die Tore schließen«, sagte Zeto.

»Dann sollten wir besser gehen«, sagte ich. »Ich will hier nicht die ganze Nacht bleiben, wer weiß, was sich hier für Perverse herumtreiben.«

Er lachte nicht – vielleicht glaubte er, ich meinte es ernst –, aber er schien ein wenig lockerer zu werden und schob sein Fahrrad zum Parktor.

»Hat Nicky irgendetwas über Lovegrove zu Ihnen gesagt?«, fragte ich.

»Sie mochte ihn nicht besonders«, erwiderte Zeto. Das wunderte mich kaum. Ich hatte den Kerl noch nie getroffen und hasste ihn schon. »Ich weiß, dass sie Fragen über ihn gestellt hatte, über seine Beurteilungen.«

Das würde das Foto von Lovegrove in der Akte erklären. Gleichzeitig musste ich daran denken, dass Lovegrove, wenn Nicky Fragen über ihn gestellt hatte, möglicherweise Wind davon bekommen hatte. Er hatte ebenso viel zu verlieren wie Zeto, wenn die Sache herauskam – vielleicht sogar noch mehr, weil er ein Cop war. Ja, offiziell war die Londoner Polizei heutzutage aufgeschlossen und integrativ, wenn man der PR-Abteilung glauben wollte, aber Lovegroves kleines Nebengeschäft würde ihn mit Sicherheit ins Gefängnis bringen, wo die Toleranzgrenze für schwule Ex-Cops extrem niedrig lag.

Ich fragte mich, wo Lovegrove in der Nacht, als Nicky abgereist war, wohl gewesen war, und ob ihr Veilchen sein Abschiedsgeschenk gewesen war.

Zeto zögerte, bevor er auf sein Rad stieg.

»Ich wäre dir dankbar, wenn du niemandem etwas

davon erzählen würdest, was da heute passiert ist«, bat er leise.

Na klar doch, dachte ich. Ich hatte nicht die Absicht, es jemandem zu erzählen, doch ich sagte nichts, denn mir war eben noch etwas eingefallen, was mich irritierte.

»Darf ich fragen, wie Nicky Ihre Anwältin wurde?«, fragte ich.

»Ich war eine Zeit lang ihr Pfarrer. Ich habe sie und Harry sogar getraut«, erwiderte Zeto mit einem Anflug von Stolz, der unter den gegebenen Umständen seltsam war. Da ich nichts sagte, fuhr er fort: »Sie kam zu mir, um mich um Rat zu fragen.« Immer noch sagte ich nichts. Zeto war nervös, weil ich nicht versprochen hatte, sein Geheimnis zu bewahren, und ich glaubte, je weniger ich sagte, desto williger war er, zu kooperieren.

»Sie hatte … einen Verwandten«, stammelte er, »mit einem Drogenproblem.«

Einen Ehemann meinst du, dachte ich. Aber die kleine Lüge war Zetos Art, sich einzureden, er hätte nicht ihr Vertrauen missbraucht. Immer noch schwieg ich.

»Er war auch ein Spieler«, erzählte Zeto, »der sich tief in Schulden geritten hatte.«

Endlich machte er dicht, weil er fürchtete, zu viel erzählt zu haben und nichts dafür zu bekommen. Ich sagte nichts, dieses Mal, weil ich überlegte – Anderson war ein Spieler? Die Transaktionen auf seiner Kreditkartenabrechnung, 30000 in weniger als vierzehn Tagen – das mussten Spielschulden gewesen sein, oder er hatte Chips in einem Casino gekauft.

»Als all das hier passiert ist, war Nicky die Erste, an die ich dachte«, fuhr Zeto fort. »Ich konnte kaum glauben, dass sie einfach so verschwunden sein sollte.«

»Ich auch nicht.«

»Ich meine, sie war so zuverlässig. Sie arbeitete so schwer und so ... diskret.«

Er zog den Helm fest und wich meinem Blick aus, doch ich wusste, was er meinte.

»Ich mochte sie auch, Reverend«, sagte ich. »Alles, was Sie mir erzählt haben, bleibt unter uns und DS Lovegrove, versprochen.«

Er nickte, sah mich aber immer noch nicht an. Ich nahm an, er versuchte, sich auszurechnen, wie viel mein Versprechen wohl wert war. Dann schwang er sein Bein über das Rad und fuhr wortlos davon.

Ich sah, wie seine Lichter sich entfernten und schließlich verschwanden. Scheiße, ich war meilenweit von zu Hause entfernt, schweißgebadet und hatte keine Ahnung, wo die nächste U-Bahn-Station war, nicht einmal, in welcher Richtung. Ich entschied mich, die in der Nähe der Suppenküche zu nehmen. Wenn ich rannte, würden meine klammen Sachen wieder warm werden, und ich konnte darüber nachdenken, was ich jetzt tun sollte.

ACHT

Als ich meine Wohnung betrat, vibrierte das Handy in meiner Hosentasche und begann zu läuten. Ich nahm es und sah auf das Display.
»Ja?«, antwortete ich.
»Wann schaffst du dir endlich eine Sprechanlage an?«, fragte Susan.

Keine Ausreden oder Erklärungen, sie fragte mich nicht einmal, wie mein Tag gewesen war – sie stürzte sich einfach auf mich. Mein Fuß verhakte sich im Teppich, sodass ich stürzte, und sofort war sie über mir wie ein wild gewordenes Tier. Meine Hemdknöpfe flogen und gleich darauf auch ihre.

Als wir den Waffenstillstand ausriefen, war es bereits Nacht, aber es fiel noch genug Licht durch die Vorhänge, dass ich ihre Gestalt im Dunkeln ausmachen konnte. Sie lag bäuchlings auf dem Bett, das Kissen im Arm, und den leichten Schweißfilm auf ihrer Haut konnte ich mehr spüren als sehen.

»Bei wem warst du?«, fragte ich. »Damals, als ich dich angerufen habe.«

»Bei Freunden«, antwortete sie. »Ich habe welche.«

»Und ist einer davon dein fester Freund?«, erkundigte ich mich. Sie schnaubte leise, und ich wusste nicht, ob sie über mich lachte oder über den Ausdruck »fester Freund« oder über die Vorstellung einer Beziehung allgemein.

»Das geht dich gar nichts an«, sagte sie.

»Stimmt.«

»Ich bin gerade damit durch«, erklärte sie. »Er war ein totales Arschloch.«

»Nicht besonders nett?«

»Verheiratet.«

»Aha.«

»Stört dich das?« Das klang wie eine Fangfrage. Wollte sie wissen, ob mir etwas an ihr lag? Ich wusste nicht, wie ich darüber denken sollte, aber sollte ich das zugeben oder wollte sie lieber eine Lüge hören? Ich war völlig verunsichert, Kämpfen war im Gegensatz dazu viel einfacher.

»Klingt kompliziert«, sagte ich schließlich und dachte, wow, der Kugel bin ich wohl ausgewichen. Doch so, wie sie sich neben mir verkrampfte, war ich wohl doch nicht aus der Schusslinie gewesen, sondern blutete heftig, ohne es zu wissen.

»Es war nicht kompliziert. Ich wollte ihn, aber er

wollte nur eine Geliebte, die zu seinem Auto, seinem Spesenkonto und seinem Ferienhaus in Frankreich passte.« Sie klang verbittert, und ich fragte mich, wie oft sie sich wohl schon deswegen Vorwürfe gemacht hatte. »Jedenfalls ist es jetzt vorbei.« Erleichtert klang das nicht.

»War es schon einmal vorbei?«

Sie schwieg so lange, dass ich mich schon fragte, ob sie aufstehen, ihre Sachen nehmen und einfach gehen würde. Doch schließlich sagte sie so leise, dass ich sie kaum hören konnte: »Ein paarmal. Ich will nie wieder zurück.«

Dann lass es, dachte ich, schwieg aber lieber. Ich war nicht in der Position, ihr Ratschläge zu erteilen, da es meine alberne Verliebtheit gewesen war, durch die ich in diese Lage gekommen war. Wir lagen hier beide aus ziemlich verworrenen Gründen, aber das auszusprechen, hätte uns nur die Stimmung verdorben. Wenn man nichts zu sagen hatte, sollte man den Mund halten, hatte mein Dad immer gesagt. Dann hält dich jeder für tiefgründig und nachdenklich, auch wenn du im Grunde keine Ahnung hast, was los ist.

»Wie war dein Tag?«, erkundigte sich Susan. Es war ein etwas plumper Themenwechsel, aber ich konnte es ihr nicht verdenken.

»Interessant«, antwortete ich. Ich fragte mich, wie viel ich ihr erzählen konnte, ohne mein Versprechen gegenüber Zeto zu brechen. Auch wenn ich mir nicht sicher war, ob er schweigen würde, wollte ich doch nicht seine schmutzige Wäsche ans Licht zerren, nur um Susan zu imponieren.

»Dieses Bild in Nickys Akten, das von dem Cop …«, setzte ich an. »Ich bin mir sicher, dass er etwas damit zu tun hat.«

»Im Ernst?«

»Und ich bin mir sicher, Nicky wusste etwas.«

»Glaubst du, er war derjenige, der sie bedroht und ihr die Nachrichten geschickt hat? Damit sie das Land verlässt?«

»Schon möglich, ja.«

»Wenn er wusste, dass sie ihn verdächtigt hat, könnte er dann auch herausfinden, dass du hinter ihm her bist?«

Daran hatte ich gar nicht gedacht. Ich überlegte, dass ich Zeto dasselbe Versprechen hätte abnehmen sollen wie er mir – dass er niemandem von unserem Gespräch erzählte. Der Einzige, dem er es möglicherweise erzählen würde, war Lovegrove, und bei einem Mann, der seine Geheimnisse so hütete wie Zeto, war es möglich, dass er den Cop als so etwas wie einen Freund betrachtete. Lovegrove hatte schließlich genauso viel zu verlieren wie er. Vielleicht wusste Zeto nicht viel über mich, aber ich hatte Lovegrove am Nachmittag angerufen und Fragen gestellt, und mit der richtigen Motivation kann selbst ein Verkehrspolizist zwei und zwei zusammenzählen.

»Na ja, das werden wir schon sehen.«

Susie legte ihre Hand über meine und ihr Atem ging

langsamer. Die Dunkelheit legte sich über uns beide und das Rumpeln der Nachtbusse in den Straßen unter uns wurde zu einem leisen Grollen wie vom fernen Meer.

Ein bitterer Geruch weckte mich, ein Geruch, der meine Kehle reizte. Verbranntes Haar, schoss es mir durch den Kopf, und ich schlug die Augen auf. Es war immer noch dunkel, aber irgendwie hatte sich die Dunkelheit verändert – sie schien geisterhaft über meinem Bett zu wabern und zu schweben. Und es war nicht nur ein Geruch in der Luft, es war die Luft selbst, die ranzig und sauer schmeckte. Weiter weg hörte ich ein Fenster bersten und ein Knallen, als ob ein schweres Tuch ausgeschlagen würde. Plötzlich wusste ich, was los war, packte Susan und schüttelte sie.

»Susie! Susie …!«

Ich sah den Umriss ihres Kopfes, als sie ihn hob. Schläfrig sah sie sich um und hustete.

»Es brennt«, sagte ich. »Das Haus brennt!«

Sie sprang aus dem Bett, und ich tastete nach dem Schalter meiner Nachttischlampe, die zerbrochen am Boden lag. Als sie flackernd anging, verflüssigten sich fast meine Eingeweide vor Schreck. Schwarzer Qualm drang unter der Tür und durch die Dielenbretter in den Raum, jeder Atemzug war ätzend. Plötzlich fiel mir wieder der Second-Hand-Möbelladen im Erdgeschoss ein, ein Sammelsurium aus alten Kunstledersesseln und Sofas voller Polyurethanschaum, Materialien, die man vor Jahren verbannt hatte, weil sie, wenn sie in Brand gerieten, giftige Gase abgaben. Das ganze Plastik brannte jetzt unter uns, sodass wir uns zwanzig Meter über dem Erdgeschoss in einer Gaskammer befanden, mit einem Holzboden, dessen Dielen unter meinen Füßen schon warm wurden.

Susan hatte sich ihre Jeans und das nächstbeste Sweat-Shirt übergezogen und stieg leise fluchend ohne Socken in ihre engen Stiefel. Ich hörte, wie ihre Stimme bebte. Auch ich zog mich so schnell wie möglich an, zog Turnschuhe an und griff nach einem Pulli, den ich aber wieder fortwarf, als mir einfiel, dass er aus Acryl war. Wenn so etwas Feuer fängt, schmilzt es auf der Haut, und wenn man es abzieht, zieht man die Haut mit ab. Ich fand noch einen löchrigen Wollpullover, zerrte ihn über den Kopf und sah gerade noch, wie Susan nach der Klinke griff.

»Nicht!«

Der Türgriff war bereits heiß, sie zog schnell die Finger zurück. Doch dann zerrte sie sich den Ärmel ihres Shirts über die Hand und griff erneut danach. Ich riss sie zurück.

»Nicht die Tür aufmachen! Dann sind wir in ein paar Sekunden tot!«

Ich merkte, dass ich mittlerweile schrie, dass das dumpfe Grollen näher gekommen war und jetzt vom Splittern berstender Fensterscheiben unterbrochen wurde, die in Scherben auf die Straße rieselten.

Ich zerrte Susie an der Hand ins Bad. Steckte den Stöpsel in die Wanne und drehte alle Wasserhähne auf.

Die Handtücher hinter der Tür waren zwar seit Wochen nicht mehr gewaschen worden, aber das spielte jetzt auch keine Rolle mehr. Ich packte sie und warf sie in die Wanne, denn ich dachte, dass sie, wenn sie nass waren, die Tür zum Bad abdichten und uns eine Weile vor den toxischen Dämpfen schützen würden. Doch noch während ich die Handtücher ins Wasser hielt, sah ich, dass die Tür nicht das Problem war. Der Badezimmerboden war aus Vinyl und die Luft war bereits heiß und brannte scharf in den Augen. Ich sah mich um und bemerkte, dass der Rauch in dicken Schwaden von der Wanne herkam. Der Boden darunter musste aus bloßen Holzdielen bestehen und der Qualm drang durch die Ritzen dazwischen.

Ich riss mein Handy aus der Hosentasche und drückte es Susan in die Hand.

»Ruf die Feuerwehr – neun, neun, neun!«

Während sie die Tasten drückte und die Tränen unterdrücken musste, lief ich zum Fenster und öffnete es. Ich wusste, dass uns dort nichts als ein zwanzig Meter tiefer Sturz auf die Straße erwartete, und dass nur Spidermann dort entkommen konnte, aber vielleicht hatte die Feuerwehr ja eine Leiter, mit der sie uns erreichen konnte – vorausgesetzt, sie kamen schnell genug her. Ich hörte, wie Susan versuchte, sich am Telefon verständlich zu machen, aber so husten musste, dass sie kaum sprechen konnte, wodurch mir erst auffiel, dass ich die Luft anhielt. Ich versuchte, langsam durch die Nase zu atmen, doch sofort tränten mir die Augen und der Rauch brannte mir in der Lunge. Ich steckte den Kopf aus dem Fenster, aber auch das half nicht – aus dem Fenster direkt unter mir schlugen die Flammen empor und die Hitze ließ die Farbe auf dem Fensterbrett des Badezimmers köcheln.

Susan warf mir das Handy wieder zu und kreischte etwas, was ich nicht verstehen konnte. Die Panik in ihrem geröteten, russverschmierten Gesicht ließ mich allerdings vermuten, dass das, was sie sagte, sowieso nicht viel Sinn ergab. Ich zerrte sie zum Bad, nahm ein aufgeweichtes Handtuch und wischte ihr damit das Gesicht ab. Sie hörte kurz auf zu husten, doch dafür sah ich jetzt, dass sie vor Angst weinte, und drückte sie an mich.

»Hier!«, rief ich, wickelte ihr das nasse Handtuch ums Gesicht und verknotete es hinter ihrem Kopf. »Das hilft dir zu atmen«, versuchte ich zu rufen, doch mein Mund und meine Kehle waren so rau vom Rauch, dass ich kaum ein Wort herausbrachte. Ich nahm ein nasses Tuch aus der Wanne und legte es mir über den Mund, dann ging ich zur Tür und berührte den Griff. Ich hoffte, dass ich mir nicht die Hand verbrannte. Er war heiß, aber es ging noch, daher fasste ich zu und riss die Tür auf.

Im Schlafzimmer war jetzt so viel Rauch, dass ich kaum die gegenüberliegende Wand sehen konnte. Das Licht der Straßenlaternen und die Flammen beleuchteten die Rauchsäulen von unten, die sich wie fette Schlangen in einer Grube wanden. Der ganze Raum war von der Decke abwärts voller giftiger Gase, und das Licht meiner Lampe flackerte immer schwächer, als sich die tödliche schwarze Rauchwolke dem Boden näherte. Susan sträubte sich, als ich sie zur Tür ziehen wollte, als wäre es ihr lieber, wenn wir uns beide im Bad einschlossen, aber ich wusste, dass wir da drinnen keine Chance hatten. Ich hatte es eigentlich mit der Tür zur Treppe versuchen wollen – vielleicht war meine Annahme, dass das Treppenhaus brennt, ja doch voreilig gewesen. Aber auch ohne die Tür zu öffnen, wusste ich, dass ich, selbst wenn ich zuvor unrecht gehabt hatte, jetzt auf jeden Fall damit richtiglag. Der Rauch quoll nicht nur unter, über und um die Tür herum durch, er drang geradezu aus der Tür selbst. Ich spürte, wie die Hitze in Wellen vom Holz ausging, und wusste, dass sie jeden Moment in Flammen aufgehen würde.

Susan schluchzte durch das Handtuch und grub wieder ihre Nägel in meinen Arm, diesmal aus Panik, nicht aus Leidenschaft. Verloren blieb ich stehen, überlegte fieberhaft und sah mich um, wobei ich mir den Kopf an der Dachschräge anstieß und fluchte. Und plötzlich wusste ich, was ich tun musste.

Ich ließ das nasse Tuch fallen, mit dem ich meinen Mund bedeckt hatte, schüttelte Susan ab und schlug gegen die Gipsdecke vor meinem Gesicht. Sie war so hart und unnachgiebig wie eine Ziegelmauer, sodass ich mir fast die Hand brach. Frustriert fluchte ich, doch dann erkannte ich, dass ich panisch reagierte. Denk nach, verdammt noch mal! Ich bewegte mich zehn Zentimeter weiter nach links, schlug noch einmal zu, und dieses Mal spürte ich, wie der Gipskarton unter meiner Hand nachgab. Mein erster Schlag hatte einen der Holzbalken getroffen, aber jetzt schlug ich wieder und wieder zu, als wäre es mein letzter Kampf und ich wäre entschlossen, mit Pauken und Trompeten unterzugehen, auch wenn mir die Lunge brannte, die Augen tränten und mir die Arme taub wurde. Trotz der Dunkelheit und dem dichten öligen Rauch spürte ich, wie sich Susan neben mich drängte und begann, an den Rändern des Loches zu reißen, das ich geschlagen hatte, sodass uns Kaskaden uralten Staubes und Spinnweben ins Gesicht fielen. Ich presste Augen und Lippen zusammen und beteiligte mich daran, Rosshaardämmung und modrigen Filz wegzureißen, bis ich horizontal verlaufende Holzlatten spürte und dahinter kühle glatte Schieferplatten. Ich rammte die Faust gegen die Platten, die wie Glas zersprangen, auch wenn sie mir die Knöchel zerschnitten. Doch eine Hand war draußen und griff durch das Dach in die kalte, saubere Luft.

Hektisch rissen und zerrten und stießen wir, ignorierten Staub, Splitter und die rasiermesserscharfen Kanten der Schieferplatten und spürten, wie das ätzende, heiße Gift nach draußen strömte, ebenso sauerstoffgierig wie wir. Der Zug wurde stärker und stärker und ließ den Staub, den wir aufgewirbelt hatten, nach oben fliegen, bis wir das Gefühl hatten, im Kamin einer Verbrennungsanlage eingeklemmt zu sein. Ich spürte, wie sich die versengten Haare an meinen Beinen kräuselten, aber ich trat vom Loch im Dach zurück, packte Susan und stemmte sie hinauf. Das Tuch um ihr Gesicht blieb an den zerbrochenen Leisten hängen und sie riss daran. Ich packte es, zog es ihr vom Kopf und schob sie nach draußen – nur um zu sehen, wie sie schreiend nach unten rutschte.

Schnell kletterte ich hinter ihr her, zog mich mit dem Bauch über die raue Kante und warf Susan ohne nachzudenken etwas zu – das feuchte Tuch, das sie um den Kopf getragen hatte. Sie packte es mit beiden Händen und hielt es mit zusammengekniffenen Augen und zum Himmel gewandtem Gesicht fest, bis ich hinter ihr her durch das Loch geklettert war, eine Hand am Handtuch, während ich mit der anderen nach den Ziegeln am Dachfirst griff. Jetzt hörte ich, wie unten auf der Straße die Sirenen zu einem vielstimmigem Heulen anwuchsen, weil die Feuerwehrwagen anrückten. Der Lärm mischte sich mit dem tosenden Inferno und dem Klirren von Glas. Die Flammenzungen im Rauch um uns herum wetteiferten mit den flackernden Blaulichtern der Feuerwehr wie kämpfende Dämonen. Endlich erreichte ich mit der linken Hand den Dachfirst und meine Rechte hielt das Handtuch so fest, dass sich mir die Fingernägel in die Handflächen gruben. Ich krümmte mich zusammen und schaffte es irgendwie, Susan von der nachlassenden Regenrinne zu mir zu ziehen. Sie streckte die Hand aus und bekam selbst den First zu fassen, suchte mit den glatten Sohlen ihrer Stiefel Halt auf den Schieferplatten und zog sich hoch, bis sie rittlings auf dem Dach saß.

Wir befanden uns mehr als zwanzig Meter über der

Straße, nur einen kurzen Rutsch über die glatten, moosigen Schieferplatten vom Sturz in die Tiefe getrennt, und spürten die Hitze unter uns und das Poltern im Haus, in dem die Wände einstürzten und die brennenden Fußböden in den Kessel aus geschmolzenem Plastik stürzten. Susan lächelte mich an, immer noch hustend, denn jetzt konnten wir wenigstens atmen und hatten etwa eine Minute gewonnen, bevor das Dach, auf dem wir saßen, in Flammen aufging. Aber eine Minute würde reichen. Wir konnten wie angesengte Schnecken über den Dachfirst zum Giebel rutschen, wo zwei Meter tiefer das Flachdach des Nebengebäudes lag.

Und genau das taten wir.

Krankenhäuser hatte ich zwar noch nie gemocht, aber an diesem besonderen Morgen war die Notaufnahme angenehm leer, abgesehen von einem aufgeregten jungen Paar, das sich über einen pummeligen, kahlköpfigen Zweijährigen beugte, der meiner Meinung nach gesund und munter schien. Ein Krankenpfleger mit einer Brille, die mit einem Pflaster geklebt war – er erzählte, dass sie ihm ein Betrunkener am Abend zuvor aus dem Gesicht geschlagen hätte –, versorgte die Schnitte in meinen Händen, gab mir langsam Wasser zu trinken und reinigte mich vorsichtig mit einem Schwamm von Splittern, Ruß und verkohlten Schieferstückchen. Ich saß benommen da, beobachtete durch die Plexiglasscheibe des Oberlichts, wie draußen der Morgen graute, die Sterne verblassen ließ und das Schwarz des Himmels sich in ein blasses, friedlich leuchtendes Blau verwandelte.

Die Vorhänge um mein Bett wurden zurückgezogen, doch statt des übermüdeten hageren Arztes, der mich untersucht hatte, tauchte Susan in einem winzigen Krankenhausnachthemd auf, das nur wenig der Fantasie überließ. Es schien mir absurd, dass mich der Anblick eines Mädchens heiß machte, so kurz nachdem wir beinahe gegrillt worden wären, aber ich hatte gehört, dass das eine normale Reaktion auf eine Nahtod-Erfahrung sei. In meinem Fall schien es zu stimmen, und wohl auch in ihrem, denn sie hatte die Arme um meinen Hals geschlungen und mir die Zunge in den Mund gesteckt, kaum dass der Pfleger sich zurückziehen konnte. Meine Arme schlangen sich um ihre schlanke, feste Taille und ich drückte sie an mich. Wie ein elektrischer Stromstoß zuckte das Verlangen zwischen uns beiden hin und her. Schließlich ließ sie los und sah mir in die Augen. Ich weiß nie, in welches Auge ich blicken soll, wenn ein Mädchen so etwas mit mir macht.

»Danke, Finn«, sagte sie.

»Nein, ich danke dir«, erwiderte ich, »für eine unvergessliche Nacht.«

»Tust du mir einen Gefallen?«, fragte sie.

»Im Moment jeden.«

»Wirst du aufhören, nach Nicky zu suchen?«

Ich zögerte, weil ich glaubte, mich verhört zu haben.

»Du weißt, dass das Feuer kein Zufall gewesen sein kann. Nicky hat offensichtlich etwas herausgefunden, was sie nicht hätte wissen sollen – vielleicht etwas über diesen Polizisten –, und ist weggelaufen. Sie ist kein Feigling und sie ist nicht dumm, aber sie ist verschwunden und sie will nicht gefunden werden.« Sie nahm mein Gesicht in beide Hände. »Bitte lass sie in Ruhe, vergiss sie. Du bekommst deine Entschädigung, du bekommst dein Leben wieder. Wenn du weiter Fragen stellst ... ich habe Angst, dass du dann alles verlierst.«

Wieder küsste sie mich, und es durchfuhr mich wie ein Stromstoß, immer weiter und weiter. Ich ließ es zu. Als sie mich losließ, hatte sie Tränen in den Augen.

»Das kann ich nicht, Susie«, sagte ich. »Nicky war eine Freundin und irgendjemand hat sie verletzt. Das werde ich nicht auf sich beruhen lassen. Ich muss wissen, wer das war – vielleicht war es Lovegrove, vielleicht auch nicht –, und ich muss wissen, warum. Sonst wird es niemand auch nur versuchen ... es tut mir leid.«

Auf ihrem Gesicht zeichneten sich widersprüchliche Gefühle ab – Zorn, Verzweiflung, Furcht und noch etwas anderes, möglicherweise Eifersucht. Mir fiel nicht ein, wie ich sie hätte besänftigen können, deswegen versuchte ich es erst gar nicht.

»Ich gehe mich anziehen«, verkündete sie und drehte sich um.

»Wir sehen uns später.«

»Nein, Finn, tun wir nicht.«

Mit einem traurigen Blick über die Schulter verschwand sie zwischen den Vorhängen.

Ausgebrannte Gebäude sieht man in London nicht so häufig, daher ahnt man nicht, was für eine Schweinerei ein Feuer anrichtet und dass die Wasserflut, die die Feuerwehr drüberpumpt, die Schweinerei noch viel größer macht. Mein Zuhause und mein Geschäft waren nur noch ein schwarzes Skelett, und durch die verkohlten Balken des Daches, unter dem Susie und ich mich noch ein paar Stunden zuvor so sicher gefühlt hatten, konnte ich den Himmel sehen. Von jedem Fenster zogen sich lange Rußspuren nach oben und die leeren Rahmen waren kohlschwarz. Dahinter konnte ich ins Erdgeschoss sehen, wo meine Fitnessgeräte vor sich hin dampften – ein verbrannter, wertloser Haufen Metall, verschmolzen mit Sofafedern und nassen Lederfetzen. Verbrannter Gips war über das Pflaster in den Rinnstein und über die Straße geflossen. Es knirschte unter meinen Füßen und ein ätzender Fäulnisgeruch stieg mir in die Nase wie von einer vermoderten Matratze.

Die Straße vor dem Studio war gesperrt worden und rot-weißes Flatterband hielt die Fußgänger zurück. Der Samstagmorgenverkehr setzte ein und die Autofahrer hupten laut und begrüßten sich bei ihrem Kampf um die Vorfahrt mit ausgestreckten Mittelfingern. Sie gönnten dem zerstörten Gebäude, in dem Susie und ich beinahe lebendig verbrannt wären, kaum einen Blick.

»Tut mir leid, hier kannst du nicht durch«, erklärte ein schlaksiger rothaariger Feuerwehrmann, als ich mich unter dem Absperrband hindurchduckte. Er trug einen dieser feuerresistenten Overalls in dunklem Rosa und hatte seinen Helm unter den Arm geklemmt. Ich fragte mich, ob die Feuerwehrmänner die riesigen gelben Helme und die schwarzen Wollmäntel vermissten, die sie früher hatten. Man bekam sicher nicht so viele Groupies ab, wenn man aussah wie ein aufgemotzter Klempner.

»Ich habe da gewohnt«, antwortete ich. »Im Dachgeschoss.«

»Oh, du warst das? Wie geht es deiner Freundin?«

»Sie ist nicht besonders beeindruckt.«

»Sollte sie aber sein. Ihr hattet beide großes Glück, dass ihr überlebt habt.«

»Ich glaube nicht, dass das Glück war. Das wart ihr.«

»Nichts zu danken. War mal eine Abwechslung, wir hatten schon seit Wochen keinen Großbrand mehr.«

»Kann ich mich mal umsehen?«

»Solange du nicht zu nah rangehst. Falls es dich interessiert: Da ist nicht viel zu retten.«

Jemand rief ihn und er wandte sich ab. Die anderen Feuerwehrmänner ignorierten mich, als ich über die verbrannten Trümmer ging. Sie rollten weiter ihre Schläuche ein und fegten Schutt zu matschigen schwarzen Haufen zusammen. Immer noch konnte ich Rauchfahnen sehen und spürte die Hitze durch meine Schuhsohlen – und plötzlich wurde mir klar, dass auch ich in diesem Verbrennungsofen hätte landen können, als verkokelter Haufen von Knochen und Zähnen zwischen all dem verbogenen Metall und der nassen Asche.

Zwei der vier Löschfahrzeuge, die ich gesehen hatte, als man Susie und mich im Krankenwagen wegbrachte, waren noch da, und eines davon ließ gerade den Motor an. Mit einem kurzen, ohrenbetäubenden Aufheulen der Sirenen verschaffte es sich Platz im fließenden Verkehr und fuhr davon. Halb auf dem Bordstein parkte in der Nähe ein großer Geländewagen, rot-gelb lackiert in den Farben der Feuerwehr und mit einer Aufschrift an der Seite, die zu lesen ich mir nicht die Mühe machte. Er gehörte wohl dem Beamten, der die Brandursache feststellen sollte. Ich sah ihn dort stehen, wo früher die Tür gewesen war, und mit einer Digitalkamera Fotos machen. Auf dem Asphalt hinter ihm lag ein weiterer Schutthaufen, in dem etwas glänzte, etwas, was nicht aussah, als gehörte es zum Studio oder zum Möbelladen. Ich hob es auf und betrachtete es: Es war ein runder Golddraht mit ein paar lila Perlen dran. Ich kratzte mit dem Fingernagel daran, bis blaue Farbe durchschimmerte.

»Würden Sie wohl bitte zurückbleiben, dieses Gebäude ist nicht sicher.« Der Brandinspektor hatte sich umgedreht und mich bemerkt. »Sie sollten eigentlich auf der andren Seite des Absperrbandes bleiben, Sir.«

»Ich habe hier gewohnt«, erklärte ich.

»Tut mir leid, aber Sie werden in sicherem Abstand bleiben müssen.« Er war klein und kräftig, mit einem akkuraten Kurzhaarschnitt. Ich fragte mich, ob er so redete, weil er anstelle einer Persönlichkeit Sicherheitsvorschriften hatte.

»Wissen Sie schon, was den Brand verursacht hat?«

»Es ist noch zu früh, um irgendwelche Schlüsse zu ziehen. Würden Sie jetzt bitte ...?«

Vielleicht hätte ich auch Brandinspektor werden sollen, denn ich hatte bereits einen vorläufigen Schluss gezogen, indem ich ein Standardgerät benutzte – nämlich meine Nase. Selbst jetzt noch, Stunden nach dem Feuer, konnte ich den scharfen chemischen Geruch von Benzin wahrnehmen. Die Tür zum Treppenhaus war verbeult und hing schief in den Angeln, war aber immer noch fest geschlossen. Sie schien sozusagen mit Türrahmen und Schwelle verschmolzen zu sein. Der Brandinspektor hatte die Arme ausgebreitet, um mich wegzuscheuchen wie einen streunenden Hund, der versuchte, ihm sein Sandwich zu klauen.

»Ich glaube, da wollte mich jemand umbringen«, stellte ich fest.

»Tut mir leid, Sir, aber wir müssen den Bereich freihalten. Ich kann zu diesem Zeitpunkt nicht über meine Erkenntnisse sprechen.«

»Deshalb ist die Tür zugeschraubt worden, damit ich nicht hinauskomme«, fuhr ich fort. Das brachte ihn zum Schweigen, was mir sagte, dass ich mit meiner Vermutung richtiglag. Das Gleiche war in dem alten Pub geschehen, wo Alan Leslie mit seinem Freund Unterschlupf gesucht hatte. Ich hätte ebenso enden können wie einer von ihnen – entstellt fürs Leben oder unter den Schutthaufen begraben.

»Sir«, beharrte der Brandinspektor, »wenn Sie nicht gehen, dann muss ich …«

»Ja, ja, schon verstanden«, sagte ich, steckte die Hände in die Tasche und fühlte nach dem Golddraht mit den

Perlen. Jetzt erinnerte ich mich, wo ich das schon einmal gesehen hatte, aber das würde ich dem eingebildeten Kerl von Brandinspektor nicht erzählen, zumindest jetzt noch nicht.

Das hier hatte nichts mit Detective Sergeant Lovegrove zu tun.

Als ich über die Straße ging und weiter nach Osten zur U-Bahn, sah ich auf mein Handy. Kaum noch Akku. Mein Ladegerät war zu einem Klümpchen geschmolzen und lag am Grund eines qualmenden Ziegelhaufens. Plötzlich ging mir auf, dass dort auch alles andere lag, was ich besessen hatte: mein Laptop, meine Papiere, meine Familienfotos – und Nickys kopierte Akten. Alles war fort für immer, ich besaß nur noch die Kleidung, die ich am Leib trug. Selbst den alten Anorak, den ich anhatte, hatte ich im Krankenhaus bekommen – ich wollte gar nicht wissen, wo sie den herhatten. Und erst jetzt, als ich auf die schwarze Ruine des Hauses blickte, in dem ich gewohnt hatte, begann ich mich zu fragen, wo ich in dieser Nacht wohl schlafen würde.

Doch wie mein Dad sagte, man musste immer die guten Seiten betrachten. Ich hatte noch mein Handy und alle Informationen darauf. Ich suchte eine Nummer und drückte die grüne Taste.

»Hi Zoe«, sagte ich. »Ja, ich weiß, wie früh es ist. Wie geht es voran mit dem Telefon?«

NEUN

Als ich bei Mrs Bishams Haus ankam, hatte es angefangen zu regnen und das Wasser lief ungehindert an der Fassade herunter, weil die Dachrinne abgefallen war. Ich lief zur Tür und duckte mich unter das schmale Vordach. So war das also, wenn man obdachlos war. Wenn man nass oder dreckig wurde, hatte man keinen Ort, an dem man sich abtrocknen und saubere Sachen anziehen konnte. Doch im Augenblick zählte das weniger, als die Wahrheit aus dieser komplett durchgeknallten Bisham herauszubekommen.

Als sie die Tür aufmachte, verriet ihr Gesicht Zorn, aber keinerlei Furcht oder Schuldgefühle. Aber jemand, der so verrückt war, mittels Brandstiftung zu morden, musste nicht unbedingt normal reagieren. Auch auf meinem Gesicht musste sich eine Menge Ärger abgezeichnet haben, denn sie trat zurück, um die Tür zuzuschlagen, die von meinem Fuß abprallte, als ich den Flur betrat. Hilfsbereit packte ich sie und schlug sie für sie zu.

»Raus aus meinem Haus!«, verlangte sie.

»Ich glaube, das hier gehört Ihnen«, sagte ich und hielt den Golddraht mit den angesengten lila Perlen hoch. Wo ich sie mit dem Fingernagel angekratzt hatte, leuchteten sie blau, in derselben Farbe, wie die Perlen, die sie bei meinem letzten Besuch getragen hatte. Bisham sah verwirrt aus und versuchte, mir den Ohrring wegzunehmen, doch ich zog die Hand fort. »Das habe ich vor meiner Haustür gefunden«, klärte ich sie auf. »Oder besser gesagt, vor dem, was von meinem Haus noch übrig ist. Wenn Sie das nächste Mal ein Haus abfackeln, sollten sie keine Ohrclips tragen.«

»Was? Verschwinde!«, brachte sie empört hervor. Sie klang sogar überzeugend.

»Ist es das, was Nicky herausgefunden hatte?«, fragte ich. »Dass Sie den Pub abgebrannt und den Obdachlosen ermordet haben und es aussehen ließen, als sei es Ihr Mann gewesen?«

»Du redest Unsinn!«, stieß sie hervor.

»Wen haben Sie zu Nicky geschickt, damit er sie dazu bringt, abzuhauen, nachdem die schmutzigen SMS und Droh-Mails keine Wirkung gezeigt hatten?«, wollte ich wissen. »Haben Sie für solche Fälle jemanden auf der Gehaltsliste Ihrer Firma?«

Bisham fühlte sich in die Ecke gedrängt, ging auf mich los und schnippte mir ins Gesicht wie einem tollwütigen Hund.

»Verschwinde, habe ich gesagt! Ich habe ihr nie irgendwelche SMS oder Mails oder sonst was geschickt …!«

»Ich habe es von einer Freundin überprüfen lassen, einer IT-Expertin«, erklärte ich. »Die IP-Adresse des Absenders kommt aus diesem Haus ...«

»Die IP-was?« Zum ersten Mal schien sie verwundert.

»Die Adresse Ihrer Internet-Verbindung. Die führt genauso zu Ihnen wie dieser Ohrring.«

»Woher hast du den?«, fragte Bisham erneut. »Das war ein Geschenk von ...«

Abrupt klappte sie den Mund zu und starrte mich an. Ich konnte förmlich sehen, wie sie nachdachte, als überlege sie, ob es besser sei, mich zu besänftigen, mich loszuwerden oder mich zu bestechen. Plötzlich wusste ich, dass ich falschlag. Das blaue Licht der ferngesteuerten Kamera in der Küche fiel mir auf und von draußen hörte ich das leise Scheppern der Metalltreppe. Ich drehte mich um und rannte nach draußen.

Mrs Bishams Sohn hatte sich unbemerkt über eine alte Feuertreppe hinter dem Haus davongemacht, doch er lief nicht zum Gartentor, sondern in eine Ecke des dreckigen, verwilderten Gartens. Ich nahm an, dass dort ein Loch im Zaun zwischen den Büschen war, ein Ausweg, von dem seine Mutter nichts wusste. Doch so weit kam er nicht, denn der fette kleine Mistkerl konnte nicht rennen, selbst wenn es um sein Leben ging. Er hatte noch nicht einmal die Hecke erreicht, als ich ihn zu Boden warf und er mit dem Gesicht voran in modriges Laub und Rindenstückchen fiel. Er jaulte und kreischte wirres Zeug, als ich ihn hochriss, ihm den Arm auf den Rücken drehte und ihn zum Haus seiner Mutter zurückführte.

Joan Bisham stand mit kreidebleichem Gesicht und vor Schreck zitternd in ihrer heruntergekommenen Küche, während Gabriel Bisham schmollend am Tisch saß. Er schien beleidigt zu sein, dass ihn jemand, den er für einen Trottel hielt, geschnappt hatte, aber wahrscheinlich hielt er jeden außer sich selbst für einen Trottel. Unter dem verzogenen »Lass-mich-in-Ruhe«-Trotz lag eine gewisse Verschlagenheit, als wisse er, dass niemand ihn je für schuldig halten würde. Vielleicht hatte er recht – hätte er nicht versucht, wegzulaufen, hätte ich nie vermutet, dass dieser verweichlichte Fettkloß ein Killer sein könnte.

Offenbar hatte seine Mutter keine Ahnung, wie ihr Sohn seine Freizeit verbrachte. Ich schon. Ich hatte die Nachrichten gelesen, die er Nicky geschickt hatte – und seiner Mutter. Die Abgründe des Internets waren voller paranoider, hassprühender Arschlöcher und Gabriel Bisham war einer von ihnen.

»Wo sind meine blauen Ohrringe, Gabe?« Joan Bisham versuchte, ruhig zu klingen, doch ihre Stimme war zum Zerreißen gespannt wie eine Trommel. »Die Clips, die du mir zum letzten Geburtstag geschenkt hast. Gold mit blauen Perlen.«

»Äh-äh«, antwortete Gabe achselzuckend. Ich erkannte den Teenager-Ausdruck für »keine Ahnung«. Ich hatte ihn selbst verwendet, wenn ich keine Lust hatte, mit meinem Dad zu reden, und jetzt wusste ich, warum es ihn immer so auf die Palme gebracht hatte.

»Ich habe meine Schmuckschatulle zwei Mal durchsucht, sie sind nicht da. Neulich hatte ich sie noch getragen.« Sie flehte ihren Sohn um eine Erklärung an, die weniger schrecklich war als die Wahrheit.

»Den anderen hat er versteckt«, sagte ich. »Er wäre wieder aufgetaucht, wenn die Polizei hier alles durchsucht hätte.« Ich nahm den verbogenen goldenen Draht aus der Tasche und warf ihn auf den Tisch. »An dem hier ist noch Ihre DNA und damit hätten sie alles gehabt, um Sie wegen Brandstiftung und Mord anzuklagen.«

Spöttisch sah mich Gabriel an.

»Und warum sollten sie hier alles durchsuchen?« Er versuchte zu knurren, aber es klang eher wie ein Jaulen.

»Weil du ihnen einen Tipp geben würdest«, erklärte ich. »In einer anonymen Nachricht. Darin bist du gut, aber nicht so gut. Wie nennt man euch kleine Pisser, die Hackertricks aus dem Internet nachmachen? Oh ja, Scriptkiddies.«

»Fick dich«, zischte Gabe. Jetzt kamen wir seinem wahren Ich schon näher.

»Gabe!«, rief seine Mutter.

Oh Mann, machte sie sich etwa Sorgen um seine Ausdrucksweise? Sie hatte es wohl noch nicht richtig kapiert.

»Nicht Ihr Mann hat Ihnen diese Nachrichten geschickt«, erklärte ich. »Es war Ihr kleiner Sohn Gabriel.«

»Aber warum? Gabe?«

»Weil es ihm einen Kick gibt«, erklärte ich. »Er hat sie beide jahrelang manipuliert. Er hat Ihren Mann ins Gefängnis geschickt und Sie wären die Nächste gewesen. Dann wäre er frei gewesen.«

Das Jugendamt hätte es nie geschafft, ihn unter Kontrolle zu bringen, das war mir klar. Sie hatten keine Ahnung, mit was für einem Irren sie es zu tun hatten – ebenso wenig wie seine Mutter, selbst jetzt noch.

»Es tut mir leid, Gabriel. Es tut mir leid, wenn ich nicht für dich da gewesen bin. Ich besorge dir Hilfe, das verspreche ich dir.«

Sie redete, als hätte ich ihn dabei erwischt, wie er im Supermarkt Schokolade klaute. Der braucht keine Hilfe, dachte ich. Der braucht Beruhigungsmittel und ein Heim, aus dem er sich nicht davonschleichen kann, um andere Leute zu verbrennen und dabei zuzusehen, während er an sich herumspielt.

»Mrs Bisham, es war Gabriel, der den Pub abgebrannt hat. Wo der Obdachlose gestorben ist. Er hat dasselbe letzte Nacht versucht und ich habe es nur knapp überlebt.«

»Das kann nicht Gabe gewesen sein – er ist doch erst fünfzehn, um Himmels willen.«

Als ich mit vierzehn vor Gericht gestanden hatte, hatten mich die Psychologen untersucht, und jetzt fielen mir wieder alle Fragen ein, die sie gestellt hatten.

»Gab es unerklärliche Brände im Haus, als Gabriel klein war?«

»Nein«, antwortete sie, »nichts Außergewöhnliches.«

»Was war mit der Katze?«, fragte ich. »Die, die mit Feuerzeugbenzin getränkt wurde?«

Bisham schlug die Hände vor den Mund, doch ihr Sohn kicherte nur.

»Er beschuldigt mich, jemanden umgebracht zu haben, und du regst dich über die Katze auf? Wie geil!«

Ungläubig sah sie ihn an, als hätte sie ein missgebildetes Baby geboren, dessen Inneres nach außen gekrempelt war und das trotzdem noch lebte. Dann beruhigte sie sich, strich ihre Kleidung glatt und richtete sich auf. Nur noch die Fassade der harten Geschäftsfrau hielt sie aufrecht. Sie redete sich wohl ein, dass es sich hier um ein besonders schwieriges Personalproblem handelte, aber jetzt, da das Problem erkannt war, konnte man es lösen und weitermachen.

»Danke, Finn«, sagte sie. »Lässt du mich das machen?«

»Wie bitte?«, fragte ich. Ich sagte nicht: *»Ihr Sohn ist ein Psychopath. Zuerst legt er Feuer und quält Tiere und dann arbeitet er sich zu Mord hoch. Das bekommt man nicht mit Hausarrest hin.«*

»Ich werde die Polizei rufen«, sagte sie. »Und dann stehen wir das gemeinsam durch.« Sie legte ihrem Sohn tatsächlich die Hand auf die Schulter, um ihn zu trösten. Gabe hatte aufgehört zu lächeln und wirkte jetzt wie ein Kind, das sich in einem Vergnügungspark verlaufen hatte.

»Es tut mir leid, Mum«, brachte er hervor. »Ich wollte dir doch nie etwas tun, oder irgendjemand anderem.«

Es war die schlechteste Vorstellung, die ich je gesehen hatte, aber seiner Mutter schien es zu genügen.

»Wohin ist Nicky Hale gegangen?«, wollte ich wissen.

Er lächelte mich an und seufzte, als hätte er sie wirklich gemocht. »Wen interessiert das?«

Ich dachte an Nicky und an den Haufen Dreck, den er ihr geschickt hatte. Gabe Bisham hatte sie gequält wie ein kleines Tier, aber aus sicherer Entfernung – wenn er es direkt versucht hätte, hätte Nicky ihm die Eier abgerissen. Es war nicht Gabriel gewesen, der sie angegriffen hatte, oder ein Freund von ihm. Ich bezweifelte, dass er im wirklichen Leben Freunde hatte ... obwohl er im Gefängnis möglicherweise welche finden würde.

Das Handy in meiner Tasche vibrierte und begann zu klingeln. Ich hatte gedacht, der Akku sei schon längst leer. Ich antwortete und sah dabei den Jungen an.

»Finn Maguire«, meldete ich mich.

»Hallo, Mr Maguire«, meldete sich eine sanfte, aber bestimmte Frauenstimme. »Wir haben Ihren Namen als den des nächsten Angehörigen bekommen.«

»Wie bitte?«

»Es gab heute Morgen einen Unfall und Mr und Mrs Llewellyn waren darin verwickelt.«

Ich war meilenweit von zu Hause weg – nicht dass ich noch ein Zuhause gehabt hätte –, also nahm ich einen Bus, doch der war so langsam wie ein Leichenwagen. An jeder Haltestelle verklemmte sich ein Kinderwagen in der Tür oder ein Rentner musste am Grunde seiner karierten Einkaufstasche nach dem Fahrausweis suchen. Bald wünschte ich mir, ich wäre den ganzen Weg gerannt. Endlich tauchte das Krankenhaus vor mir auf, derselbe graue Haufen von Betonklötzen, den ich am Morgen nur zu gerne verlassen hatte, nachdem sich Susie verabschiedet hatte.

Ich hielt mich nicht damit auf, die Schilder im Krankenhaus zu lesen, sondern rannte direkt zur Notaufnahme. Jetzt war sie nicht mehr leer. Es war Samstagvormittag und das Wartezimmer war voller verletzter Wochenendfußballer und Amateur-Handwerker, die sich den Bohrer durch die Hand gejagt hatten und dergleichen. Schließlich erfuhr ich, dass Winnie und Delroy oben in der HDU lagen, was auch immer das sein mochte, und lief zum Aufzug.

Wie der Bus schien der Lift in jedem Stockwerk zu halten, um überarbeitete Angestellte und verwirrte Besucher ein- und aussteigen zu lassen. Ich versuchte, nicht zu fluchen, als jemand auf den Türöffner drückte, um noch ein paar Leute einsteigen zu lassen. Die Krankenschwester, die mich auf dem Handy angerufen hatte, hatte sich nicht besonders klar ausgedrückt, und ich war mir nicht sicher, was ich vorfinden würde, doch während der Aufzug langsam nach oben holperte, wurden meine Befürchtungen immer schlimmer.

Die HDU lag im siebten Stock. Ich sah das Schild, als ich aus dem Aufzug stieg, und blieb stehen, um es zu lesen. High Dependency Unit. Männer links, Frauen rechts. Ich sah mich nach einer Krankenschwester oder einem Stationszimmer um.

Delroy saß an Winnies Bett. Seine Krücke lag auf dem Fußboden neben dem Stuhl, wo er sie hatte fallen lassen. Er hielt Winnies Hand in seiner rechten, hatte den Kopf gesenkt und bewegte die Lippen. Wenn er betete, dann war das ein schlechtes Zeichen, denn er hatte Winnie versprochen, dass sie ihn bestimmt nie beim Beten erwischen würde. Aber seine Frau war nun bewusstlos. Sie lag vollkommen regungslos auf dem Rücken, die Hände neben dem Körper und eine durchsichtige Maske über Mund und Nase. Neben dem Bett zischte und klickte ein Beatmungsgerät und Maschinen mit grün leuchtenden Digitalanzeigen pumpten Plasma und eine farblose Flüssigkeit in ihren Arm. Als ich sie so sah, schnürte es mir die Kehle zu, weil ihr Gesicht an den Stellen, wo es nicht von Bandagen oder der Maske verdeckt war, furchtbar verfärbt und geschwollen war. Als ich die Hand ausstreckte und Delroy an seinem mächtigen rechten Arm berührte, bemerkte ich, dass sein linkes Handgelenk eingegipst war.

»Hallo, Delroy.«

Er sah mich an und versuchte zu lächeln, doch die Anstrengung war zu groß. Er sagte nichts, und ich fragte nicht, wie es Winnie ging, denn es wäre eine dumme Frage gewesen. Ich sah mich nach einem weiteren Stuhl um und zog ihn heran.

»Es war ein Unfall«, murmelte Delroy schließlich. Wir hatten schon fünf oder zehn Minuten lang da gesessen und Winnie beobachtet und dem Klicken und Zischen des Beatmungsgerätes gelauscht. »Ich habe sie zur Bushaltestelle gebracht, weil ich sowieso auf dem Weg zu der Praxis war, wo ich meine Reha habe. Wir haben das Auto hinter uns zwar gehört, uns aber nichts weiter dabei gedacht, bis er uns überfahren hat.« Er schüttelte den

Kopf. »Der Fahrer musste auf den Gehweg geraten sein, als er ... das Radio eingestellt hat oder weiß Gott was.«

»Hat er angehalten?«, fragte ich.

Delroy schüttelte den grauen Kopf und rieb sich mit der unverletzten Hand über das Gesicht, als versuche er, den Schrecken wegzuwischen.

»Hast du das Auto gesehen, oder den Fahrer? Oder jemand anderes?«

Delroy schüttelte erneut den Kopf und blickte zu Boden.

Fahrerflucht? Was für ein Scheißkerl würde wohl ...? Ein düsterer Gedanke schoss mir durch den Kopf wie eine ätzende Flüssigkeit.

»Delroy? Bist du sicher, dass es ein Unfall war?«

Delroy zuckte zusammen und vergrub das Gesicht in den Händen. Woher sollte er das auch wissen, wenn das Auto von hinten kam und nicht anhielt?

Den ganzen Nachmittag lang zischten und klickten die Maschinen, gelegentlich piepten sie auch. Dann tauchten Schwestern auf, überprüften Winnies Anzeigen und wechselten die Tropfbeutel. Sie brachten Tee, der kalt wurde, und murmelten vor dem Vorhang medizinisches Kauderwelsch über Volumen und Leberfunktionen. Die Zeit schien zu kriechen. Es gab ein Fenster, doch dessen untere Hälfte bestand aus Milchglas und die obere zeigte einen so bewölkten Himmel, dass man nicht sagen konnte, wo die Sonne stand oder wie spät es war. Mein Handy war jetzt endgültig tot, aber ich hatte sowieso niemanden, den ich anrufen konnte. Die einzigen Leute, auf die es ankam, waren im Augenblick hier bei mir. Delroy und Winnie hatten Verwandte in Birmingham und auch auf Jamaika, das wusste ich, aber als ich Delroy fragte, ob ich sie anrufen sollte, oder ein Mitglied aus Winnies Gemeinde, schüttelte er nur den Kopf, als ertrage er die Gegenwart von noch mehr Menschen im Augenblick nicht.

Irgendwann musste ich aufs Klo und ging eines suchen. Am ersten, das ich fand, stand »Nur Personal«, aber da kein Personal in Sichtweite war, benutzte ich es, wusch mir die Hände und schüttelte das Wasser ab. Um sicherzugehen, ging ich auch noch zu einer dieser antibakteriellen Gelpumpen, die überall angebracht waren, und spritzte mir etwas Desinfektionsmittel auf die Hände. Während der Alkohol kühl auf meiner Haut verdunstete, hörte ich, wie sich an einem Tresen in der Nähe zwei Krankenschwestern ausnahmsweise in einer Sprache unterhielten, die ich verstehen konnte.

»Werden die Polizisten zurückkommen?«

»Ich glaube nicht. Sie sagten, er hätte ihnen für den Anfang genug in die Hand gegeben und dass sie noch weitere Zeugen finden müssten.«

»Und was hat der Typ gesagt?«

»Der Ehemann?«

»Nein, der Fahrer. Als er anhielt, hat er angeblich etwas gesagt.«

»Ich dachte, es sei Fahrerflucht gewesen?«

Unter dem Tresen erklang plötzlich ein harsches, kurzes Summen.

»Das ist Ling in der Fünf – absackender Blutdruck …«

Sie eilten davon und die eifrig quietschenden Gummisohlen ihrer Sandalen entfernten sich von meinem Lauschplatz an der kühlen Wand des Ganges.

»Delroy?«

»Glaubst du, sie braucht etwas zu trinken? Sie muss durstig sein. Sie ist schon so lange hier und hat nicht einmal ein Glas Wasser …«

Ich sah die Flüssigkeiten an, die durch die Schläuche liefen und Winnie mit allem Nötigen versorgten. Delroy wusste das ebenso gut wie ich, er fühlte sich nur hilflos und wollte etwas tun.

»Nein, Del, ich glaube, es geht ihr gut.«

»Sie ist so still … ich wünschte, sie würde aufwachen, und wenn es nur wäre, um mich zu schimpfen, verstehst du?«

»Delroy … was hat der Fahrer zu dir gesagt? Als er angehalten hat?«

»Er hat nicht angehalten. Es war ein Unfall.«

»Ich weiß, dass er angehalten hat. Was hat er zu dir gesagt, Delroy? Warum willst du es mir nicht sagen?«

Zum ersten Mal seit Ewigkeiten sah er mich an. Obwohl seine Augen müde und blutunterlaufen waren, sah er trotzig drein.

»Ich kenne dich, Finn. Du wirst glauben, du müsstest für Gerechtigkeit sorgen, und dich mit Gegnern anlegen, die zu groß für dich sind. Winnie würde das nicht wollen. Gewalt erzeugt Gegengewalt, würde sie sagen.«

»Ja, und du hast gesagt, wenn man hart getroffen wird, muss man härter zurückschlagen.«

»Im Ring, Finn, nicht im richtigen Leben, um Gottes willen!«

»Was hat er gesagt, Del? Der Kerl, der dich und Winnie überfahren hat?«

Del wollte gerade antworten, als eine der Maschinen – ich war mir nicht sicher, welche – zu piepen begann, erst eine, dann die nächste, sie übertönten sich in ohrenbetäubendem elektronischem Lärm, und Winnie schlug die Augen auf.

Mir war sofort klar, dass dieser Abschied nicht friedlich oder ergreifend sein würde. Winnie hatte Todesangst. Sie schien zu ersticken und ihre Augen traten hervor. Sie wusste nicht, wo sie war, wer bei ihr war oder was passierte. Delroy drückte ihre Hand und versuchte, mit ihr zu sprechen, aber sie starrte ihn nur verwirrt und verängstigt an, als versinke sie in einem Gewirr von Chaos, Dunkelheit und Schmerz.

Ich stand nutzlos und hilflos daneben, bis ich erst von einer Schwester und dann von der nächsten beiseitegeschoben wurde. Dann kam eine ganze Armee uniformierter Schwestern, die sich Statistiken und Werte zuriefen, und eine kleine chinesische Schwester scheuchte uns beide hinaus und murmelte etwas Beruhigendes, während die Vorhänge um Winnies Bett herum zugezogen wurden. Die Schwester drückte Delroy seine Krücke in die Hand, eilte wieder zurück und machte die Tür hinter sich zu. Ich sah durch das drahtvergitterte Fenster ins Zimmer und hatte den Eindruck, dass die hektische Aktivität um Winnies Bett ein wenig nachließ. Die Oberschwester sah auf die Uhr. Ich sah, wie sie ihre Kolleginnen grimmig ansah und ganz leicht den Kopf schüttelte. Dann legten sie die emotionale Rüstung an, die Mediziner brauchen, wenn sie zwanzig Runden gekämpft und verloren haben.

Delroy sah nichts davon. Er war auf einem Stuhl zusammengesunken und starrte ins Leere, als verstünde er nicht mehr, warum er auf der Welt war oder was er tun sollte. Aber ich wusste, wozu ich da war und was ich tun würde.

»Was hat er gesagt, Delroy?«

»Lass es sein, Finn. Du machst nur eine Dummheit und endest im Gefängnis, und alles, was du erreicht hast, alles, was dein Vater dir mitgegeben hat, wird umsonst gewesen sein.«

»Es war Sherwood, nicht wahr? Sag es mir!«

»Ich habe ihn nicht gehört, ich habe mir den Kopf angeschlagen, ich habe nach Winnie gesehen …«

»Del, um Himmels willen …!«

Delroy ließ die Schultern hängen.

»Mr Sherwood lässt grüßen«, flüsterte er.

Die Tür zu Winnies Zimmer ging vorsichtig auf und eine Schwester kam heraus – eine Ärztin sogar, wie ich am Dr. auf ihrem Namensschild sah. Sie war noch keine dreißig, aschblond und wunderschön, mit einer Haut so glatt und perfekt wie die einer Puppe, doch ihr Gesicht trug eine ernste, professionelle Maske.

»Mr Llewellyn? Es tut mir sehr leid.«

Als ich das Krankenhaus verließ, war es schon dunkel. Samstagnacht, fiel mir wieder ein, als ich die Betrunkenen einander anpöbeln hörte, die von einem Pub zum nächsten stolperten.

Delroy hatte bei Winnie bleiben wollen, bis der Bestatter kam, aber ich konnte das nicht. Er hatte mir das Versprechen abgenommen, nach Hause zu gehen, und ich hatte gesagt, das würde ich tun – aber ich hatte ihm nicht gesagt, dass ich kein Haus mehr hatte und daher nicht nach Hause gehen konnte, selbst wenn ich gewollt hätte. Ich glaubte nicht, dass Sherwood um diese Uhrzeit in seinem Büro sein würde, aber ich würde auf ihn warten, bis er auftauchte, egal, wie lange das dauerte. Sein Büro war nur vierzig Minuten entfernt, wenn ich in meiner üblichen Geschwindigkeit lief.

Ich schaffte es in etwas mehr als dreißig.

ZEHN

Ich hatte mittlerweile entschieden, dass ich nicht auf Sherwood warten würde, wenn er nicht da war – ich würde irgendwie einbrechen, seine Privatadresse herausfinden und ihn dort aufspüren. Wenn ich Zeit hatte und kein Alarm losging, würde ich auch noch auf seinen Schreibtisch kacken, bevor ich den Laden abfackelte. Ich wollte den Scheißkerl finden, und egal wie viele Neandertaler sich mir entgegenstellten, ich würde ihn zusammenschlagen, und zwar gründlich. Für den Rest seines elenden Lebens sollte er jeden Morgen, wenn er aufwachte und in den Spiegel sah, sehen, was ich ihm angetan hatte, und sich wünschen, er hätte einen anderen Beruf gewählt.

In der Gasse hinter der alten Billard-Halle war niemand. Es stank nach Pisse und billigen Zigarren. Sherwoods Wagen stand auf seinem Privatparkplatz, vielleicht war er ja doch da. Aber ich würde nicht im Dunkeln herumlungern und warten, bis er herauskam.

Also ging ich durch die Gasse zum Büro, hob den Fuß und trat heftig gegen die Tür. Sie krachte auf, als wäre sie nicht richtig verschlossen gewesen, knallte gegen die Wand und prallte davon ab. Vor mir lag die Treppe, die zum schwach beleuchteten Flur vor Sherwoods Büro führte, doch niemand stellte sich mir in den Weg. Gut für sie. Von oben hörte ich Frank Sinatra etwas von Mondschein und Romantik singen, und zwar so laut, dass mich niemand hören konnte. Ich trat ein, ließ die Tür hinter mir zufallen und lief die Treppe hinauf, zwei Stufen auf einmal nehmend.

Auch auf dem Treppenabsatz war niemand und die Tür am Ende des Ganges war nur angelehnt. Dort kam die Musik her. Ich blieb stehen und lauschte, um herauszufinden, mit wie vielen Leuten ich es zu tun hatte. Mein Blick fiel auf das Gemälde mit dem Heuwagen an einem Fluss, das mir bei meinem ersten Besuch aufgefallen war, und plötzlich wusste ich, warum es hier so fehl am Platz wirkte. Es kam aus Nickys Haus – es gehörte zu der Serie, die in ihrer Bibliothek hing. Auch Anderson musste sich Geld von Sherwood geliehen haben und war mit den Zahlungen in Rückstand geraten. Dean und seine Freunde hatten es wohl ebenso konfisziert wie Delroys Fernseher.

Hinter Sherwoods Tür konnte ich keinerlei Gespräche oder Bewegungen wahrnehmen. War überhaupt jemand da? Ich war mir ziemlich sicher. Zumindest war bis vor Kurzem jemand da gewesen. Aber warum ließen sie dann die Türen offen? Jetzt fiel mir ein Geruch auf, übelerregend wie aus einer Toilette, bei der man die Spülung nicht betätigt hatte, vermischt mit noch etwas anderem, abgestanden und salzig. Meine kalte Wut begann zu verrauchen, und ich fragte mich, ob Delroy vielleicht recht hatte und ich mir etwas zu viel aufgehalst hatte. Doch dann zog ich mir den Jackenärmel über die Hand und stieß die Tür zum Büro auf.

Als Erstes sah ich Sean den Kleiderschrank, der mit dem Gesicht nach unten auf dem Boden lag, mit dem Kopf zur Tür. Ein Arm lag unter seinem Körper, der andere lag seitlich weggestreckt, die Handfläche nach oben. Er hatte sich den Bauch gehalten, als er fiel, als wäre er erschossen oder erstochen worden. Jetzt starrte sein blickloses, blutunterlaufenes Auge auf den Teppich und seine Nase war platt gedrückt, als hätte ihm jemand auf den Hinterkopf getreten. Von Dean war nichts zu sehen. Noch nicht.

Auf Sherwoods großem polierten Schreibtisch stand eine Aktenmappe in einem Winkel, die vermuten ließ, dass Sean sie nehmen wollte, bevor er unsanft unterbrochen wurde. Sie war geschlossen, doch eine Schnalle war offen. Ich streckte die Hand nach der anderen aus – mit einem Daumendruck konnte ich sie öffnen und nachsehen, was darin war. Doch ich hielt inne. Irgendetwas sagte mir, dass es Geld war, und ich hatte schon vor langer Zeit aufgehört, an den Weihnachtsmann zu glauben. Die kitschige Swing-Musik endete in einem tosenden Blechbläsercrescendo, und in der kurzen Pause vor dem nächsten Song hörte ich ein Tropfen, das aus dem Schrank oder der Toilette kam, oder was auch immer hinter der Tür hinter Sherwoods Schreibtisch lag. Dann begann der nächste Sinatra-Song, überschwänglich und fröhlich. Als ich mich heranschlich, bemerkte ich, dass der Geruch intensiver wurde – ein Gestank von Scheiße mit vergammeltem Gemüse, ein Gestank, der mich an einen Laden an der Hauptstraße erinnerte, zu dem mich meine Mutter manchmal auf dem Heimweg von der Schule mitgenommen hatte … der Metzger.

Die Musik kam aus einem CD-Spieler auf einem schlanken Rauchglastisch an der Tür. Frank Sinatra ging mir mittlerweile auf die Gehörgänge, daher drückte ich mit dem Ellbogen die Stopp-Taste. Danach wurde die Stille nur noch von dem leisen Tropfen unterbrochen und von einer Fliege, die an meinem Ohr vorbei durch die Tür davonflog, als müsse sie zu einer Party. Mit der Zehenspitze schob ich die Tür auf.

Dahinter lag ein Badezimmer, so groß wie in einem Ausstellungsraum, mit einer Duschkabine in der einen Ecke und einem gläsernen Waschbecken auf einer Säule vor einem von LED-Lampen gerahmten Spiegel. Hinter dem Waschbecken befand sich die Toilette, auf der Sherwood in einem seiner Designer-Anzüge saß. Er war leicht nach vorne gebeugt und sah ein wenig überrascht nah unten. Jemand hatte ihn dort gefesselt. Die Handgelenke waren auf dem Rücken mit einem dünnen Draht zusammengeschnürt, der sich dann nach oben um seinen Hals wand. Dann hatte man ihm den Bauch aufgeschlitzt, sodass ihm seine Eingeweide in den Schoß gefallen waren.

Ich hatte den ganzen Tag noch nichts gegessen, und das war auch gut so, denn sonst hätte ich überall hin gekotzt. So schluckte ich nur die aufsteigende Galle. Sherwood war noch am Leben gewesen, als man ihm das angetan hatte. Das ging weit über Rache hinaus – da hatte jemand Freude an Schmerz und an Grauen gehabt. So exekutierte man im Mittelalter Verräter. Wer das getan hatte, beherrschte eine alte Kunstform – Ausweiden zur öffentlichen Unterhaltung.

Durch meine taubes Entsetzen drang in der Ferne ein elektronisches Heulen – ein Notarzt auf dem Weg zu irgendeinem Vorfall mit Besoffenen. Wie eine Ratte in einem Labyrinth ohne Ausgang rasten mir die Gedanken durch den Kopf. Wer hatte Sherwood das angetan? Ein Schuldner, bei dem er es zu weit getrieben hatte? Nein, Sherwood hatte sich immer nur schwache und hilflose Personen ausgesucht – das war keiner seiner Klienten gewesen. Ein rivalisierender Kredithai? Dieser Cop, Lovegrove ... aber kannte der Sherwood überhaupt? Der Unfallflucht-Fahrer? Nein, der war ja von Sherwood geschickt worden, wie er Delroy gesagt hatte.

Nur ... Sherwood unterzeichnete nicht mit seinem Namen auf den Ziegelsteinen, die er anderen durch die Fensterscheiben warf. So offensichtlich operierte er nicht.

Die Sirene kam näher. Jetzt waren es zwei ... drei. Mir dämmerte, dass jemand Delroy und Winnie verletzen oder töten wollte, um mit dem Finger in Sherwoods Richtung zu zeigen. Sie hatten wohl gehofft, dass ich davon hören und mich auf Sherwood stürzen würde wie ein tollwütiger Rottweiler, und genau das war auch passiert. Ich hatte mitgespielt. Sherwood war zu Tode gefoltert worden und ein Verdächtiger mit einem ausgezeichneten Motiv und einer ellenlangen Akte von Gewaltdelikten stand über seiner Leiche, zu benommen, um zu fliehen.

Unten in der Gasse wurden Stimmen laut, gedämpft und eindringlich. Autotüren knallten zu, und ich hörte Ansagen aus Funkgeräten, die zu spät leise gestellt wurden. Die Polizei stand vor der Tür, ich musste etwas tun. Ich zog mich aus dem Bad zurück und fürchtete plötzlich, dass ich in Sherwoods Gedärme getreten sein könnte und eine Spur blutiger Fußabdrücke hinterließ. Doch nein, es war nichts zu sehen. Wo waren die Ausgänge? Sherwoods Kunden waren wütende, verzweifelte Menschen, die nicht mehr viel zu verlieren hatten, daher hatte er sicher gelegentlich einen anderen Ausweg gebraucht. Es gab keine Fenster, nur ein Plexiglas-Oberlicht in der Dachschräge, doch das war zu hoch. Darauf hätte sich Sherwood nicht verlassen. In einer Nische hinter dem Eingang zum Bad befand sich eine weitere Tür, die aussah wie ein Aktenwandschrank. Ich wusste nicht, ob ich beim Hereinkommen irgendwelche Fingerabdrücke oder DNA-Spuren hinterlassen hatte, aber auf dem Weg hinaus würde das sicher der Fall sein, wenn ich nicht ...

Ein Summen von Sherwoods Schreibtisch hallte im Gang draußen wider. Sherwood hatte eine Sprechanlage, fiel mir wieder ein, doch ich hatte sie nie benutzt. Ich hatte wahrscheinlich noch zwanzig Sekunden, bevor die Cops die Tür einschlugen.

Handschuhe! Seans ausgestreckte Hand war nackt. Ich bückte mich über seine Leiche, steckte vorsichtig einen Finger in seine Jackentasche und spürte ein gummiartiges Bündel. Ich vergaß die Vorsicht für einen Augenblick, nahm die Handschuhe heraus, faltete sie auseinander und streifte sie über.

Dann lief ich zu der Nische und zog die Tür auf. Dahinter war es dunkel. Ich grapschte mit der behandschuhten Hand an der Wand neben der Tür entlang, fand einen Lichtschalter und knipste ihn an. Halogenstrahler leuchteten auf und zeigten mir eine Sackgasse, einen schmalen Gang voller Regale und einem Fenster hinten rechts. Auf dem Regal an der Tür stand ein elektrischer Ventilator. Ich packte ihn, wickelte das Kabel um den Türgriff und knotete es mit dem Stecker fest, dann nahm ich den Ventilator, zog das Kabel straff und wand es mehrere Male um eine Metallstrebe des Regals. Der Ventilator schepperte laut gegen das Metall, und mir brach der Schweiß aus wegen des Lärms, aber ich machte weiter und ließ das Gerät dann hängen. Das Regal war an der Wand festgeschraubt, daher würde die Aktion die Cops ausbremsen und mir mindestens ein bis zwei Minuten verschaffen. Ich rannte zum Fenster.

Es war außen vergittert. Das Fenster selbst ließ sich

nach oben aufschieben, doch es hatte keinen Sinn, das zu versuchen. Ich hätte ein magersüchtiges Supermodel sein müssen, um mich dort hindurchzuquetschen. Ich überlegte, ob ich zurückgehen sollte, doch ich konnte schon Schritte auf der Treppe hören. Ich rannte in die Sackgasse und stellte fest, dass sich in einer Nische links hinten in der Wand eine Feuertür mit einem Türriegel befand. Ob die Cops wohl auch schon die Feuertreppe hinaufkamen? Mir blieb keine Wahl. Ich drückte den Riegel nach unten und stieß die Tür auf. Direkt neben meinem Ohr schrillte eine Alarmglocke los, die durch ihre bloße ohrenbetäubende Lautstärke Einbrecher in die Flucht schlagen sollte. Ich lief hinaus auf den Metallabsatz und schob die Tür mit dem Rücken zu. Der Alarm hörte nicht auf. Wie lange würde es wohl dauern, bis die Cops merkten, dass nicht sie ihn ausgelöst hatten?

Draußen war es warm und es roch nach Bier. Ich befand mich hoch über dem Boden, auf gleicher Höhe mit einer brummenden Klimaanlage, die die abgestandene alkoholgeschwängerte Luft aus einem Pub vor mir in die Nacht blies. Der Metallgang führte zehn Meter an der Mauer entlang und wandte sich dann nach unten zur Straße, wo es inzwischen vor Polizisten überall nur so wimmelte. Bald würde es ihnen langweilig werden, darauf zu warten, dass ich zu ihnen herunterkam, und sie würden in den Gassen hinter dem Haus nach einem Weg nach oben suchen. Hier draußen auf der Feuertreppe war das Schrillen des Alarms weniger laut und wurde vom anhaltenden Verkehrslärm, der Musik aus den Bars und dem allgemeinen Krach eines feucht-fröhlichen Samstagabends übertönt.

Trotzdem versuchte ich so zu laufen, dass das Metall unter meinen Füßen meine Anwesenheit nicht verriet, und eilte die Plattform zur Hälfte entlang, bevor ich stehen blieb und die Brüstung zwei Meter über mir betrachtete. Nach unten konnte ich nicht, aber ich konnte auch nicht so hoch springen, es sei denn, ich stellte mich auf das Geländer links von mir. Das war nur eine halbe Hand breit und oben abgerundet. Wenn ich abrutschte, fiel ich vier Meter tief auf Beton und stählerne Mülleimer voller Glasscherben. Das Adrenalin rauschte durch meine Adern, und ich zwang mich, ruhig zu bleiben und mich daran zu erinnern, wie Delroy mir beigebracht hatte, mein Gewicht zu verlagern. Er hatte sogar ein Seil gespannt, um mit mir Gleichgewichtsübungen zu machen. Ich durfte nicht daran denken, was passieren würde, wenn es schiefging. Ein Bein über das Geländer, das Knie hochziehen. Balance halten, ganz ruhig. Das andere Knie … und dann langsam … beide Füße aufs Geländer und … hochschieben.

Jetzt stand ich aufrecht und hinter mir war nur Luft. Irgendwo meilenweit unter mir erklang Lachen und Musik, ein paar Mädchen kreischten, vielleicht waren es Anfeuerungsrufe, vielleicht heulten sie auch.

»Polizei! Nicht bewegen!«

Der Ruf kam von unten, doch ich ignorierte ihn. Die meinten bestimmt jemand anderen.

»Du da oben! Nicht bewegen!«

Na gut, sie redeten mit mir. Aber das bedeutete, dass sie noch keinen Weg gefunden hatten, hier heraufzukommen und mich zu schnappen. Ich konzentrierte mich auf mein Gleichgewicht und heftete den Blick auf den Rand des Vorsprungs eine Armlänge über meinem Kopf. Ich ging in die Knie. Und dann sprang ich.

Luft und dann rauer Beton unter meinen Fingern, mein ganzes Gewicht hing an meinen Händen, an denen ich am Dachvorsprung baumelte. Meine Knie schrammten an der Mauer entlang und ich versuchte vergeblich, mit den Füßen irgendwo Halt zu finden. Langsam zog ich mich mit den Armen hoch. Ich wusste, dass ich nur einen Versuch hatte, dass es klappen musste. Als mein Kinn auf Höhe des Vorsprungs war, warf ich meinen rechten Arm darüber, zog noch kräftiger und schwang mein rechtes Bein hinauf. Dann rollte ich meinen Körper über die Betonkante und fiel einen halben Meter tief auf das Fiberglasdach dahinter, wobei mein Hintern in einer Pfütze landete, die augenblicklich meine Jeans durchweichte. Am liebsten wäre ich liegen geblieben und hätte mir gratuliert, doch dazu hatte ich keine Zeit. Ich sprang auf und lief geduckt das Dach entlang bis zu einer Ecke, die von der Feuertreppe weg und die Hauptstraße entlangführte, bis ich zu einer weiteren Ecke kam und mich wieder von der Straße wegbewegte. Unter mir lag ein weiteres niedriges Wellblechdach und dahinter noch eines.

Ich setzte mich wieder auf die Dachbrüstung, drehte mich um und ließ mich langsam hinuntergleiten, bis meine Schuhe das Metall berührten. Vorsichtig vertraute ich dem Wellblechdach mein Gewicht an. Wenn ich am Giebel entlanglief, wo das Dach am stabilsten war, würde ich mich zu deutlich gegen den Himmel abheben. Ich musste im Hintergrund bleiben. Ich testete das Metalldach mit den Füßen. Es bog sich zwar, aber es hielt. Ich entschloss mich, drüberzurennen wie über dünnes Eis und zu hoffen, dass ich mit dem Schwung bis auf die andere Seite gelangen würde.

Es funktionierte, zumindest bis fast zum Schluss, doch einen Meter vor dem anderen Ende bog sich das Dach unter meinem Fuß nicht, sondern barst, und mein Bein brach geradewegs hindurch, wobei es mir die Haut von der Hälfte des Schienbeines schabte. Ich verlor meinen Schwung, als ich stürzte, dann riss das Metall kreischend weiter ein und mein anderes Bein krachte hindurch. Ich stürzte nach hinten und suchte vergeblich nach Halt, doch ich fiel und landete gleich darauf mit großem Getöse auf einem Haufen Holz, Metallstreben und modrigen Lumpen auf dem Rücken.

Einen Augenblick lang blieb ich liegen und versuchte, herauszufinden, wo zum Teufel ich war und wie schwer ich verletzt war. In der staubigen Dunkelheit hörte ich Musik hämmern. War das Blut am Hintern meiner Jeans? Nein, es war nur das Dreckwasser aus der Pfütze, in die ich gefallen war. Mein Rücken schmerzte und das Schienbein brannte höllisch, aber das war auch schon alles, der Rest schien zu funktionieren. Ich sah mich um und versuchte herauszufinden, wohin ich gefallen war. Einen Augenblick dachte ich, ich wäre wieder in der alten Billard-Halle gelandet, aber der Raum hier sah aus, als wäre er immer nur als Lager benutzt worden. Durch ein schmutziges hohes Fenster fiel Licht herein, in dem sich Laserpunkte brachen und das im Rhythmus der Musik unter mir flackerte.

Ich war in einem Lagerraum gelandet, der offenbar seit Jahren nicht mehr aufgesucht worden war, so wie es hier roch. Die gammeligen Fetzen und die Metallstreben gehörten zu Sonnenschirmen, die einmal im Garten eines Pubs gestanden hatten. Meine Landung hatte sie vollends unbrauchbar gemacht. Die Wände des Lagerraums bestanden aus spinnwebbedeckten Ziegeln, und auf dem Boden lagen Aschenbecher, Handtücher, kaputte Brillen und alles Mögliche verstreut, sodass ich kaum wusste, wo ich hintreten sollte. Ich kletterte über den Müll in die Richtung, in der ich eine Tür vermutete. Zum Glück ließ sich der Riegel auch von innen öffnen. Der rostige Bolzen riss mir die Finger auf, als ich ihn hin und her bewegte, um ihn schließlich zu lösen. Eine Klinke konnte ich nicht sehen, daher zog ich an dem Riegel, bis sich die Tür so weit öffnete, dass ich hindurchschlüpfen konnte.

Auch auf der anderen Seite war es dunkel, doch es roch nach Schweiß, Alkohol, Parfum und Kosmetika. Ein von einer Discokugel reflektierter Laser tanzte und flackerte über den dicht gedrängte Tänzern in ihren schicksten Aufreißerklamotten. Ich drängelte mich durch die Menge – es hatte keinen Sinn, sich zu entschuldigen, da die Musik sowieso zu laut war, um sich verständlich zu machen. Ein paar Leute glotzten mich an, und mir wurde bewusst, dass sie sich fragten, warum zum Teufel die Türsteher jemanden in zerrissenen Jeans, einem nach Rauch stinkenden Wollpullover und einem Anorak aus einem Wohlfahrtsladen hereingelassen hatten. Ich lächelte und winkte, als trüge ich das neueste Outfit aus New York. Ja, nächstes Jahr um diese Zeit werdet ihr alle herumlaufen wie Penner, die von Hunden gejagt werden.

Ich schob, drängelte und wand mich zum Ausgang durch, entschlossen, selbst dorthin zu gelangen, bevor mich ein Türsteher entdeckte und eine große Show daraus machte, mich hinauszuwerfen. Wenn ich es unbelästigt auf die Straße schaffte, waren meine Chancen, in der Menschenmenge, die samstagabends unterwegs war, unterzutauchen und zu verschwinden wesentlich besser. Über einem Stuhl, den ich beiseiteschob, hing eine lederne Bomberjacke. Unauffällig fasste ich sie am Kragen und zog sie herunter, ohne nach unten zu blicken oder mich umzusehen, ob mich jemand bemerkt hatte. Der arme Kerl, den ich bestahl, tat mir leid, aber ich würde diese Jacke bald wesentlich dringender brauchen als er. Im Schutz des Gedränges ließ ich meinen Anorak von den Schultern gleiten und spürte, wie er hinter mir zu Boden fiel. Seans Handschuhe zog ich aus und knüllte sie zusammen.

An der Tür standen ein paar bullige Typen – den dicken Nacken und den gebrochenen Nasen nach zu urteilen Rugbyspieler. Da sie taumelten und nur mit Schwierigkeiten in ihre Jacken fanden, vermutete ich, dass sie eine Weile hier gewesen waren und sich nun auf die Suche nach heißeren Mädchen und kälteren Drinks machten. Diese endlosen Pub-Streifzüge hatte ich nie verstanden – warum sollte man gehen, wenn es einem irgendwo gefiel? Aber ich war sowieso nicht so aufs Trinken aus. Ich hängte mich an die Sauftruppe ran, zog mir die geklaute Jacke über und half einem von den Typen in seinen Mantel, wobei ich grinste wie ein Idiot. Er bemerkte nicht, dass ich ihm die Handschuhe in die Tasche steckte.

Dann folgte ich ihnen nach draußen und tat so, als höre ich einer langen, unzusammenhängenden Geschichte darüber zu, wie sich einer von ihnen auf der Hochzeit eines Freundes in die Hosen gemacht hatte – in weiße Hosen. Seine Freunde schnaubten und lachten und auch ich schnaubte und lachte und trat höflich beiseite, um drei massige uniformierte Polizisten durchzulassen, die an uns vorbei in den Pub stürmten, äußerst unpassend gekleidet in ihren Schutzwesten und den Helmen. Ich zog den Kragen meiner neu erworbenen Bomberjacke höher und versuchte, so abwesend und desinteressiert zu wirken wie die Jungs, denen ich mich angeschlossen hatte, und während sie sich auf der Straße darüber unterhielten, in welchen Laden sie jetzt ziehen sollten, steckte ich die Hände in die Taschen und lief die Straße entlang, wobei ich versuchte, nicht zu humpeln, und hoffte, dass das Blut von meinem Schienbein nicht mein Hosenbein durchtränkte.

Die Cops rannten auf der Straße herum, die Köpfe gesenkt, um in die Funkgeräte an ihrem Kragen zu sprechen. Sie verteilten sich in alle Richtungen, was mich vermuten ließ, dass sie meine Spur verloren hatten. Ich lief in die Richtung der Straße, die an Sherwoods Büro vorbeiführte. Es schien mir richtig, weil die Cops jemanden suchen würden, der in die andere Richtung lief. Ich beobachtete sie ganz offen, denn das taten die meisten Passanten, als würde die Polizei gratis Straßentheater vorführen, damit die Leute etwas hatten, worüber sie reden konnten. An der Kreuzung zu Sherwoods Straße sah ich zwei Streifenwagen, die die Gasse auf halber Höhe blockierten, während ein junger Polizist in Leuchtweste blau-weißes Flatterband zwischen den Laternenpfählen abrollte, um die Gasse abzusperren. Ein Haufen Mädchen in superkurzen Miniröcken und winzigen Tops sah zu, kicherte laut und spekulierte darüber, wie der junge Polizist wohl ohne Hemd aussah. An der Absperrung lungerten zwei weitere Typen herum, und einer von ihnen ließ ein Feuerzeug aufflackern, um sich eine Zigarre anzuzünden.

Es war Dean, Sherwoods persönlicher Elvis-Imitator. Er nahm einen langen Zug und warf den Kopf zurück, um den Rauch durch die Nase auszustoßen. Als ich mich näher schlich, erhaschte ich den Geruch, einen Geruch, den ich erkannte und der mich verfolgt hatte – billige Zigarren. Es war Dean gewesen, der sich neulich

Abends vor meinem Studio herumgetrieben hatte, und den gleichen Geruch hatte ich ein paar Minuten zuvor vor Sherwoods Büro wahrgenommen. Dean musste dabei geholfen haben, mir eine Falle zu stellen, und jetzt wartete er, um zu sehen, ob ich in Handschellen oder in einem Leichensack herausgebracht wurde. Offensichtlich hatte er den Boss gewechselt. Ich fragte mich, ob er nur zugesehen und versucht hatte, nicht zu kotzen, als seine neuen Kollegen Sherwood den Bauch aufschlitzten – oder ob er sich beteiligt hatte, um zu beweisen, wie willig und anpassungsfähig er war.

Der Kerl, mit dem er sich gerade unterhielt, war groß, muskulös und vollkommen kahlköpfig, mit glänzendem Schädel und einem langen, dicken Schnurrbart. Ich sah, wie er sich nachdenklich über das Kinn rieb, wobei dicke Ringe an seinen Fingern aufblitzten. Dann nickte er mit dem Kopf in Deans Richtung, und sie wandten sich um und gingen fort, als wäre es ihnen zu langweilig, bei der Jagd zuzusehen. Ich schlenderte ihnen nach. Immer wenn ich das Gewicht auf mein kaputtes Schienbein legte, zuckte ich zusammen, aber ich versuchte, unauffällig zu bleiben, während ich aus dem Augenwinkel die Cops vor dem Tatort beobachtete. Sie würdigten mich kaum eines Blickes.

Deans neuer Boss überquerte die nächste Straße, ohne sich um den Verkehr zu kümmern, als würde jeder Laster, der ihn traf, einfach von ihm abprallen. Dean joggte hinter ihm her wie ein junger Spaniel, der versucht, mit einem Bluthund Schritt zu halten. An der

Ecke blieb ich stehen, falls sie sich umdrehten, doch sie gingen direkt zu einem schicken schwarzen Mercedes mit abgedunkelten Scheiben, der mit laufendem Motor in der Nähe stand. Als Dean und sein neuer Freund hinten einstiegen, verließ ich meine Deckung und folgte ihnen über die Straße, hatte aber keine Ahnung, was ich tun sollte, wenn ich sie erreichte – aufs Dach springen und hoffen, dass sie es nicht merkten? Ich sagte mir, dass vielleicht ein Aufkleber am Fenster sei oder der Name eines Autohändlers auf dem Kennzeichen. Doch noch bevor ich nahe genug war, warf der Fahrer irgendeinen Müll aus dem Fenster und fuhr los. Mit gedämpftem kraftvollen Dröhnen fuhr der Mercedes los und seine Rücklichter mischten sich mit einer Million anderer.

Ich war obdachlos, hungrig, saß in einer gestohlenen Jacke allein auf der Straße und wurde wegen Mordes gesucht. Dean und der Glatzkopf hatten mich schön hereingelegt. Ich würde sie nie finden, bevor die Cops mich schnappten. Wo sollte ich mich verstecken? Bei Delroy und Winnie?

Der Gedanke an Winnie, die sich vor Angst und Schmerzen auf dem Krankenhausbett wand, während Delroy vergeblich versuchte, sie zu beruhigen, erfüllte mich erneut mit wildem, kaltem Hass. Ich stand an der Stelle, wo der Mercedes geparkt hatte, und sah mich um – nach was, wusste ich selbst nicht. Ich suchte nach Überwachungskameras in der Straße, schließlich war London voll davon. Die Leute in den Leitstellen päppelten ihren Hungerlohn damit auf, dass sie Aufnahmen von betrunkenen Passanten beim Vögeln in dunklen Hauseingängen verscherbelten. Aber die einzige Kamera, die ich entdecken konnte, zeigte in die andere Richtung und überwachte eine Busspur.

Ein Kaffepappbecher rollte vor meinen Füßen am Boden herum – der Müll, den der Fahrer aus dem Fenster geworfen hatte. Ich hob ihn auf, obwohl ich mir wie ein Idiot vorkam – was wollte ich damit? Sollte ich die Cops bitten, davon Fingerabdrücke zu nehmen? Oder aus dem Kaffeesatz zu lesen? Im Becher schwappte noch etwas Kaffe und irgendein Festkörper schien sich darin zu befinden. Ich nahm den Deckel ab und sah eine Zigarettenkippe und ein zusammengedrehtes Stück Papier im Kaffeerest schwimmen. Ich holte es heraus, warf den Becher wieder in die Gosse, schüttelte den Kaffee vom Papier und faltete es auseinander.

Es trug das Logo einer Café-Kette. Der Rest war eine Ansammlung blassgrauer Zahlen und Buchstaben, die auch ohne ein Bad im Milchkaffee schon schwierig genug zu entziffern gewesen wären. Church-irgendwas. Churchfield ... Chelms ... ford. Churchfield Services, Chelmsford. 2 x Café Latte, £ 4,90.

Chelmsford lag in Essex, fünfzig Meilen vor London auf der anderen Seite der Stadt.

Ja, der Becher stammte aus Deans Auto – aber was hatte das zu bedeuten? Sie hatten irgendwo unterwegs Kaffee gekauft wie hunderttausend andere Leute auch.

Als Spur war es nicht viel. Im Prinzip war es eigentlich gar nichts. Aber mehr hatte ich nicht.

ELF

Nur wenige Geräusche finde ich deprimierender als das Rattern von Rollkoffern auf dem Straßenpflaster. Dabei muss ich immer an Leute denken, die mit mehr Zeug durch ihr Leben stolpern, als sie tragen können. In den Tiefen des schwach beleuchteten Victoria-Busbahnhofs wurden Dutzende davon von müden, griesgrämigen Reisenden herumgezerrt, die sich kein Zugticket leisten konnten. Ich stellte mich am Fahrkartenschalter an, damit ich die Anweisungen des Automaten nicht lesen musste, während sich hinter mir eine ungeduldig seufzende Schlange bildete. Das Ticket bezahlte ich mit einem Zehner und ein paar Münzen, die ich in der Tasche der geklauten Jacke gefunden hatte. Bevor ich ging, fragte ich noch nach dem Weg und stapfte an einer langen Reihe wartender Busse vorbei bis zur richtigen Haltestelle nach Chelmsford.

Es war kalt geworden, sodass ich mich frierend auf einem der hinteren Sitze zusammenkauerte und durch die getönten Fensterscheiben mit einem Auge Ausschau nach der Polizei hielt. Doch ich bezweifelte, dass sie hier nach mir suchen würden. Es machte wenig Sinn, einen Nachtbus nach Chelmsford zu nehmen, und genau das gab den Ausschlag dafür, dass ich es tat. Die einzige andere Option war es, die Kaffee-Quittung in den Müll zu werfen, zu Delroy zu laufen, um ihn um ein Nachtquartier zu bitten, und dann wach zu liegen und darauf zu warten, dass die Polizei auftauchte.

Deans neue Freunde hatten sich eine Menge Mühe gemacht, um mir eine Falle zu stellen, was vermuten ließ, dass ich der Wahrheit zu nahe gekommen war. Aber welcher Wahrheit? Ich hatte an einer Menge Käfige gerüttelt – in welchem davon hatte der Irre gesessen, der Dean umgepolt und Sherwood die Eingeweide herausgerissen hatte? Wer war dieser Glatzkopf mit den Ringen? Je länger ich darüber nachdachte, desto schwerer fiel es mir, zu glauben, dass Sherwood nur geopfert worden war, um mich hereinzulegen. Er musste im Weg gewesen sein, eine Gefahrenquelle, sodass ihn zu töten und mir die Schuld zuzuschieben lediglich bedeutete, dass man zwei Fliegen mit einer Klappe schlug.

Harry Andersons Spielsucht hatte ihn in die Schuldenfalle getrieben. Wenn ich mit dem Gemälde recht hatte, hatte er sich Geld von Sherwood geliehen, das er nicht zurückzahlen konnte, und er konnte es sich nicht leisten, dass seine Bosse das herausfanden. Doch Anderson war ein Banker, kein Gangster – er hätte nie so ein Blutbad anrichten können, wie ich es gerade gesehen hatte. Der Einzige, den ich kannte, und dem ich so einen Sadismus zutrauen würde, war der Guvnor, doch der war nicht einmal mehr im Land ... oder?

Der Motor des Busses heulte auf, die Türen piepten kurz, bevor sie sich schlossen, dann setzte er aus der Parkbucht zurück. Es war nur eine Handvoll Passagiere eingestiegen, sodass ich mich ausbreiten konnte, obwohl die steifen Sitze und die starren Armlehnen eher dafür gemacht schienen, die Passagiere in Hab-Acht-Stellung sitzen zu lassen wie Crashtest-Dummys. Während sich der Bus dröhnend und schwankend seinen Weg durch das Herz von London bahnte, vorbei an hohen Gebäuden, in denen es früher von Bediensteten nur so gewimmelt hatte und in denen jetzt haufenweise Schreibtische und Aktenschränke herumstanden, erklang aus den Lautsprechern einschläfernde Kaufhausmusik, die nie lauter wurde als ein vages, melodisches Gurgeln. Die Klimaanlage verteilte warm Bakterien in der Luft, und ich spürte, wie mir die Augen zufielen. Ich ließ es zu, denn seit ich fast zwanzig Stunden zuvor neben Susie im brennenden Haus aufgewacht war, hatte ich weder geschlafen noch etwas gegessen außer einem schlappen Wrap mit Bohnensalat.

Eine Weile döste ich so vor mich hin und nahm im Halbschlaf wahr, wie London als Labyrinth aus dunklen Straßen, einsamen Nachtwanderern und leuchtenden Flüssen aus Neonlichtern an mir vorbeizog. Irgendwo im East End schloss ich die Augen dann ganz, und als ich sie wieder aufmachte, donnerten wir irgendwo ganz weit draußen auf einer zweispurigen Straße dahin und die hellen kantigen Umrisse der Gebäude waren den weichen Linien von Bäumen vor einem tiefschwarzen Himmel gewichen. Ich bekam kurz Panik und fragte mich, ob ich vielleicht eine Haltestelle verschlafen hatte, doch als ich mich umsah, stellte ich fest, dass ich keine neuen Gesichter unter den Fahrgästen entdecken konnte und dass auch keiner fehlte. Der Nachtbus war kein Express, sondern führte seine Fahrgäste in gemächlichem Tempo durch Essex und hielt vor Chelmsford drei Mal an. Man hatte mir gesagt, dass Churchfield Services die zweite Station sei, daher musste ich niemanden bitten, mir die Straßenschilder vorzulesen.

Zum ersten Mal hielt der Bus in einem Pendlervorort, wo eine alte Dame vorsichtig ausstieg und darauf wartete, dass der Fahrer ihren riesigen Koffer aus dem Laderaum an der Seite des Busses wuchtete. Als wir weiterfuhren und sie im Dunkeln stehen ließen, hatte ich das Gefühl, als hätten wir sie auf einem Eisberg ausgesetzt. Nach Churchfield Services war es eine weitere Dreiviertelstunde.

Der Bus fuhr auf einen Parkplatz und hielt schnaubend und pfeifend wie ein alter Kutschgaul. Als der Fahrer den Motor abstellte, breitete sich die Stille gleichzeitig aus wie die kühle Nachtluft und wurde nur durch das Brummen der Autos auf der Straße unterbrochen.

»Fünfzehn Minuten!«, rief der Fahrer, bevor er die Türen öffnete, ausstieg und Richtung Klo verschwand. Ein Junge, der aussah wie ein Student, folgte ihm, während ich ausstieg und in die andere Richtung ging, zur Tankstelle, wobei ich mich fragte, was zum Teufel ich mitten in der Nacht in dieser gottverlassenen Gegend eigentlich tat. Hoffentlich dauerte es nicht länger als fünfzehn Minuten, um nichts zu erreichen, denn dann konnte ich gleich nach Chelmsford weiterfahren und mein Rückfahrticket benutzen. Obwohl es noch extrem früh am Morgen war, streiften drei oder vier Kunden durch die Regale mit Süßigkeiten, Chips und Schokolade. Die zwei Bedienungen am Tresen waren Asiaten. Ich wusste, dass die Angestellten in solchen Betrieben gelegentlich 24-Stunden-Schichten schoben, und hoffte nur, dass ich sie nicht in Stunde 23 erwischte. Aber entweder waren sie noch nicht lange genug im Lande, um zu verstehen, was ich von ihnen wollte, oder sie waren zu müde, um sich dafür zu interessieren. Sie hatten möglicherweise einen schwarzen Mercedes gesehen, es gab so viele davon, aber heute nicht, nein, oder doch, sie hatten einen gesehen, nein, das war gestern gewesen. Möchten Sie noch Benzin dazu, Sir?

Ich war genauso niedergeschlagen, wie ich es mir vorgestellt hatte, und ging zur Imbissabteilung auf der Suche nach etwas Essbarem, vorzugsweise etwas mit Vitaminen. Die Bedienung hinter dem Tresen sah mit ihren hohen Wangenknochen und hellgrünen Augen slawisch aus, doch als sie den Mund aufmachte, kam reinster Essex-Dialekt heraus.

»Was suchst du denn?«

»Ich weiß nicht recht, vielleicht ein Schinkensandwich?«

»Nein, ich meine, du hast dich doch nach einem Auto erkundigt.«

»Äh, ja. Einen großen schwarzen Mercedes. Teuer. Ich frage mich, ob er vielleicht hier getankt hat.«

»Neue Registrierungsnummer? Von diesem Jahr?«

»Ja, ich glaube schon.« Ich hatte nicht auf das Jahr geachtet, was dämlich war, denn das gaben die mittleren beiden Zahlen auf dem Nummernschild an, und selbst ich hätte es schaffen können, die zu erkennen. Aber der Wagen hatte ziemlich neu ausgesehen.

»Davon gibt es nur einen, der kommt jede Woche zum Waschen her.«

»Im Ernst? Wissen Sie das Kennzeichen?«

Ich hatte keine Ahnung, was ich damit anfangen sollte, so weit hatte ich noch nicht gedacht.

»Nein, aber ich weiß, wo der Fahrer wohnt. Junger Mann, spricht nicht viel Englisch?« Sie nahm ihre Zange. »Wolltest du wirklich ein Schinkensandwich?«

»Was? Nein, vergessen Sie es – äh, ich meine, nein danke – wissen Sie, wo ich den Mercedes finden kann?«

»Ein Stück die Straße weiter steht ein großes Haus.« Sie deutete mit der Zange in die Richtung. »Früher war es mal ein stattliches Anwesen, dann eine Irrenanstalt oder eine Sonderschule oder so etwas – jetzt ist jedenfalls jemand eingezogen, ein ganzer Haufen Typen. Auf dem Heimweg habe ich gesehen, wie das Auto dort eingebogen ist, deswegen weiß ich das.«

»Wie weit die Straße entlang?«

Das Tor war unauffällig – zwei weit auseinanderstehende Betonsäulen zwischen schwarzen Stahlzäunen und ebensolche Tore. Es gab keinen Namen und keinen Briefkasten, aber an den Holzpfosten zwei Meter neben dem Tor musste früher einmal ein Schild geprangt haben. Es gab auch keine Überwachungskamera, was mir gelegen kam. Nachdem ich eine Dreiviertelstunde die dunkle, nasse zweispurige Straße entlanggelaufen war, hatte ich keine große Lust, über die Felder zu laufen, um einen Nebeneingang zu dem Haus oder Anwesen oder Gut zu finden, das dort lag.

So langsam kämpfte sich die Dämmerung durch die Wolken, und als ich durch das Tor trat, beschleunigte ich meine Schritte, denn ich kam mir verletzbar und schutzlos vor. Die lange geteerte Auffahrt erstreckte sich weit in die Dunkelheit, übersät mit Schlaglöchern und zu beiden Seiten gesäumt von dichten dunkelgrünen Büschen.

Etwa eine halbe Meile weiter war es hell genug, dass ich sehen konnte, wie die Straße bergab und nach links führte, wo zwischen einigen verkrüppelten Kiefern hohe Ziegelschornsteine aufragten. Ich verließ die Straße und lief über das Gras, das seit Monaten nicht mehr gemäht worden war. Der Tau durchtränkte meine Schuhe und Hosenbeine, sodass meine Füße bald in den Socken quatschten und mir unter den nassen Jeans die

Beine kalt wurden. Ich achtete kaum darauf, sondern konzentrierte mich auf das, was ich zu finden hoffte – den Grund dafür, warum das alles geschehen war, und wen ich damit verärgert hatte, dass ich versucht hatte, herauszufinden, was mit Nicky passiert war.

Unter den verkrüppelten Bäumen am Haus wuchs nichts und auf dem dichten braunen Bett aus Kiefernnadeln ging ich völlig lautlos. Jetzt sah ich die Mauern des Hauses aus blassem grauem Stein und Putz. Es war ein hässliches anstaltsartiges Gebäude, in einer Senke errichtet, mit Riffelglasfenstern im Erdgeschoss, das die Bewohner daran hinderte, hinauszusehen. Ich konnte mir vorstellen, wie es von innen aussah – dunkel, stickig, feucht und düster. Bestimmt war es irgendwann einmal eine Irrenanstalt gewesen. Wenn die Patienten nicht schon irre waren, wenn sie hier ankamen, dann wurden sie es an diesem Ort garantiert bald.

Am Haus wuchsen die Kiefern nicht so dicht und machten dichten Stechpalmen Platz, deren Stacheln meine Haut zerkratzten, als ich mich hindurchschlängelte. Der breite Innenhof war mit grauem Kies belegt und von Blumenbeeten gesäumt, oder besser gesagt von leeren Rabatten mit nacktem Lehm und Unkraut. Der schwarze Mercedes stand dort zwischen einer anonymen silbernen Limousine und einem unbeschrifteten ehemals weißen Kastenwagen geparkt, der mittlerweile schmutzig grau war. Die silberne Limousine stand mit der Nase nach außen, und die Kühlerhaube war eingedrückt, als sei sie mit etwas kollidiert ... Winnie?

Ich sah keine Lichter und keine Bewegungen. Hätte ich es geplant, hätte ich zu keinem besseren Zeitpunkt ankommen können. Ich betrachtete die Fenster im Erdgeschoss und versuchte, mich an ein paar der Einbruchstricks zu erinnern, die ich von meinen früheren Straßenkumpels gelernt hatte. Damals war ich nie irgendwo eingebrochen, ich hatte nur Wache gehalten. Ich hatte dann ein weniger schlechtes Gewissen wegen dem, was wir taten. Jetzt wusste ich, dass ich mir selbst etwas vorgemacht hatte.

Aber meine Jugend war nicht völlig verschwendet gewesen – ich bemerkte ein kleines Schiebefenster an einer Ecke, das nicht ganz geschlossen war. So leise und schnell wie möglich schlich ich mich aus dem Schutz der Stechpalmen zur Mauer. Der Kies knirschte kaum, als wäre er zu nass oder zu müde, um sich anzustrengen. Ich überprüfte das Fenster aus der Nähe, und wie ich gedacht hatte, hatte sich der Holzrahmen verzogen, sodass es sich nicht mehr richtig schließen ließ.

Ich schob meine Finger in den engen Spalt zwischen Fensterrahmen und unterem Fensterteil und schob vorsichtig. Es rührte sich nicht. Ich rüttelte daran, aber das ganze Fenster war so verzogen, es schien schon seit Jahren zu klemmen. Ich biss die Zähne zusammen, rüttelte und zerrte am Rahmen, woraufhin das ganze Fenster so plötzlich in die Höhe schoss, dass ich fürchtete, es würde aus dem Rahmen fallen und zerschmettern. Mit dumpfem Knall schlug es oben an, doch der Laut schien fast sofort wieder zu ersterben. Der Raum dahinter roch feucht und die rosa Wandfarbe blätterte ab. Hinter der Tür standen eine Metallschubkarre mit gebrochenem Rad und ein verstaubter Plastikstuhl in einer Ecke, ansonsten war der Raum leer.

Ich stieg über das Fensterbrett und setzte vorsichtig einen Fuß auf den Boden. Hoffentlich lag dort kein Schutt oder Glas, das knirschen konnte, doch ich hörte nur das leise Schmatzen meiner nassen Schuhe. Ich drehte mich um und zog am Fenster, das sich nahezu lautlos wieder fast schloss. Es war besser, wenn ich so wenig Spuren meiner Anwesenheit hinterließ wie möglich. Ich schlich mich zur Tür und drehte vorsichtig den Knauf. Sie war nicht abgeschlossen, also zog ich sie vorsichtig einen Spalt auf und lauschte.

Im Gang erklangen Stimmen. Sie redeten, stritten, lachten. Drei Männer, wie es schien – warum zum Teufel waren die so früh schon wach? Doch im Gang schien niemand Wache zu halten und ich zog die Tür weiter auf und sah mich um. Der lange Gang war nur schwach von Neonleuchten erhellt, die an die rissige Decke geschraubt waren. Ihr Licht nahm den vergilbten beigen Wänden und Türen die letzte Wärme. Über einem Parkettboden, dem einige Holzstäbe fehlten, lag ein abgetretener Teppich, und das Interieur war noch trostloser, als ich es mir vorgestellt hatte. Es war mittlerweile hell draußen, doch durch die Kiefern und Stechpalmen um das Haus herum drang nur wenig Tageslicht herein.

Die Stimmen kamen aus einem großen Raum mit Doppeltür etwa drei Meter weiter. Gegenüber der Tür führte eine breite geschwungene Treppe nach oben, deren oberes Ende ich nicht sehen konnte.

»Ich sag es dir, spiel nicht!«

»Scheiß drauf. Ich bin dabei.«

»Du hast kein Geld mehr.«

»Der Alte schuldet mir noch Geld für zwei Wochen. Gib her!«

»Kein Kredit.«

Mehr Gelächter.

Eine Stimme erkannte ich. Dean spielte Karten und er verlor.

Sein Gegner hatte eine tiefe Stimme und einen mediterranen Akzent – vielleicht griechisch? Er klang im Moment gut gelaunt und amüsiert, aber etwas sagte mir, dass man lieber nicht dabei war, wenn er aufhörte zu lachen. Ich vermutete, dass es der Glatzkopf mit dem Bart und den Ringen war. Es war noch ein dritter Mann im Raum, anscheinend jünger, dessen hohes Kichern und Gewitzel ebenfalls irgendwie ausländisch klang.

»Na gut, hier, das ist eine Rolex, klar? Gib!«

»Ich habe schon eine Uhr.«

»Das ist eine verdammte Rolex, die ist sechs Riesen wert!«

»Nicht für mich. Vielleicht einen.«

»Na gut, verflucht. Jetzt gib endlich!«

Soweit ich höre konnte, musste Dean die Uhrzeit wohl bald von seinem Handy ablesen, falls er es überhaupt schaffte, das zu behalten. Ich schlüpfte in den Gang und entfernte mich leise, wobei ich mich vom Teppich fernhielt. Er hätte vielleicht meine Schritte gedämpft, doch meine Schuhe hätten möglicherweise Abdrücke oder feuchte Flecken darauf hinterlassen.

Die erste Tür, an die ich gelangte, war offen und führte zu einer schmalen Treppe nach unten, in einen Keller oder eine alte Waschküche. Ich war mir nicht sicher, ob ich hinuntergehen sollte, denn im Zweifelsfall gab es dort keinen Ausweg. Andererseits war es auch unwahrscheinlich, dass dort unten jemand schlief. Dort konnte ich mich besser umsehen, ohne erwischt zu werden.

Die Treppe war solide und knarrte kaum unter meinem Gewicht. Ich erwartete, Räume mit niedrigen Decken zu sehen, in denen sich Gerümpel und Papiere stapelten oder in denen Weinregale standen, doch stattdessen fand ich mich in einem weiteren langen Gang wieder. Dieser hier schien frisch renoviert, hatte einen Vinylfußboden und auf einer Seite gingen mehrere Türen ab, die auf Augenhöhe jeweils mit einem Fenster aus Drahtgitterglas versehen waren. Jede Tür hatte einen Riegel an der Außenseite, doch soweit ich feststellen konnte, war augenblicklich keine von ihnen verriegelt. An der Wand neben jeder Tür befand sich ein Lichtschalter.

Ich warf einen Blick in den nächsten Raum, einen kleinen kahlen Kasten mit hellgrünen Wänden und einem Ventilator, aber keinem anderen Fenster als dem in der Tür. Es erinnerte mich stark an eine Zelle in meinem alten Jugendknast – ein Waschbecken, ein Plastikstuhl, ein Einzelbett mit einer aufgerollten Decke am

Ende einer dünnen Matratze. Ich konnte mir denken, wozu der Eimer in der Ecke war. Das Glas in dieser Tür war angekratzt, weil jemand von drinnen mit irgendetwas hart dagegengeschlagen hatte – wahrscheinlich mit einem Stuhlbein. Vielleicht war das Gebäude mal eine Schule gewesen, doch selbst an den schlimmsten Schulen gab es keine Zellen im Keller – und diese hier waren erst kürzlich eingerichtet worden. Es sah aus wie in einem Gefängnis, das auf eine frische Ladung Gefangener wartete. Doch woher kamen sie und was hatte man mit ihnen vor?

Gerade wollte ich mich umdrehen und gehen, als ich bemerkte, dass eine Tür am Ende des Ganges abgeschlossen war. Sollte da jemand eingesperrt sein? Das war schlecht. Ich hatte keine Ahnung, wie ich selbst unbemerkt von hier verschwinden sollte, und wenn ich jemand anderem helfen müsste, würden wir beide geschnappt werden. Sollte ich weglaufen und Hilfe holen? Aber ich wusste, dass das keine wirkliche Option war. Ich schlich mich zur Tür und presste das Gesicht an die Scheibe.

Das einzige Licht fiel vom Gang, in dem ich stand, in die Zelle, daher war es schwierig, etwas außer meinem eigenen Spiegelbild zu sehen. Ich erkannte eine Gestalt, die schlafend auf dem Bett lag. Diese Zelle war nicht so leer wie die anderen. Auf dem Stuhl neben dem Bett lag ordentlich zusammengelegt ein Jogginganzug, und auf einem kleinen Tisch stand sogar ein Fernseher, an den ein DVD-Player angeschlossen war. Doch es lagen mehr

Bücher herum als DVDs. Nachdem ich eine Weile angestrengt hingesehen hatte, erkannte ich, dass die Gefangene eine Frau war, klein und schlank, mit blondem Haar, das eine Weile nicht gewaschen worden war …

Ich packte den Riegel und hätte ihn fast zurückgerissen, als mir wieder einfiel, wo ich war, und ich ihn stattdessen ganz leise aufzog. Langsam öffnete ich die Tür und sah mich schnell um, bevor ich hineinschlich, denn ich hatte panische Angst, geschnappt zu werden. Es war stickig und roch nach schlechter Luft und Pisse, doch die Frau schlief weiter. Ich berührte sie an der Schulter, und sie öffnete die Augen, dann rutschte sie auf dem Bett zurück, als fürchte sie, ich wolle sie umbringen. Ich konnte nicht riskieren, dass sie schrie, daher legte ich ihr die rechte Hand über den Mund. Sie drehte den Kopf und biss mich in den Handballen, doch ich biss die Zähne zusammen und ertrug den Schmerz.

»Nicky! Nicky!«, flüstere ich eindringlich. »Ich bin es, Finn!«

Entweder hörte sie, was ich sagte, oder sie erkannte mich am Geschmack meines Blutes, aber endlich verstand sie, und ich spürte, wie sie erschlaffte. Als sie ihren Biss lockerte, zog ich meine Hand weg und sie warf sich auf mich und umarmte mich so fest, dass sie mich fast erwürgte. Aber ich spürte Angst und Erleichterung in ihrem schlanken Körper. Ich ließ ihr einen Moment, damit sie sich davon überzeugen konnte, dass ich wirklich da war und sie nicht träumte. Ich wusste, dass Dean und seine Freunde jeden Moment nach unten kommen konnten, dennoch blieb ich sitzen und hielt sie so lange wie möglich fest, denn ich hatte sie schon lange, bevor ich sie verloren hatte, in die Arme nehmen wollen.

Endlich ließ sie mich los, doch bevor sie etwas sagen konnte, hob ich einen Finger an ihre Lippen. Ich hatte mindestens ebenso viele Fragen wie sie, doch die Erklärungen mussten warten. Sie warf die Bettdecke beiseite, nahm die Hose vom Plastikstuhl und zog sie an, während ich mich bückte und unter dem Bett nach Schuhen suchte. Ich fand ein paar teure Turnschuhe – die sie wahrscheinlich bei ihrer Entführung getragen hatte. Nicky riss sie mir aus der Hand und streifte sie über. Ich sah schnell draußen nach, ob uns jemand gehört hatte.

Der hell erleuchtete Gang war immer noch leer. Als ich hinaustrat, folgte mir Nicky angespannt und mit großen Augen. Ich hob die Hand, um ihr zu bedeuten, dass sie einen Moment warten sollte, und schlich mich in die nächste Zelle, um das Kissen vom ungemachten Bett zu holen. Nicky starrte mich ungeduldig an, sie wollte unbedingt fort, doch ich ging in ihre Zelle zurück und stopfte das Kissen hastig so unter die Decke, dass es aussah, als würde sie noch schlafen, zusammengekrümmt und zur Wand gedreht. Meiner Meinung nach konnte das Endergebnis kaum einen Zweijährigen täuschen, aber es war besser als nichts.

Dann trat ich wieder zu Nicky vor die Zelle, schloss die Tür und schob den Riegel zu. Sie fasste meine Hand und zog mich vorsichtig den Gang entlang zur Treppe, doch obwohl ich wusste, dass sie unbedingt flüchten wollte, konnte ich sie nicht vorausgehen lassen. Ich wusste, dass der einfachste Weg nach draußen der war, auf dem ich hereingekommen war, und den konnte sie nicht kennen. Also zog ich sie am Fuß der Treppe an der Hand, damit sie langsamer wurde, und ging an ihr vorbei die Treppe hinauf. Gespannt hielt ich den Atem an und erwartete jeden Moment ein verräterisches Knarren von der Treppe zu hören, das uns verraten würde.

Ich hatte die Tür oben an der Treppe angelehnt gelassen und zog sie ein wenig weiter auf, um zu lauschen. Dean hörte ich nicht mehr, doch der Typ mit den Ringen schien in eine Auseinandersetzung mit dem Jüngeren verwickelt zu sein, in einer Sprache, die ich nicht verstand. Die Doppeltüren des Zimmers, in dem sie sich befanden, standen leicht offen.

Ich winkte Nicky, mir zu folgen, trat in den Gang und schlich auf Zehenspitzen zu der Tür, durch die ich hereingekommen war. In diesem Moment hörte ich, wie ein Stuhl zurückgeschoben wurde, sich Schritte der Doppeltür näherten und einen fremdsprachigen Ausdruck, der sich sehr nach »Wir sehen uns!« anhörte. Ich hatte bereits zwei Drittel des Weges zur anderen Tür zurückgelegt und es war keine Zeit umzukehren.

Ich sprang vor und hoffte, dass meine Schritte von denen des anderen übertönt wurden. Ich schaffte es zur anderen Tür, trat ein und lehnte sie nur an, damit mich das Klicken des Schlosses nicht verriet, als ich plötzlich hörte, wie er aus dem großen Raum trat und die Tür hinter sich zuknallte. Ich betete, dass Nicky geistesgegenwärtig genug gewesen war, sich wieder hinter die Kellertür zurückzuziehen.

War sie nicht.

Ich merkte es, als er ein paar Schritte in Richtung Keller machte und ich es wagte, die Tür einen halben Zentimeter aufzuschieben. Der junge, schnieke gekleidete Typ blieb stehen und sah Nicky an. Er hatte dunkles Haar und war nicht besonders groß, hatte jedoch breite, muskulöse Schultern und trug einen metallisch schimmernden Blazer, mit dem er aussah wie der Teilnehmer einer Talentshow. Er sagte nichts, sondern schlenderte auf sie zu. Ich wusste, dass mir nur Sekunden blieben, bevor er bei seinem großen Kumpel mit den Ringen laut damit prahlen würde, was er hier gefunden hatte. Vielleicht konnte ich sie beide überwältigen, doch ich wusste nicht, wie viele Männer sich noch im Gebäude befanden. Ich machte also die Tür weiter auf und trat leise in den Gang hinter Talentshow-Tony.

Nicky starrte ihn an wie ein Kaninchen in der Falle einen Fuchs, doch mir wurde sofort klar, dass sie so stehen blieb, um ihn abzulenken, denn sie warf mir nicht einmal einen Blick zu. Talentshow-Tony hatte einen Finger gehoben und wedelte damit herum, als wolle er sagen »Böses, böses Mädchen!«, als ich ihm schon den Arm um den Hals schlang und mit der anderen seinen Kopf packte. Ich presste ihm kräftig die Kehle zu und drückte seinen Kopf nach vorne. Er schnappte nach meinem Arm, krallte nach meinem Gesicht und wand sich um sich schlagend, doch ich kniff die Augen zu, stemmte die Füße in den Boden und neigte mich zurück. Ich war so viel größer als er, dass seine Füße kaum den Boden berührten, und ich hielt die Luft an, während er nach Atem rang. Hör auf, dich zu wehren, dachte ich, tritt nicht gegen irgendetwas, mach keinen Lärm. Er versuchte all das, und als er erkannte, dass ich zu stark für ihn war, versuchte er, gegen die Wand zu treten und aufzustampfen, um Hilfe zu rufen, doch da war es schon zu spät. Er war schon zu schwach und wurde immer schwächer.

Nicky sah ihn mit großen Augen reglos an. Ich fing ihren Blick auf und nickte mit dem Kinn Richtung Boden. Verständnislos runzelte sie die Stirn.

»Füße!«, zischte ich.

Tony war mittlerweile zusammengesackt und sein Kopf rollte zur Seite. Ich fasste ihn unter den Armen und zog ihn zurück, während Nicky seine Knöchel packte und so hoch hob, dass er nicht über den Teppich schleifte. So schlichen wir immer noch möglichst leise dahin, doch als ich die Tür zum Nebenzimmer erreichte und rückwärts hineinging, flog sie auf und schlug gegen die Schubkarre dahinter. Ich ging weiter und zerrte den bewusstlosen Tony herein – der mittlerweile eine Tonne zu wiegen schien –, während Nicky die Tür zumachte und den Griff drehte, um sie fast lautlos zu verschließen.

Ich kniete mich hin, ließ Tony zu Boden sinken und erlaubte es mir endlich wieder zu atmen, während ich mich bemühte, über mein eigenes Keuchen Schritte auf dem Gang oder eine Stimme zu hören, die nach ihm rief. So warteten wir eine gefühlte Ewigkeit, doch es erklang kein Laut. Man hörte nur uns beide atmen.

Mist – es hätten drei sein sollen. Ich kniete mich hin und legte Tony den Finger an die Halsschlagader. Kein Puls.

»Verdammt!«, fluchte ich. Ich rollte ihn auf den Rücken, legte meine linke Hand auf sein Herz und die rechte darüber, doch Nicky packte mich an der Schulter und schüttelte den Kopf. Ich konnte nicht glauben, was sie da sagte – ich sollte ihn sterben lassen? Ich runzelte die Stirn, doch sie sah mich fest entschlossen und unnachgiebig an. Ich erkannte, dass sie recht hatte – wenn ich ihn zurückholte, würde er nur Alarm schlagen – aber ich hatte doch nicht gewollt … Ich sah sie erneut an, suchte in ihrem Gesicht nach Milde oder wenigstens einem Hauch Mitgefühl, konnte aber nichts davon entdecken.

Die Entscheidung war gefallen, und wir hatten keine Zeit, uns darüber Gedanken zu machen. Ich machte mich daran, seine Taschen zu durchsuchen. Er war noch warm, und ich versuchte, den Gedanken zu verdrängen, dass er bald kalt und steif sein würde. In seiner Hosentasche befanden sich ein Smartphone und ein Schlüsselring mit einem fetten Plastikknopf mit einem Mercedes-Logo drauf. Natürlich. Er war der Fahrer des Mercedes. Er war es, der den Kaffeebecher aus dem Fenster geworfen hatte, nachdem er Dean und den Glatzkopf in der Nähe von Sherwoods Büro abgeholt hatte.

Ich reichte Nicky die Schlüssel – ich konnte immer

noch nicht Auto fahren –, während ich die anderen Taschen absuchte. In seinem Portemonnaie in der hinteren Hosentasche befanden sich eine Menge Zwanzig-Pfund-Scheine und ein europäischer Führerschein. Das Geld steckte ich in die Tasche und ließ das leere Portemonnaie dann neben ihm liegen. Sein Smartphone war nagelneu und hochmodern, doch als ich es einschaltete, stellte ich fest, dass es gesperrt war. Ich behielt es trotzdem. Wenn es klingelte, wussten wir, dass sie nach ihm suchten.

Ich wandte mich zum Fenster, entriegelte es und schob es hoch. Kühl und feucht drang frische Luft herein. Ich streckte den Kopf hinaus und sah mich um, konnte aber niemanden entdecken. Als ich mich zu Nicky umdrehte, sah ich, dass sie den Plastikstuhl genommen hatte, der in der Ecke gelegen hatte, und ihn unter den Türgriff klemmte. Es war eine gute Idee und würde die Entdeckung der Leiche zumindest verzögern. Ich hatte schon immer bewundert, dass sie im Ernstfall einen klaren Kopf behielt und in Gedanken den anderen immer zwei Schritte voraus war.

Ich ging zuerst und half dann Nicky, durch das Fenster zu klettern. Ihr Griff war immer noch fest, sie war nicht so lange eingesperrt gewesen, dass ihre Muskeln geschwächt waren. Dann führte ich sie zur Vorderseite des Hauses, wo die Autos parkten. Der Kies unter unseren Füßen schien jetzt lauter zu knirschen als bei meiner Ankunft, doch ich schätzte, dass sie absichtlich mit festen, lauten Schritten ging, anstatt Zeit zu verschwenden und Verdacht zu erregen, indem sie möglichst leise über den Parkplatz schlich. Ich folgte ihr mit ebenso raschen, sicheren Schritten. Als wir uns dem Mercedes näherten, drückte sie auf den Knopf und ich hörte, wie sich die Türen mit einem Klicken entriegelten. Wir ließen uns gleichzeitig hineingleiten, ohne auch nur zum Haus zu sehen. Sie steckte den Schlüsselknopf in einen dafür vorgesehenen Schlitz im Armaturenbrett – es war so ein vollelektronischer Schlüssel – und drehte ihn. Augenblicklich sprang der Motor an und sie griff nach ihrem Sicherheitsgurt. Plötzlich erschrak ich, weil ein elektronischer Alarm losfiepte. Ich sah mich nach der Quelle um – war das eine Wegfahrsperre oder so? Doch Nicky flüsterte nur: »Sitzgurt, Finn!«

Verlegen zog ich am Gurt und ließ ihn einrasten, während Nicky einen Knopf an der Seite ihres Sitzes suchte und ihn nach vorne gleiten ließ. Elektrische Sitze waren toll und schick, aber echt lästig, wenn man einen schnellen Abgang hinlegen wollte. Doch Nicky schien völlig ungerührt. Als sie den Sitz dort hatte, wo sie ihn haben wollte, stellte sie den Rückspiegel ein, zog den Schalthebel zurück, warf den Arm über die Rücklehne meines Sitzes, sah sich um und setzte zurück, als führen wir aus einer Parklücke vor ihrem Supermarkt raus. Dann legte sie den Vorwärtsgang ein und fuhr los, dass der Kies spritzte, doch genau so wäre wahrscheinlich auch Talentshow-Tony losgefahren. Auch er wäre solche Schlangenlinien gefahren, um den Schlaglöchern auszuweichen – um seinen Mercedes zu schonen.

»Alles in Ordnung?«, fragte Nicky nach einer Weile. Ihr Blick glitt zwischen der Auffahrt vor uns und dem Rückspiegel hin und her.

»Bei mir?«

»Wegen Tony.«

»Wer ist Tony?«

»Der Mann, den du gerade …« Sie sah mich an.

»Der hieß tatsächlich Tony?«

»Was?«

»Egal«, erwiderte ich. »Ja, mir geht es gut, glaube ich. Er oder wir, oder?«

»Ja, so war es«, sagte Nicky. »Er und seine Freunde hätten das Gleiche getan, wenn sie uns erwischt hätten. Er war ein brutaler Schläger, Finn. Erst gestern hat er sich vor mir damit gebrüstet, dass er auf Befehl seines Bosses ein altes Ehepaar überfahren hat. Er hat sogar darüber gelacht.«

Ein altes Ehepaar? Winnie und Delroy! Mir wurde gleichzeitig heiß und kalt, und ich verspürte den irren Wunsch, Nicky zu befehlen, umzudrehen, damit ich Tony wiederbeleben und noch einmal umbringen konnte – und zwar dieses Mal richtig, damit er auch mitbekam, was passierte und warum. Vielleicht war es falsch gewesen, ihn zu töten, vielleicht hätte Winnie das nicht gewollt, aber als ich mein Gewissen durchforstete, stellte ich fest, dass alles, was es belastete, die Vorstellung war, dass die anderen seine Leiche bereits gefunden haben könnten und die Tore schlossen, bevor wir sie erreichten.

Doch die Tore am Ende der Auffahrt standen so weit offen wie ich sie vorgefunden hatte, und die zweispurige Straße vor uns war in beide Richtungen leer wie in einem apokalyptischen Zombie-Film. Dennoch wurde Nicky an der Ausfahrt langsamer und sah sich um, bevor sie auf die Fahrspur einbog. Sie betätigte sogar den Blinker. Dann trat sie aufs Gas, dass ich in den Sitz gepresst wurde, und behielt die Geschwindigkeit bei. Ab und zu sah sie in den Rückspiegel, um sich zu vergewissern, dass uns niemand folgte.

»Ich bin sicher, dass dieses Ding auch schneller fahren kann«, meinte ich zögernd. Mein Vater hatte mir die Sache mit nervigen Beifahrern erzählt, und ich versuchte, taktvoll zu sein.

»Wir wollen aber nicht von der Polizei angehalten werden«, erklärte Nicky.

»Nein?«

»Nicht bevor wir weit genug weg sind. Tony hat gesagt, dass sie alle Cops hier im Umkreis gekauft haben.«

»Glaubst du, er hat die Wahrheit gesagt?«

»Nein, aber das Risiko will ich nicht eingehen. Oh Gott, oh Gott, dieser Ort!« Plötzlich wurde ihre Stimme schrill und ich sah Tränen in ihren Augen. »Ich habe geglaubt, ich würde nie …«

Ihre Knöchel krallten sich um das Lenkrad, und ich erkannte, wie viel Angst und Anspannung sich in ihr aufgebaut hatten.

»He, Nicky, schon gut. Hier bist du sicher. Relativ, zumindest.«

Es funktionierte, denn sie musste unwillkürlich lachen. Sie schüttelte die düsteren Gedanken ab und holte tief Luft.

»Danke, dass du gekommen bist, Finn. Ich hatte es so gehofft. Ich kann gar nicht glauben, dass du mich wirklich gefunden hast.«

»Es war zum größten Teil einfach Glück«, entgegnete ich. »Willst du mir erzählen, was passiert ist?«

»Sie haben mich schlicht von der Straße geholt. Nein, nicht direkt von der Straße, sondern aus dem Park in der Nähe von zu Hause. Ich war noch spät laufen. Diesen Teil hätte ich meiden sollen, er ist immer so dunkel und verlassen ... Ich habe gedacht, sie würden mich umbringen. Erst vergewaltigen und dann umbringen.«

»Wer war es? Was wollten sie?«

Nicky überlegte kurz und meinte dann: »Ehrlich gesagt, Finn, je weniger du weißt, desto besser.«

Ein Straßenschild sauste an uns vorbei, viel zu schnell, als dass ich es hätte lesen können, doch ich wusste, dass es noch lange dauern würde, bis wir London erreichten, und nach allem, was ich für sie durchgemacht hatte, wollte ich mich nicht damit zufriedengeben.

»Die Droh-Mails und Tweets, die du auf deinem Handy bekommen hast, die waren von Gabriel Bisham, dem Sohn von Joan Bisham«, erklärte ich. »Das ist ein kranker kleiner Bastard. Er hat den alten Pub angezündet und einen Mann darin verbrennen lassen. Seinen Dad hat er dafür ins Gefängnis wandern lassen und er hatte das gleiche Schicksal für seine Mutter geplant.«

Nicky riss ihren Blick kurz von der Straße und dem Rückspiegel los, um mich ungläubig anzustarren.

»Aber ich glaube, er hat dich nur wegen des Kicks damit zugemüllt. Er hatte keine Verbindung zu Tonys Leuten.«

»Finn, wie um Himmels willen bist du …?«

»Und dieser Cop, Lovegrove? Du hattest recht, dass er bestechlich ist. Er hat deinem Freund Reverend Zeto versprochen, dass er die Beweise für den Prozess verschwinden lässt, für ein paar Blowjobs in seinem Streifenwagen.«

»Jesus!«, entfuhr es ihr. »Wie bist du an meine Klientenakten gekommen?«

»Vora hat sich Sorgen gemacht, was dir passiert sein könnte«, antwortete ich. »Und ich hatte Angst, was mit meinem Geld passiert war.«

»Es tut mir leid«, sagte Nicky. »Dazu haben sie mich gezwungen, nachdem sie mich geschnappt hatten. Ich sollte das Klientenkonto auf die Cayman-Inseln übertragen. Ich wollte es nicht, aber dann dachte ich, dass du dann vielleicht nach mir suchst und Fragen stellst, wie du es nach dem Tod deines Vaters gemacht hast.«

Auch wenn du das Geld nicht genommen hättest, hätte ich nach dir gesucht, wollte ich sagen, doch ich schwieg lieber.

»Nachdem ich das getan hatte, glaubte ich, dass sie mich umbringen würden. Stattdessen haben sie mich dorthin gebracht.«

»Wozu sind diese Zellen da?«

»Sie bringen Mädchen aus ganz Europa dorthin und verkaufen sie in Videoauktionen übers Internet wie Vieh. Ein paar versuchten zu flüchten, während ich da war. Tony hat sie zurückgebracht …« Sie bemühte sich, ruhig zu klingen. »Ich glaube, sie sind irgendwo auf dem Grundstück vergraben.«

»Oh Gott! Wir müssen die Polizei informieren.«

»Noch nicht. Ich muss nach Hause und Harry warnen, bevor er das Lösegeld zahlt.«

»Lösegeld? Haben sie dich deswegen leben lassen?«

»Sie haben gesagt, wenn er nicht zahlt, bringen sie mich zu ihrem Boss.«

»Den habe ich gesehen«, nickte ich. »Der große Kerl mit den Ringen.«

»Das ist Kemal. Er ist nicht der Boss.«

»Wer ist es dann?«

Wieder sah Nicky in den Rückspiegel.

»Seinen Namen kenne ich nicht«, sagte sie schließlich. »Aber sie nennen ihn den Türken.«

Der Türke? Das neue Gesicht, von dem Sherwood und DS McCoy gesprochen hatten? Nachdenklich schwieg ich. Irgendwie stank die Angelegenheit zum Himmel. Wenn Harry verbergen wollte, dass er krank war vor Sorge um seine entführte Frau, während er das Lösegeld zusammenkratzte, verdiente er einen Oscar für seine Darbietung. Vielleicht hatte er das Koks nur geschnupft, um seine Nerven zu beruhigen.

»Nicky …«, begann ich. »Die Frauen, die dorthin kamen … gab es da eine, die dir ähnlich sah?«

Sie runzelte die Stirn. »Kurz nachdem ich angekommen war, haben sie ein Mädchen in meine Zelle gebracht, um zu sehen, ob sie meine Größe und meine Figur hatte. Ich habe nicht verstanden, wozu das gut sein sollte.«

»Sie brauchten eine Ablenkung«, erklärte ich. »Sie haben ihr deinen Pass gegeben und sie nach Paris geschickt, damit die Cops und ich nicht weiter nach dir suchen.«

»Aber so ähnlich sah sie mir gar nicht.«

»Sie haben sie zuerst verprügelt, deswegen haben die Grenzbeamten ihr nicht allzu genau ins Gesicht gesehen.«

»Oh Gott«, stöhnte Nicky. »Ich hoffe, sie ist entkommen. Ich meine, richtig entkommen, sodass sie sie nicht wiederfinden können.«

»Ja«, gab ich zu. »Aber das spielt keine Rolle. Wichtiger ist die Frage, wie sie an deinen britischen Pass gekommen sind?«

Nicky sah mich von der Seite her an. Ihr gefiel nicht, wohin die Frage ging.

»Sie müssen ihn gestohlen haben«, vermutete sie, doch in ihrer Stimme schwangen Zweifel mit.

»Nicky, ich weiß über Harry Bescheid. Über das Spielen und das Koks.«

Mittlerweile schien sie nichts mehr von dem, was ich sagte, zu überraschen.

»Er bekommt Hilfe«, wandte sie ein.

Harry schuldet Sherwood Geld, überlegte ich. Sherwood verkauft die Schulden an den Türken und brüstet sich damit. Der Türke schlitzt ihn auf, um ihn zum

Schweigen zu bringen und um mich hereinzulegen, weil ich über Harry Bescheid weiß.

»Ist das so?«, hakte ich nach. »Er bekommt Hilfe?«

»Ich habe ihm gesagt, wenn er es nicht tut, rede ich mit Hennesey's. Das ist die Bank, bei der er arbeitet.«

Oh Mann, dachte ich. *Deswegen haben die Leute des Türken dich geschnappt.*

»Wer wusste davon?«, fragte ich. »Wer wusste, dass du im Park laufen gehst?«

Sie schüttelte denn Kopf, als könne sie so verhindern, zu hören, was ich sagte, doch beharrlich fuhr ich fort: »Woher wusste der Türke, dass du an diesem Abend dort sein würdest?«

»Finn, Harry ist mein Mann! Ja, wir haben unsere Probleme, aber er würde nie … das ist einfach verrückt.«

Sie starrte die Straße vor uns an, als wolle sie mir nicht in die Augen sehen.

»Aber du wolltest ihn verlassen, nicht wahr? Du wolltest zu deiner Schwester.«

»Susan?«, wunderte sie sich. »Wer hat dir denn das erzählt?«

»Susie.«

»Susan ist auch darin verwickelt?«, fragte sie ungläubig.

»Sie hat sich Sorgen um dich gemacht. Sie hat mir mit den Akten geholfen und …« Ich konnte nicht fassen, wie mein Gesicht plötzlich brannte, als wolle es mich verraten, doch Nicky schien das gar nicht aufzufallen.

»Susan würde mich nie bei sich übernachten lassen«, behauptete Nicky. »Sie kann mich nicht ausstehen.«

Jetzt war ich an der Reihe, perplex zu sein.

»Aber ihr seid doch Schwestern«, meinte ich. »Zwar nur Halbschwestern, aber ...«

Sie lachte kurz und bitter. »Oh ja, du bist ein Einzelkind, nicht wahr?«

»Aber ihr seht euch so ähnlich.«

»Das war nicht immer so«, erzählte Nicky. »Sie hat sich operieren lassen und sich die Haare gefärbt, nur um mir ähnlicher zu sehen. Ich weiß, wie krank das klingt, aber ... sie hasst mich und will gleichzeitig *ich* sein. Alles, was ich je für sie getan habe, war ihr zuwider. Alles, was ich je hatte, wollte sie auch haben.«

Mich eingeschlossen?, fragte ich mich.

»Wenn sie dir geholfen hat, dann wahrscheinlich, um sicherzugehen, dass ich tot bin«, vermutete Nicky.

Plötzlich wusste ich nicht mehr, was ich glauben sollte. Ich war verwirrt und erschöpft und wollte am liebsten nur noch in ein Loch kriechen und schlafen.

Wir hatten die östlichen Ausläufer von London erreicht, ohne dass ich es recht bemerkt hätte. Die Stadt erwachte gerade zum Leben. Busse und Pendler fielen in Strömen ein, während die großen Sattelschlepper, die die Supermärkte versorgt hatten, sie verließen. Nicky wurde langsamer, um keine unliebsame Aufmerksamkeit zu erregen. Der schwarze Mercedes war die Sorte Auto, die von den Londoner Cops aus Neid grundsätzlich angehalten wurde.

»Mist!«, entfuhr es mir.

»Was ist?«

»Dieser Wagen hat bestimmt ein Ortungsgerät«, sagte ich. »Wir müssen ihn schnell loswerden.«

Wortlos setzte Nicky den Blinker, bog geschickt in eine Sackgasse, stellte den Wagen im Parkverbot ab und schaltete den Motor aus.

»Wir können von hier aus die U-Bahn nehmen«, erklärte sie. »Du hast doch Geld?«

»Genug.«

ZWÖLF

Die nächste U-Bahn-Station befand sich gleich in der Nähe und von Tonys Geld kaufte ich Tickets für Nicky und mich, die uns zur anderen Seite der Stadt bringen würden. Um diese Uhrzeit am Sonntagmorgen war hier draußen am Stadtrand nicht viel Betrieb, daher gab es viele freie Sitze und wir nahmen auf einer Doppelbank in Fahrtrichtung Platz. Dort starrten wir ins Leere, sprachlos wie eines dieser alten Ehepaare, die sich nichts mehr zu sagen haben, und versuchten, jeder für uns, in allem, was geschehen war, einen Sinn zu erkennen. Wenn ich mich in Susan getäuscht hatte, dann vielleicht auch in Harry. Vielleicht hatte er vorgehabt, seine eigene Bank auszurauben, um das Lösegeld zu bezahlen … aber wenn er zahlte, würde dieser Türke bestimmt ihn und Nicky umbringen.

Und warum hatte Susan mir geholfen, wenn sie Nicky so sehr hasste? Vielleicht weil sie immer noch eine Familie waren? Doch dann fiel mir wieder ein, dass ich schließlich am besten wissen sollte, zu welchen Grausamkeiten Familienmitglieder fähig sein konnten.

Je länger der alte Waggon durch die dunklen Tunnels ratterte und schepperte, desto mehr Sonntagsarbeiter und gestresste Touristen stiegen zu, die sich an ihren Stadtplänen festhielten und alle drei Minuten auf die Haltestellenpläne sahen. Ein Mädchen, dessen gewellte blonde Haare noch feucht vom Duschen waren, sah mich an und drehte sich dann weg. Ich bemerkte, dass ich sie so angestarrt hatte, dass es ihr unangenehm wurde, dabei hatte ich sie wirklich nicht lüstern angesehen. Sie hatte mich nur daran erinnert, wie sehr ich mich nach einer Dusche sehnte – ich konnte mich nicht mehr daran erinnern, wann ich mich das letzte Mal gewaschen hatte. Abrupt wurde mir bewusst, wie übel ich nach Schweiß, Gewalt und Tod riechen musste. Doch wenigstens würde mir das die Touristen vom Leib halten.

Nicky schien mein Gestank jedenfalls nicht zu stören. Auch bei ihr musste es lange her sein, seit sie gebadet hatte. Sie sah so benommen und durcheinander aus, wie ich mich fühlte, was verständlich war, nach der langen Zeit, die sie in einer fensterlosen Zelle verbracht hatte und sich jeden Moment fragen musste, ob man sie vergewaltigen, ermorden und in eine Grube werfen würde. Ja, sie war frei, aber ich hatte Dinge über Harry gesagt, bei denen sie sich auch fragen musste, ob es nicht gefährlich war, nach Hause zurückzukehren. Und ich konnte ihr nicht einmal helfen – ich hatte kein Zuhause mehr. In den letzten Tagen war es nur darum gegangen, sie zu finden und herauszukriegen, was ihr zugestoßen war, und jetzt, da das erledigt war, schien dennoch nichts wieder in Ordnung zu sein, nichts hatte sich aufgelöst und es waren keine Fragen beantwortet worden.

Das Rattern der Wagenräder in den tiefen Tunneln hallte so laut im Wagen wider, dass es mir fast schmerzhaft in den Ohren dröhnte, doch trotzdem spürte ich, wie ich schläfrig wurde. Ich verlor das Zeitgefühl wie in einem Traum und hatte das Gefühl, in eine Grube zu stürzen, und als der Boden näher kam, sah ich, dass er mit den Knochen derer übersät war, die vor mir hineingefallen waren, und mit ihren Eingeweiden, die ihnen beim Aufprall aus dem Bauch herausgeplatzt waren.

Ruckartig wachte ich auf, als Nicky meine Hand berührte. Wir waren an der Station Embankment angelangt, wo die Dunkelheit und das Donnern vom bläulichen Neonlicht, dem Trampeln der Reisenden und dem Quaken von Lautsprecheransagen abgelöst wurden. Im Halbschlaf folgte ich Nicky durch das Gedränge der Menschen und das Gewirr von Gängen, Stufen und Rolltreppen zu einer weiteren U-Bahn, bis wir schließlich an der Waterloo-Station ankamen, wo wir auf den nächste Zug nach West-London warteten. Hinter dem Plexiglasdach des Bahnhofs sah ich strahlend blauen Himmel mit ein paar unschuldig weißen Wölkchen, die meilenweit über unserem schmutzigen, überfüllten Zirkus kreisten.

Ich sah, wie uns ein Cop beobachtete, während wir warteten – nein, kein richtiger Cop, sondern ein Ticketkontrolleur. Offensichtlich fragte er sich, ob Nicky und ich Schwarzfahrer waren, die seit Wochen in den Zügen übernachteten, oder nur ein schwer übernächtigtes Liebespaar. Doch als der Zug einfuhr, stiefelte Nicky direkt an ihm vorbei, und ihr natürliches Selbstbewusstsein brachte ihn wohl davon ab, uns aufzuhalten. Vielleicht konnte sie mir diesen Trick eines Tages mal beibringen.

Der Zug brachte uns leise schaukelnd über die Themse, auf deren sanft gekräuselter grauer Oberfläche sich das Sonnenlicht reflektierte und uns so blendete, dass wir uns abwenden und die Augen bedecken mussten. So früh am Sonntagmorgen war der Zug aus der Stadt fast leer und unsere Reise nach Westen wurde nur vom fröhlichen Klingeln der Türen an den Haltestellen und ihrem Zischen beim Öffnen und Schließen unterbrochen. Ich beobachtete Nicky, die die endlosen grauen Mauern der Londoner Vorstädte an uns vorbeiziehen sah, und fragte mich, ob sie mir jetzt doch glaubte. Doch ihr nachdenkliches Schweigen wehrte jede Frage ab, die ich ihr stellen wollte.

Wieder klingelten die Türen und sie stand auf.

»Wir sind da«, murmelte sie und stieg aus, ohne mich anzusehen.

»Warte, Nicky«, hielt ich sie auf. »Was hast du denn vor?«

»Ich werde Harry fragen, ob es wahr ist.«

Als wir uns dem eleganten schwarzen Zaun ihres Hauses näherten, sah ich mich um, ob einer der Leute des Türken es aus einem geparkten Auto heraus beobachtete. Ein Stück entfernt stand ein geschlossenes Cabrio, aber in dem saß niemand. Es fuhren auch keine Autos vorbei – in dieser wohlhabenden Gegend gab es offenbar nicht viele Kirchgänger –, niemand sah uns kommen, und ich wusste immer noch nicht, ob das gut war oder nicht, als wir zur Tür gingen und Nicky anfing in den Blumentöpfen zu graben. Ich konnte nicht fassen, dass sie dort einen Schlüssel versteckt hatte. Ein Haus wie ihres sollte doch bestimmt besser gesichert sein als das von einem faulen Loser wie mir, aber es schien mir nicht der richtige Moment, sie darauf hinzuweisen.

Nicky steckte den Schlüssel ins Schloss, drehte ihn leise herum, schob die Tür auf und trat ein. Halb erwartete ich, dass eine Alarmanlage losging, aber stattdessen hörten wir Stimmen, die sich stritten – einen Mann und eine Frau.

»… klar, mit all der Raffinesse einer notgeilen Ziege …«

»Aber dir hat es trotzdem gefallen. Gib es zu. Deshalb bist du immer wieder hingegangen.«

Die männliche Stimme gehörte Harry, die weibliche Susie. Nicky und ich sahen uns gleichermaßen bestürzt an – wir verspürten Mitleid miteinander und hatten das elende Gefühl, betrogen worden zu sein.

»Oh, zum tausendsten Mal, ich habe nur mit ihm geschlafen, um herauszufinden, was er weiß. Du bist es, den ich will, Harry. Und jetzt zieh dich bitte an.«

»Hör auf, mich herumzukommandieren – davon hatte ich genug von ihr.«

Ich spürte, wie die Wut in mir aufkochte, Wut auf Susie und auf mich selbst. Jetzt hatte ich es schon zum zweiten Mal zugelassen, dass mich eine Frau buchstäblich am Schwanz herumführte. Nie wieder. Nicky schloss die Tür lautlos hinter uns, und wir schlichen uns näher zur Bibliothek, in der Harry und Susie ihr Wortgefecht austrugen.

»Du hast gesagt, der Transfer müsse heute stattfinden, vor dem System-Upgrade – und bis die Bank es herausfindet, sind wir auf der anderen Seite der Welt.«

»So einfach ist das nicht.« Harrys Stimme klang ernst und geschäftsmäßig, als wüsste er etwas, was er Susan nicht sagen wollte, egal wie sehr sie auch bettelte.

»Er wird uns nie finden, nicht mit so viel Geld. Wir könnten uns unsere eigene Insel kaufen …«

Wir standen jetzt direkt vor der Tür der Bibliothek, und ich hörte drinnen das metallene Kratzen eines Schlüssels in einem Schloss und das hölzerne Knarren einer Schranktür. Was tat Harry da?

»Um Himmels willen, Harry, das ist *der Türke*. Du glaubst doch nicht, dass du seine Leute mit dieser blöden alten Flinte einschüchtern kannst?«

»Das ist mir klar.« Er klang nicht mehr zornig, nur noch ruhig und kalt.

»Es gibt kein Zurück mehr. Wir werden für immer zusammen sein.«

»Ich will nicht, dass wir zusammen sind.«

Ich hörte ein schweres metallisches Schnappen.

»Wovon redest du? Wir haben das seit Monaten geplant …«

»Planänderung«, verkündete Harry.

Wir hörten Susie hinter der Tür entsetzt aufschreien. »Harry! Nein!«

Der Knall war so laut, dass er mir durch die Trommelfelle direkt ins Hirn zu schießen schien. Nicky und ich fuhren zurück, doch dann ertönte ein zweiter Schuss. Ich stieß die Tür auf und rannte durch den Raum an der sich krümmenden Susie vorbei auf Harry zu, der neben dem großen Schrank stand – einem Waffenschrank –, gehüllt in blauen Rauch.

Erstaunt und erschrocken sah er mich an und mühte sich mit zwei neuen Patronen ab, doch ich hatte richtig vermutet – sein Jagdgewehr musste aufgeklappt werden, damit man nachladen konnte, und ich war bei ihm, bevor er es zuklappen konnte. Ich übernahm das für ihn, wobei ich seine Hand einklemmte und ihm dabei beinahe den Knöchel seines rechten Daumens brach. Er schrie vor Schmerz auf und fluchte, bis ich ihn mit einem Stoß meines Kopfes ins Gesicht zum Schweigen brachte. Er fiel rücklings gegen den Waffenschrank und sackte stöhnend und benommen zu Boden.

Das Gewehr hatte er fallen gelassen, doch ich ignorierte es und lief zu Susie zurück. Ihr Gesicht war weiß vor Angst und Entsetzen, ihr blondes Haar klebte ihr schweißnass im Gesicht und ihre weiße Bluse war bereits blutdurchtränkt. Sie keuchte flach und hektisch, hielt sich den blutenden Bauch und sah mich verzweifelt an. Doch in ihrem Blick lag kein Erkennen, nur Angst und Schmerz. Ich sah mich nach irgendetwas um, mit dem ich ihre Wunde verschließen konnte, riss ein Samtkissen von einem Stuhl und drückte es ihr auf den Bauch. Sie krallte sich an meiner Hand fest, als könne die Berührung ihren Schmerz lindern.

Nicky beachtete weder Susie noch mich, sie hatte Harrys Gewehr aufgehoben und schob ruhig eine Patrone in jeden Lauf.

»Ruf einen Krankenwagen«, befahl ich.

Nicky sah mich mit dem gleichen Ausdruck an, den ich schon ein paar Stunden zuvor an ihr gesehen hatte, als ich mich über Tonys Körper gebeugt hatte und ihm eine Herzmassage verabreichen wollte.

»Zu spät«, sagte sie nur.

Sie hatte recht. Susies Griff wurde schwächer und ihr stoßweiser Atem ging immer flacher. Sie blinzelte ein paarmal und machte den Mund auf, als wolle sie sprechen, aber sie brachte nur ein Flüstern hervor, das ich nicht verstehen konnte. Dann erschauderte sie und lag still, mit halb geschlossenen Augen.

»Nicky?«, stieß Harry hervor. »Um Himmels willen, Nicky, ich dachte …«

Er zog sich hoch, lehnte sich an den Waffenschrank und wollte sich die Nase halten, die ich hoffentlich gebrochen hatte, griff jedoch daneben. Er bewegte den Kiefer und schüttelte den Kopf, als wolle er seine Gedanken zurechtschütteln.

»Nicht, Harry!«, warnte ihn Nicky. »Geh vom Schrank weg.«

Sie hörte sich abwesend und benommen an, als hinge sie in einer Wahnvorstellung fest. Harry richtete sich auf und streckte die Hände vor, als wolle er seine Unschuld beteuern ... als hätten wir nicht gerade gehört, wie er Susie kaltblütig erschossen hatte.

»Oh, Nicky, ich weiß, wie das aussehen muss, aber sie wollte alles ruinieren ...«

Nicky hatte das Gewehr auf ihn gerichtet, aber ich war mir nicht sicher, ob sie es auch benutzen würde. Ich wollte einen Krankenwagen rufen, auch wenn es zu spät war, aber ich ließ es, weil ich wusste, dass mit dem Krankenwagen auch die Polizei kommen würde, und aus diesem Schlamassel würden wir uns nie herausreden können.

»Sie wollte das Lösegeld behalten«, erklärte Harry. »Sie wollte, dass sie dich töten.«

Langsam kam er auf sie zu und blickte sie flehend an, und ich sah, wie das Gewehr in ihrem Griff zitterte. Sie würde ihm doch nicht etwa glauben?

»Seit wann schläfst du schon mit ihr?« Nickys Stimme zitterte ebenso wie ihre Hände.

Harry zuckte zusammen, als sei die Frage geschmacklos, und kam weiter auf sie zu.

»Es tut mir leid ... das ist Monate her, ich war deprimiert, ich hatte zu viel getrunken, du hast gearbeitet ... das eine führte zum anderen. Bitte zeig damit nicht auf mich ...«

Er war nah genug, um sich auf sie zu stürzen, stellte ich fest. Und wenn ich jetzt hinzusprang, um ihn aufzuhalten, konnte jeder von uns eine Ladung Schrot ins Gesicht bekommen.

»Du wolltest das Lösegeld nicht bezahlen, Harry.«

»Nicky, komm schon ...«

»Du warst es, der ihnen gesagt hat, dass ich im Park laufen gehe. Du hast ihnen meinen Pass gegeben. Du hast mich an sie verkauft!«

Ihre Stimme klang ungläubig und traurig. Harry seufzte und lächelte. Es war ein schelmenhaftes, verschmitztes Grinsen, das wohl schon tausendmal gezogen hatte, denn er sah gut aus, er war charmant und reich, und bei solchen Leuten funktionierte so etwas immer, selbst jetzt, denn Nicky lächelte ebenfalls, als liebe sie ihn zu sehr, um sich mit ihm zu streiten. Sie ließ das Gewehr sinken und hielt es ihm hin. Harry streckte die Hand danach aus.

»Nicht, Nicky!«, warnte ich.

Mit einer sanften, gleitenden Bewegung schob sie Harry das Gewehr vor die Brust, sodass die Mündung unter seinem Kinn lag, und ich sah, wie ihr Finger zum Abzug glitt. Instinktiv schloss ich die Augen, doch ich konnte nicht verhindern, dass ich einen weiteren ohrenbetäubenden Knall hörte und wie etwas an die Decke mit dem kunstvollen Stuck spritzte und einen Augenblick später, wie Harrys Körper zu Boden fiel. Mir klingelten noch die Ohren, als ich die Augen wieder öffnete und mir über das Gesicht wischte, halb erwartend, Blut,

Knochensplitter und Hirnmasse an meinen Händen zu sehen. Doch ich sah nichts als Schweiß. Nicky blieb zitternd stehen und betrachtete, was sie getan hatte.

»Nicky«, sagte ich leise. Ich wollte nicht, dass sie in eine Schockstarre verfiel. »Schon gut. Alles gut. Fass nur nichts an ...«

Ich betrachtete Harrys Leiche mit dem, was von seinem Kopf übrig war. Seine Hände packten immer noch locker die Waffe. Wenn wir jetzt verschwanden, bestand die Möglichkeit, dass es wie Mord und Selbstmord aussah. Nicky war offiziell Tausende von Meilen weg und der Türke war nur ein Gerücht – wenn die Cops das jemandem anhängen wollten, dann höchstwahrscheinlich mir.

»Wir müssen hier verschwinden«, riet ich.

»Augenblick«, verlangte Nicky, beugte sich über Harry und fasste nach seiner rechten Hand.

»Nicht«, mahnte ich. »Du könntest Fingerabdrücke hinterlassen.«

»Das ist mein Gewehr«, erklärte Nicky. »Da sind schon meine Abdrücke drauf. Ich verwische nur die Abdrücke vorne am Lauf, wo du ihn angefasst hast.« Ganz vorsichtig wischte sie mit ihrem Ärmel über das Metall und legte Harrys schlaffe Finger um den Abzug. Das war die beherrschte, ruhige Nicky, die ich kannte, die die immer zwei Schritte vorausdachte. Ich war froh, sie zu sehen, auch wenn sie mir gerade Angst machte.

»Ein Mann, auf den Ihre Beschreibung passt, wurde gesehen, wie er vom Tatort weglief.« McCoy war dieses

Mal weder herablassend noch mitleidig, sondern rein geschäftsmäßig. Es überraschte mich nicht. Überall in den Vorstädten häuften sich ausgeweidete oder kopflose Leichen und die Polizei musste einen Schuldigen dafür finden. Zumindest mussten sie versuchen, so auszusehen, als wären sie damit beschäftigt, und dank meiner dämlichen Idee, Nicky als vermisst zu melden, war McCoy die Erste, die meinen Fall bearbeitete. Ihr stummer Assistent saß neben ihr und sah mich böse an, als könne mich allein das dazu bringen, in Tränen auszubrechen. Ich hatte mir allerdings schon bösere Blicke von Eichhörnchen eingefangen.

»Vielleicht hat er so ausgesehen wie ich. Das tun viele.«

»Ihre Fingerabdrücke wurden in Sherwoods Büro gefunden.«

»Wie ich bereits sagte, bin ich ein paarmal dort gewesen.«

»Sie hatten sich von ihm Geld geliehen?«

»Nicht ich. Mein Partner.«

Ich wusste nicht, wie lange diese Vernehmung schon ging, aber ich sah nicht auf die Uhr. Ich wusste, dass ich damit nur ein paar sarkastische Fragen provozieren würde, wie zum Beispiel: »Haben Sie es eilig, Mr Maguire?« Also blieb ich sitzen, lächelte geduldig und war bei den Ermittlungen so behilflich, wie ich nur konnte. Sie hatten mich unter Mordverdacht festgenommen, sie hatten also sechsunddreißig Stunden, um mich anzuklagen. Sollten sie doch auf die Uhr sehen.

»Nun gut, Delroy Llewellyn, Ihr Partner in diesem Studio – er hat sich bei Sherwood Geld geliehen. Und da er seinen Kredit nicht zurückzahlen konnte, sind Sie zu Sherwood gegangen.«

»Das ist richtig.«

»Und was ist da geschehen?«

»Ich habe angeboten, Delroys Schulden zu bezahlen, und er hat mich zum Teufel gejagt, also bin ich gegangen.«

»War das bei Ihrem ersten Besuch bei Sherwood oder beim dritten?« Die Antwort hatte sie bereits aufgeschrieben. Vielleicht hatte sie es vergessen, vielleicht war es aber auch nur ein fauler Trick, um mich wütend zu machen.

»Das war beim ersten Mal so und auch beim zweiten. Beim dritten Mal habe ich ihn auf der Straße getroffen und ihm gesagt, er solle aufhören, seine Zwangsvollstrecker auszusenden. Danach habe ich ihn nicht wieder gesehen.«

»Nicht einmal nachdem die Frau Ihres Freundes Delroy angefahren wurde und im Krankenhaus verstarb?«

»Nein.«

»Aber Sie waren bei Winnie Llewellyn, als sie starb. Und kurz darauf haben Sie das Krankenhaus verlassen.«

»Ja, ich bin joggen gegangen.«

»Joggen.« Sie tat ihr Bestes, um das Wort möglichst abfällig auszusprechen.

»Ich war durcheinander. Joggen hilft mir, einen klaren Kopf zu bekommen.«

»Und wohin sind Sie gelaufen?«

»Ich hatte kein Ziel. Ein Stück nach Norden, dann nach Westen und nach Süden …«

»Nach unseren Informationen sind Sie direkt vom Krankenhaus zu Sherwoods Büro gegangen. Sie haben ihm die Schuld an Mrs Llewellyns Tod gegeben. Sie haben ihn zur Rede gestellt und die Dinge sind außer Kontrolle geraten.«

»Wie ich schon sagte, Ihr Informant lügt.«

»Warum sollte er das tun?« Ich sah, wie sie kurz zusammenzuckte, weil sie einen Fehler gemacht hatte. Sie hatte »er« gesagt, anstatt den Plural zu nehmen.

Ich wollte sie wissen lassen, dass ich es bemerkt hatte. »Fragen Sie *ihn*. Er ist schließlich Ihr Informant.« *Und wahrscheinlich ist sein Name Dean,* dachte ich, *und nichts, was er sagt, wird vor Gericht je zugelassen werden, außerdem wird er nie unter Eid aussagen, und das wissen Sie ganz genau.*

»Sie behaupten also, Sie wurden hereingelegt?«

»*Sie* behaupten, ich wurde hereingelegt. Ich sage, dass ich nicht einmal dort war.«

»Ich glaube, Sie waren dort. Ich glaube, wenn Sie Sherwood nicht umgebracht haben, dann wissen Sie zumindest, wer es getan hat.«

»Sie haben meinen Klienten wegen Mordes verhaftet. Wollen Sie jetzt sagen, Sie glauben nicht, dass er es getan hat?«

Vora klang, als redete er mit einer ungezogenen, rotznäsigen Siebenjährigen. Er strahlte Zuversicht und Autorität aus und ein klein wenig Langeweile, als sei das eigentlich unter seiner Würde. Außerdem war er exklusiv gekleidet, von dem zittrigen, panischen alten Mann, der mir aus lauter Verzweiflung Nickys Klientenakten überlassen hatte, war nichts mehr zu sehen.

Wir hatten nicht besprochen, wie ich ihn bezahlen sollte oder ob ich ihn überhaupt bezahlen sollte. Ich vermutete, er tat es, weil er wusste, dass ich Nicky gerettet hatte, aber ich wollte nicht fragen, was er darüber wusste, und glaubte auch nicht, dass er wollte, dass ich fragte. Er hatte den ganzen Tag geduldig in dem stickigen kleinen Raum gesessen und zugehört, wie ich meine Geschichte mit all ihren Löchern und Ausflüchten immer wieder wiederholte, und hatte mich unterstützt, wenn er glaubte, McCoy triebe es zu weit. Dank ihm schien die Vernehmung, die mich zermürben sollte, stattdessen McCoy zu zermürben.

»Ich glaube, Ihr Klient ist ein wichtiger Zeuge«, sagte McCoy.

»Und er hat Ihnen schon dreimal gesagt, dass er nicht da war. Können wir jetzt bitte fortfahren?«

McCoy raschelte mit den Ordnern auf dem Tisch vor ihr und nahm einen schmalen, den sie noch nicht aufgeklappt hatte. Ich fragte mich, was sie wohl als Nächstes anbringen würde und ob wir wieder die Sache mit Harry und Susie durchgehen würden. McCoy hatte mir noch nicht vorgeworfen, etwas mit ihrem Tod zu tun zu haben, und mittlerweile war ich mir sicher, dass sie es auch nicht tun würde.

Niemand hatte die Schüsse gehört, oder wenn, dann hatte sie niemand gemeldet. Aber in London können die Menschen jahrzehntelang nebeneinander in einer Straße wohnen, ohne die Namen ihrer Nachbarn zu kennen. Erst als den Chefs in Harrys Bank dessen beharrliches Fehlen aufgefallen war, sie seine Geschäftsvorgänge überprüft und daraufhin die Polizei informiert hatten, waren die beiden Leichen entdeckt worden. Mittlerweile waren mehrere Tage vergangen, was die Spurensicherung sicher nicht leichter machte. Vielleicht wussten die Leute des Türken sogar früher, dass Harry tot war – ebenso wie ihr Plan, sich ein paar Millionen Pfund unter den Nagel zu reißen, ohne auch nur eine Waffe zu zücken. Doch die Leute des Türken waren wahrscheinlich noch weniger erpicht darauf, die Cops auf den Plan zu rufen, als ich.

»Vor zehn Tagen haben Sie eine Mrs Joan Bisham in ihrem Haus in Ealing aufgesucht.«

Nachdem sie ihrem Gedächtnis auf die Sprünge geholfen hatte, lehnte sich McCoy vor und stützte die Arme auf den Tisch. Es war eine bewusst entspannte und wissende Pose. Meine Überraschung musste offensichtlich sein. Bisham? Worauf wollte sie denn damit hinaus?

»Ja.«

»Sie behauptet, Sie wären mit Gewalt in ihr Haus eingedrungen und hätten ihren Sohn beschuldigt, Ihr Fitnessstudio niedergebrannt zu haben.«

»Ich bin nicht mit Gewalt eingedrungen. Aber ihr

Sohn hat mein Studio niedergebrannt. Sie hat mir auch geglaubt.«

»Haben Sie Beweise dafür?«

Nur die, die ihr Sohn hinterlassen hatte und die ich vom Tatort entfernt hatte.

»Nur so ein Gefühl«, meinte ich.

»Sie hatten ein Gefühl, dass ein fünfzehnjähriger Junge ein … ›Psychopath und Mörder‹ sei?«, las sie aus der Akte vor.

»Seine Augen standen zu dicht beieinander«, erklärte ich, doch sie lachte nicht. »Reden Sie mit ihm«, riet ich ihr. »Fragen Sie ihn, was er in der Nacht gemacht hat, als mein Fitnessstudio abgebrannt ist. Während ich drin war.«

»Das können wir leider nicht. Gabriel Bisham ist letzte Nacht an den Verletzungen gestorben, die er sich zugezogen hat, als er draußen übernachtete.«

»Er hat draußen übernachtet?« Seine Mutter hatte also nicht die Polizei geholt. Das hätte ich mir ja denken können.

»Er ist von zu Hause weggelaufen. Am Sonntagmorgen hat er in einem Hauseingang übernachtet, wo ihn jemand mit Benzin übergossen und angezündet hat. Er erlitt an über achtzig Prozent seiner Körperoberfläche Verbrennungen dritten Grades.«

»Oh mein Gott!« Ich zeigte mich schockiert und angewidert, denn genau das war ich auch. Der Junge hätte eingesperrt werden sollen, nicht eingeäschert.

»Wo waren Sie um ein Uhr morgens vor fünf Tagen?«, fragte McCoy. »Das war Sonntag, der 20.«

Am letzten Sonntag um ein Uhr morgens hatte ich in einem Bus von Victoria-Station nach Chelmsford gesessen. Auf dem Weg, Talentshow-Tony zu erwürgen, wie sich zeigte.

»Das haben Sie mich doch schon gefragt. Ich war durcheinander wegen Winnies Tod. Ich bin joggen gegangen.«

»Die ganze Nacht?«

»Nein. Wie ich schon sagte, bin ich zu Delroy gegangen und habe dort übernachtet.«

Delroy würde mich decken, falls die Cops ihn je fragten, was sie wahrscheinlich nie tun würden. Er hatte sein Handy hiergelassen, als er nach Jamaika flog, und man konnte ihn nicht erreichen, es sei denn, man stellte bei der Polizei in Jamaika einen Antrag, nach ihm zu fahnden. Falls McCoy einen derartigen Antrag bereits gestellt hatte, schienen die jamaikanischen Behörden ihn jedenfalls nicht mit höchster Priorität zu behandeln.

»Entschuldigung«, unterbrach Vora, »wollen Sie meinen Klienten jetzt wegen der Beteiligung an einem weiteren Mord anklagen? An ein und demselben Abend?«

»Wir haben ihn bis jetzt überhaupt noch nicht angeklagt.«

»Wissen Sie, dass Sie Mr Maguire jetzt seit über sechs Stunden ohne Pause verhören?«

»Dessen bin ich mir bewusst, Mr Vora.«

»Denn so langsam grenzt das an Rechtsmissbrauch.«

»Wir sind für Mr Maguires Kooperation dankbar«, erklärte McCoy zähneknirschend. »Wir haben nur noch ein paar Fragen.«

»Haben Sie irgendwelche Zeugen oder Beweise, dass mein Klient an dem Überfall auf den jungen Bisham beteiligt gewesen ist? Oder wollen Sie ihn einfach nur zu jedem Mord vernehmen, der in London in dieser Nacht geschehen ist?«

»Nur zu den Todesfällen von Leuten, die er persönlich kannte.«

Die Fragen nach Bisham sind reine Zeitverschwendung, dachte ich. Da sollte man womöglich lieber mit Leslie sprechen, dem Obdachlosen mit dem Gesicht wie geschmolzenes Wachs, dessen Geliebter vor seinen Augen verbrannt ist, und der auf der Straße schläft und Gott um Rache anfleht. Womöglich waren seine Gebete eines Nachts in einer nach Pisse stinkenden Hintergasse erhört worden. Womöglich hatte Gabes eigene Mutter ihn ans Messer geliefert, so krank wie sie war, traute ich es ihr zu.

Doch ich sagte natürlich nichts. McCoy wurde dafür bezahlt, so etwas herauszufinden, und ich hatte keine Ahnung, ob Leslie wirklich dahintersteckte.

»Schon gut, Mr Vora«, sagte ich, »ich helfe doch gerne.«

Ich lächelte McCoy an, doch sie erwiderte mein Lächeln nicht. Sie sah aus, als könne sie riechen, dass da etwas zum Himmel stank.

Sie sah auf die Uhr und raschelte mit ihren Unterlagen.

»Gehen wir noch einmal zurück zu Ihren Geschäften mit John Sherwood.«

Stunden später verließ ich mit Vora die Polizeiwache. Die Cops hatten keine Anklage erhoben, aber McCoy hatte gefragt, wo ich wohnte und ob ich vorhätte zu verreisen. Ich verstand, was sie meinte – ich sollte nicht die Stadt verlassen –, aber das störte mich nicht weiter, denn ich hatte nicht die Absicht, irgendwohin zu gehen. Ich hatte Sherwood nicht umgebracht, und sie hatten keine Beweise, dass ich es getan hatte. Die Spurensicherung würde ergeben, dass er schon längst tot war, als ich ankam – vielleicht sogar noch bevor Winnie gestorben war.

Vora war nicht ganz so optimistisch. Er wusste, dass es auch mit wenigen manipulierten oder nicht existenten Beweisen zur Verhandlung kommen konnte, denn schließlich war es Aufgabe der Polizei, die Gerichte zu beschäftigen. Wenn der Richter einen Fall nach zwanzig Minuten abwies, konnten die Cops ihre Arbeit trotzdem als »erledigt« bezeichnen – es störte sie nicht.

Aber mir war es mittlerweile egal, ob ich angeklagt wurde oder nicht. Ich hatte genügend andere Sorgen – zum Beispiel musste ich mir eine neue Wohnung besorgen.

An jenem Sonntagmorgen hatten Nicky und ich die Leichen von Harry und Susan in der Bibliothek liegen lassen und das Haus auf dem gleichen Weg verlassen, wie wir gekommen waren. Auf dem Weg zum Bahnhof merkte ich, dass Nicky mit jemandem reden musste, über all das, was ihr widerfahren war und was wir gesehen und getan hatten – über die Brutalität und den Betrug und die Morde. Ich wusste es, denn ich wollte ebenfalls darüber reden, dringend, und sie war die Einzige, mit der ich darüber reden konnte. Doch noch bevor ich mir überlegt hatte, wie ich anfangen sollte, fragte sie: »Hast du einen Pass?«

Mir wurde klar, dass wir nicht reden würden, denn dazu hatten wir keine Zeit, und unsere Wunden mussten wohl irgendwie von selbst heilen.

»Nein.«

Sie verzog das Gesicht.

»Willst du das Land verlassen?«, fragte ich. »Dieses Mal tatsächlich?«

»Wir müssen. Beide. Harry wollte dem Türken Millionen verschaffen. Das hast du verhindert. Du hast einen seiner Leute getötet und du hast mich gerettet.«

»Der Türke weiß doch nicht einmal, dass ich da war«, wandte ich ein.

»Irgendwie wird er es herausfinden. Und er wird sich an dir rächen. Tony und Kemal haben bei mir in der Zelle gesessen und mir erzählt, was er Menschen antut, die ihm im Wege sind. Du hast ja keine Ahnung, zu was er fähig ist.«

Doch, habe ich, dachte ich. *Ich habe Sherwood gesehen.*

»Wo sollten wir überhaupt hin?«

»Ich habe Familie in Brasilien. Es ist weit genug weg, da wären wir sicher.«

»Brasilien? Ich will nicht nach Brasilien.«

»Nicht einmal mit mir?«

Sie nahm meine Hand und zum ersten Mal sah sie mich mit echter Zuneigung und sogar Verlangen an. Mein Herz machte einen Satz, denn genau danach hatte ich mich einst gesehnt. Aber so intensiv das Gefühl auch war, es war aus Gefahr und Angst und der Gewalt geboren, die wir zusammen erlebt hatten, und wie lange würde das wohl halten? Selbst wenn wir nach São Paulo kamen, würde sie sich letztendlich mit einem Trottel wie mir, der halb so alt war wie sie, kein Portugiesisch sprach und dessen einziges Talent es war, Leute zu verprügeln, langweilen. Und dann wäre ich weit weg von zu Hause, mit einer Frau, die mich einmal gemocht hatte, mich jetzt aber nur noch bemitleidete, und das Einzige, was vor mir läge, wäre ein Sonnenbrand.

Wie Nicky außer Landes kommen wollte, ging mich nichts an. Sie küsste mich auf die Lippen und berührte mein Gesicht, dann ging sie zum Bahnhof, und einen kurzen Moment lang war ich versucht, ihren Namen zu rufen und ihr nachzulaufen. Doch stattdessen drehte ich mich um und ging in die andere Richtung. Ich suchte mir eine Telefonzelle und machte einen Anruf.

Dann ging ich zu Delroy.

Als er mich vor seiner Tür stehen sah, trat Delroy wortlos zurück, um mich hereinzulassen. Die Flamme, die in ihm gebrannt hatte, schien schwächer zu sein und zu flackern. Es war, als versuche er zu leben, ohne recht zu wissen, warum, doch er schien trotzdem froh, mich zu sehen, so wie ein kranker Mensch sich freut, wenn er einen Vogel singen hört. Er bot mir Müsli zum Frühstück an, aber da die Milch sauer geworden war, nahm ich stattdessen Toast. Ich musste erst die Schimmelflecken abkratzen, bevor ich Butter darauf streichen konnte. Offensichtlich stank ich genauso wie das Essen in seinem Kühlschrank, denn er schlug mir vor, ein Bad zu nehmen, bevor ich noch danach fragen konnte.

Das Wasser war nur lauwarm, aber ich wurde sauber, und während ich in der Wanne lag, suchte mir Delroy ein T-Shirt hervor, das ich vor ein paar Monaten hiergelassen hatte. Winnie hatte es gewaschen, gebügelt und in den Trockenschrank gehängt. Es roch noch nach dem Weichspüler, den sie gerne verwendete. Ich blieb im Badezimmer sitzen, presste das T-Shirt an mein Gesicht und atmete den Duft einer hoffnungsvolleren Zeit ein, bis meine Augen brannten und es mir die Kehle zuschnürte.

Delroy hatte keine Tränen mehr. Er ließ mich in dem Raum schlafen, in dem ein Haufen Kisten mit dem Kram standen, den er und Winnie im Laufe der Jahre angesammelt hatten. Am nächsten Tag suchte ich ein paar Wohlfahrtsläden auf und kaufte mir mit dem letzten Rest von Tonys Geld neue Second-Hand-Klamotten. Die gestohlene Jacke stopfte ich in eine Altkleidertonne.

Delroy blieb zwar sehr einsilbig, doch ich erfuhr von ihm, dass er nach der Trauerfeier Winnies Asche mit nach Jamaika nehmen wollte.

Eines frühen Morgens trug ich seinen Koffer nach unten – dem Gewicht nach zu urteilen hatte er nicht vor zurückzukommen –, rief ihm ein Taxi, sah nach, ob er seinen Pass und sein Ticket hatte, und ging mit ihm zu seinem Gartentor. Der Taxifahrer wuchtete pflichtschuldig den Koffer in den Kofferraum, während Delroy und mir klar wurde, dass es Zeit zum Abschiednehmen war. Wir wussten beide nicht recht, was wir sagen sollten.

»Bleib anständig, Finn«, knurrte Delroy schließlich. »Und halt die Deckung oben.«

Er streckte die Faust aus und ich schlug meine dagegen. Ich hätte ihn gerne umarmt, doch ich wusste, dass das nicht sein Ding war – also ließ ich ihn gehen. Dann, zu spät, wünschte ich mir, ich hätte es doch getan. Der Taxifahrer hielt ihm die Tür auf und Delroy hievte sich auf den Sitz und verstaute seine Krücke zwischen den Beinen. Er drehte sich nicht um und winkte auch nicht, als der Wagen losfuhr, er schien bereits Tausende von Meilen weit weg zu sein, saß auf der Veranda einer Hütte auf Jamaika im Abendlicht und wartete darauf, dass Winnie ihn holen kam.

Fürs Erste war Delroys Haus mein Zuhause und dagegen schien niemand etwas zu haben. Es kamen ein paar offiziell aussehende Briefe, aber da Delroy keine Nachsendeadresse hinterlassen hatte, stapelte ich sie einfach auf der Anrichte. Dann fiel mir ein, dass es Winnie nicht gefallen hätte, wenn ihr Haus so zugemüllt wurde, also räumte ich sie weg. Ich ging zu meiner Bank und erklärte, dass ich all meine Karten und Ausweise bei dem Brand verloren hatte, doch da es eine Bank war, fragten sie trotzdem dauernd nach Ausweisen, und ich musste immer wieder erklären, warum ich keine hatte, bis sie schließlich aufgaben und mir Zugang zu den paar Tausend Pfund verschafften, die noch auf meinem Konto waren. Wenn ich sparsam damit umging, würde es lange genug reichen, bis ich das Geld zurückbekam, das Nicky mir nicht gestohlen hatte, als sie nicht verschwunden war.

Ich wandte mich an die Anwaltskammer, und der makellose Anwalt, mit dem ich damals gesprochen hatte, versicherte mir, dass man meinen Fall in kürzester Zeit abschließen werde. Die Polizei ging davon aus, dass Mrs Nicola Hale das Land verlassen hatte, und das reichte den Leuten vom Erstattungsfonds. Und jetzt, da Nicky tatsächlich geflohen war, stimmte das ja auch. Ich würde mein Geld zurückbekommen – vielleicht nicht unter ganz legalen Umständen, aber da das Geld aus einem Versicherungsfonds für steinreiche Anwälte kam, verursachte mir das keine schlaflosen Nächte.

Eines Abends, als ich zu später Stunde das Licht ausmachte und alles abschloss – in diesem Haus war Winnie noch so präsent, dass ich ihren Unmut förmlich spüren konnte, wenn ich auch nur eine Kaffeetasse in der Spüle stehen ließ –, dachte ich an Zeto und fragte mich, ob Lovegrove sich vielleicht rächen wollte. Aber das wäre dämlich von ihm gewesen. Ich hatte die Aufnahme davon, wie er sich von Zeto befriedigen ließ, an niemanden sonst geschickt, aber wenn ich wollte, konnten sie innerhalb von Sekunden im Netz stehen – auch wenn das Material vielleicht ein wenig heftig für YouTube war. Ich hatte keine Drohungen oder dergleichen geschickt, denn ich ging davon aus, dass Lovegrove selber wusste, was ich von ihm erwartete. Ich war mir ziemlich sicher, dass Zetos Fall in absehbarer Zeit nicht verhandelt werden würde, oder besser gesagt überhaupt nie, und ebenso, dass ich Lovegrove niemals wieder sehen würde.

Als daher um zwei Uhr morgens das Gartentor quietschte und ich davon aufwachte, war mir sofort klar, dass er es nicht war.

Die Bettfedern ächzten, als ich mich von der Matratze rollte, mich auf den Boden gleiten ließ und reglos lauschend hocken blieb. Der Eindringling kam zur Hintertür, und ich hörte, wie er am Türgriff drehte. Sie hätten wissen müssen, dass sie abgeschlossen und verriegelt war – es war zwar eine friedliche Nachbarschaft, doch es waren schließlich nicht mehr die 30er-Jahre. Ich vermutete, dass sie als Nächstes prüfen würden, ob eines der Fenster offen stand, und dann vielleicht eine Scheibe einschlagen. Doch ich hörte ein Knirschen, Knacken und Splittern, als versuche jemand, die Tür mit einem Brecheisen aufzustemmen.

Ich erhob mich, zog mir die Jeans an, schlüpfte in die Schuhe und zerrte meinen Kapuzenpulli über den Kopf. In einer von Delroys Pappkisten lag eine dicke, lange Krokodilsfigur aus dunklem Hartholz mit Perlmuttaugen. Ich hatte sie ein paar Tage zuvor bemerkt und mich gefragt, ob Winnie diejenige mit dem schrecklichen Geschmack gewesen war oder jemand aus ihrer Kirchengemeinde. So grotesk die Figur auch war, war ich doch froh über das Gewicht in meiner Hand. Ich hatte mit offener Zimmertür geschlafen – das tat ich immer – und zog sie jetzt weiter auf und trat hinaus. Dort blieb ich stehen und lauschte.

Vorne vor dem Haus war auch jemand. Winnie und Delroy hatten duftende Büsche am Gartenpfad angepflanzt, die ich rascheln hörte. Mir stellten sich die Nackenhaare auf. Das waren keine Junkies, die sich ihren nächsten Schuss finanzieren wollten.

Von der Hintertür erklang immer noch Splittern und Krachen, und jetzt vernahm ich von der Vordertür her ein leises Klackern, als jemand versuchte, das Schloss zu knacken. Ich war mittlerweile oben an der Treppe. Im Erdgeschoss war es stockdunkel, das Licht der Straßenlaternen drang nicht durch die schweren grünen Vorhänge.

Die Dunkelheit verschaffte mir einen Vorteil, wenn ich den richtigen Zeitpunkt erwischte. Abwartend legte ich die Hand an den Lichtschalter oben an der Treppe. Das Gefummel am Türschloss endete mit einen letzten lauten Klacken und vorsichtig wurde die Tür aufgeschoben. Von meinem Standpunkt aus konnte ich nur die untere Hälfte der Tür sehen, die aus massivem Hartholz bestand, abgesehen von vier Glasscheiben in einem Bogen im oberen Teil. Mit der Hand am Lichtschalter für die Lampe unten im Flur verlagerte ich mein Gewicht. Die Dielenbretter unter meinen Füßen knarrten nur ganz leise, als eine massige Gestalt das Haus betrat. Er griff nach dem Lichtschalter. Ich kniff die Augen zu, damit mich das Licht nicht blendete, hörte, wie er einen Schritt ins Haus machte, schaltete das Licht wieder aus und rannte im Dunkeln die Treppe hinunter.

Ich erkannte die Gestalt augenblicklich – Kemal –, doch er wusste nicht, wohin er sehen sollte. Er hatte sich halb umgedreht, um das Licht wieder einzuschalten, als ich ihm die Holzskulptur in die rechte Niere rammte. Er schrie auf und bog den Rücken durch, woraufhin ich ihm das Krokodil so kräftig über den Schädel zog, dass es entzweibrach, doch der Mistkerl stand immer noch aufrecht. Ich ließ den Rest der Skulptur fallen und traf Kemal mit einer geraden Rechten unter dem Ohr, um ihm den Kiefer auszurenken. Es fühlte sich an, als träfe ich einen Sack Billardkugeln, doch es machte ihn immerhin benommen und ließ ihn in die Knie gehen. Als ich ihn vor das rechte Knie trat, fiel er um wie ein Sack Zement. Ich sprang zurück und wollte schon über ihn steigen, um durch die Haustür zu flüchten, bevor er wieder zu sich kam, als ich sah, wie zwei weitere Schläger in Lederjacken den Pfad entlangkamen. Ich konnte die Tür nicht vor ihnen erreichen, also drehte ich mich fluchend um und versuchte es an der Küchentür.

Dort hatte ich tatsächlich mehr Glück, denn von der aufgebrochenen Tür her grinste mich nur Dean an. Er hielt die Brechstange in der rechten Hand und schnippte mit den Fingern der anderen, als wolle er mich auffordern, ihn anzugreifen. Ich hatte kaum Zeit, mich zu fragen, ob das dieselbe Brechstange war, die mir damals auf dem Parkplatz den Schädel aufgerissen hatte, bevor ich seiner Einladung mit etwas mehr Begeisterung folgte, als er erwartet hatte. Vielleicht hatte der Idiot geglaubt, dass ich so erschrocken wäre, dass ich stehen bleiben und mir von ihm den Schädel spalten lassen würde, doch mittlerweile war mir bewusst, dass ich untergehen würde, und in dem Fall wollte ich wenigstens Dean mitnehmen.

Er nahm die Brechstange mit beiden Händen, bereit, mir das spitze Ende ins Gesicht zu schlagen, doch ich packte seinen Arm im Schwung und stieß ihn nach oben. Ich spürte, wie die Spitze durch meine Haare fuhr und dass Dean das Gleichgewicht verlor. Dann traf ich ihn mit voller Wucht in die Rippen, und als er keuchend zurücktaumelte, schlug ich ihm ins Gesicht und spürte, wie sich die Zähne in seinem Kiefer lösten. Blut schoss ihm aus dem Mund und seine fettige Tolle fiel ihm in die Augen. Er versuchte, mir den rechten Ellbogen ins Gesicht zu rammen, doch sein Schlag war kraftlos, wahrscheinlich weil ihm der Kopf noch klingelte wie eine Kirchenglocke. Ich packte seinen Arm und drückte ihn durch, bis die Brechstange scheppernd zu Boden fiel. Ich nutze seinen Arm als Hebel und stieß ihn mit dem Gesicht gegen den Türpfosten.

Ich dachte nur an Winnie, die sich vor Angst wand, als sie starb, und ich packte Deans Hinterkopf, bereit, ihn so lange gegen die Wand zu schlagen, bis das Holz splitterte, doch plötzlich flog mein Kopf nach vorne und meine Knie gaben nach und der Raum begann sich zu drehen. Kemals Kumpane hatten mich eingeholt und prügelten offenbar mit Kanthölzern auf mich ein. Doch der schlimmste Schmerz war der in meinem Inneren, der von dem Bewusstsein herrührte, dass ich Dean nicht hatte fertigmachen können, bevor ich an der Reihe war.

Hustend und würgend erwachte ich mit dem Geschmack von Galle in der Kehle. Bei jedem Atemzug durchzuckte mich ein heißer Schmerz. Wahrscheinlich hatten sie mir mit den Tritten gegen Brust und Bauch einige Rippen gebrochen. Ich stellte fest, dass ich noch lebte, und versuchte herauszufinden, warum, und da mir die offensichtliche Antwort nicht gefiel, ließ ich die Augen noch ein wenig geschlossen, bis ich zumindest feststellen konnte, wo ich war. Etwas Hartes presste sich gegen meine Stirn, in meinen Schläfen pulste das Blut und meine Handgelenke waren mir auf den Rücken gefesselt worden. Verdammt, dachte ich und öffnete die Augen, so gut es ging. Das linke gehorchte kaum, es war so zugeschwollen, dass sich die Lider nur einen Spalt öffnen ließen. Im rechten brannten Tränen, die mir nach oben in die Haare liefen. Der Raum schien irgendwie auf den Kopf gestellt.

Ich befand mich in einer knienden Position auf Winnies Wohnzimmerfußboden, die Hände auf dem Rücken und den Oberkörper vornübergebeugt, sodass mein Kopf auf dem Boden auflag. Ich versuchte, mich auf die Seite zu kippen, doch ich lehnte an einem Bein und ein anderes Bein presste sich auf der anderen Seite gegen mich. Ich hatte mal ein paar alte chinesische Kung-Fu-Filme gesehen, in denen Bauern ihren Kotau vor dem Kaiser machen mussten, wobei ihr Kopf den Boden berührte. Genau das schien ich im Moment auch zu tun. Also versuchte ich, mich aufzurichten, aber das war schwierig. Mir waren nicht nur die Hände gebunden, ich fühlte mich auch am ganzen Körper zerschlagen und hatte das Gefühl, mindestens ein halbes Dutzend Knochenbrüche zu haben.

Es roch nach Blut und Teppich und nach Deans billigen Zigarren, doch ich nahm noch einen anderen Geruch wahr, der mir irgendwie bekannt vorkam – ein teures Aftershave mit einem Hauch Minze. Ich konnte ihn nicht einordnen. Ich bemerkte auch, dass niemand etwas sagte, als warte man respektvoll darauf, dass jemand das Wort ergriff. Ich bezweifelte, dass ich dieser Jemand war.

Amüsiert schnaubte ich, als mir die offensichtliche Antwort einfiel: Ich befand mich in der Gegenwart des Türken höchstpersönlich, ich lag buchstäblich vor ihm am Boden. Ich konnte ihn mir schon vorstellen: ein untersetzter Kerl Anfang vierzig mit geöltem Haar, Bartstoppeln, an denen man ein Streichholz anreißen konnte, und einem glänzenden geschmacklosen Anzug, dessen Knöpfe am Bauch spannten. Er wartete darauf, dass ich ihn ansah und vor Ehrfurcht erstarrte.

Bei dieser Erkenntnis erneuerte ich meine Bemühungen, mich aufzurichten. Der Türke musste meine Anstrengungen bemerkt haben und nickte den Typen neben mir zu, mir zu helfen, denn sie packten mich unter den Achseln und zerrten mich hoch. Ich hob den Kopf, um den großen Mann richtig sehen zu können, doch dann blieb mir der Mund offen stehen. Vielleicht keuchte ich sogar. Ich war so fassungslos, dass ich fast sogar das linke Auge aufgerissen hätte.

Ich kniete vor Bruno. Bruno, dem leisen Möchtegern-Boxer, den ich aus dem Studio geworfen hatte, weil er Nicky im Ring verprügelt hatte. Um mich herum drehte sich alles, aber das mochte an meinem Kopf liegen. Bruno? Bruno sollte dieser Türke sein, vor dem alle so Angst hatten?

Bruno grinste angesichts meiner Verwirrung. Es war nicht das strahlende, harmlose Grinsen von Bruno, dem Boxer … das Lächeln dieses Brunos war hart und scharf wie Glassplitter und seine Augen glitzerten. Er trug ein weißes Baumwollhemd und einen gut geschnittenen dunkelblauen Leinenanzug, keinen Schmuck, keine Ringe, nichts Auffälliges. Er hatte nichts Ungeschicktes oder Ungelenkes mehr an sich. Seine Bewegungen waren gemessen, fast graziös. Doch als er den Kopf zur Seite legte, fiel mir wieder ein, dass er genau so Nicky angesehen hatte, bevor er auf sie losging. Dieser Blick ließ vermuten, dass ich eine Art Zauberwürfel für ihn war – ein Rätsel, das er lösen konnte, indem er mir alle Glieder verdrehte, bis er seine Antwort hatte.

»Du hast mich eine Menge Geld gekostet, Finn. Und Zeit und Mühe.« Sein Akzent klang weniger nach London, als ich es in Erinnerung hatte, gebildeter, doch ich konnte ihn nicht einordnen. Ich hatte keine Ahnung, woher er kam oder wie er wirklich hieß. »Harry Anderson hätte mir zwanzig Millionen Pfund an einem Nachmittag verschaffen sollen.«

»Nein, das wollte er nicht«, erklärte ich. »Er wollte Sie hereinlegen und das Geld selbst behalten.«

»Ja, das hat er versucht«, nickte Bruno und zuckte die Achseln, als wäre das zu erwarten gewesen. »Und dann ist da noch die Sache mit meinem Lagerhaus.«

Lagerhaus? Was für ein Lagerhaus?

»Oh ja ...« Das Haus, in dem ich Nicky gefunden hatte. Das Haus, das er für den Handel mit jungen Mädchen benutzte.

»Genau. Die Einrichtung hat mich ein Vermögen gekostet. Und deinetwegen mussten wir sie aufgeben.«

Nach meinem Abschied von Nicky hatte ich eine halbe Stunde gebraucht, um die letzte funktionierende öffentliche Telefonzelle in London zu finden und eine anonyme Informanten-Hotline anzurufen. Am nächsten Tag hatte ich im Radio gehört, dass man auf dem Gelände eines Anwesens in Chelmsford vier Leichen gefunden hatte. Die Polizei vermutete, dass das Haus von einem Menschenhändlerring benutzt worden war. Sie suchten noch nach den Besitzern, doch damit kamen sie offenbar nicht weit, denn das Thema verschwand schon bald wieder aus den Nachrichten.

Ich konnte mir vorstellen, was passiert war: Nachdem sie festgestellt hatten, dass Nicky verschwunden und Tony tot war, hatten Kemal und die andren Tonys Leiche in eine Grube geworfen wie die der Mädchen, die sich gewehrt hatten, dann hatten sie ihre Sachen gepackt und waren verschwunden. Es war befriedigend, zu wissen, dass ich ihre Geschäfte gestört hatte, wenn auch nur ein klein wenig.

»Und dann ist da noch die Sache mit Tony«, bemerkte Bruno. »Er war ein guter Mann.«

»Gut? In welcher Beziehung?«, wollte ich wissen.

Bruno lächelte. »Na gut, er war ein schlechter Mensch. Aber gute schlechte Menschen sind schwer zu finden. Sieh nur, was du mit Dean hier gemacht hast.«

Dean stand in der Ecke, hielt sich das Gesicht und versuchte, nicht zu jammern. Sabber und Blut von seinen ausgeschlagenen Zähnen hatten das Hemd unter seiner Lederjacke getränkt. Ich stellte mir vor, welche Schmerzen er wohl beim Kauen haben musste, und hoffte, dass sie sein Leben lang anhalten würden.

»Und Kemal!«, fuhr Bruno – der Türke – lachend fort. »Ich glaube nicht, dass ich Kemal schon mal bluten gesehen habe.«

Ich sah nach links. Kemal starrte mich ausdruckslos an, doch ihm lief Blut vom Kopf zum Hals und verklumpte in seinem Kragen.

»Wie sagt man so schön?«, fragte der Türke. »Du bist ein Elefant im Porzellanladen. Und für den angerichteten Schaden muss man eben bezahlen.«

Ich sah, wie Kemal die Faust hob, und wusste, dass ich dem Schlag nicht ausweichen konnte. Er traf mich seitlich ins Gesicht wie ein Vorschlaghammer, und ich hatte das Gefühl, mein Kopf würde sich vom Rumpf trennen. Die Ringe an seinen Fingern rissen die Haut an meinen Schläfen auf und mein Blut spritzte auf Winnies guten Teppich.

Ich wusste, dass das erst der Anfang war, und suchte in meinem benebelten Hirn nach einem witzigen letzten Spruch, den ich aufsagen konnte, bevor mir Kemal den Kiefer brach. Wenn möglich, etwas, was sie so beleidigte, dass sie mich umso schneller totprügelten. Blut lief mir in den Mund und ich hustete und spuckte. Immer noch hatte ich Gewissensbisse, als ich sah, wie es in Winnies Teppich sickerte. Blut wäscht man am besten mit kaltem Wasser aus, hatte sie mir mal geraten.

Der Türke trat vor, zog die Hosenbeine seines Anzugs etwas hoch und bückte sich, bis sein Mund dicht vor meinem Ohr war.

»Wo ist Nicky Hale?«, fragte er leise.

»Ich habe keine Ahnung«, antwortete ich und versuchte, ihn möglichst direkt anzusehen. Seine braunen Augen bohrten sich in meine. Ich wusste nicht, was er sah, ich jedenfalls sah kalte, öde Leere. Meine Augen tränten und schmerzten, aber ich wusste, wenn ich wegsah, würde er glauben, dass ich log, und würde immer weiter fragen. Doch ich wollte, dass das hier so schnell wie möglich vorbei war.

Nach einer Ewigkeit nickte er.

»Schade«, sagte er. »Noch keine Frau hat mich so geschlagen. Ich hatte gehofft, ich könnte unsere Runde beenden. Du kannst es nicht lassen, dich einzumischen, was?«

Deshalb hatten seine Leute Nicky am Leben gelassen – als Rache. Denn bei aller gespielter Gelassenheit und dem fehlenden Glitzer war der Türke doch nichts weiter als ein weiteres aufgeblasenes Arschloch, getrieben von seinem Ego und seinen Minderwertigkeitskomplexen, und solche Leute endeten immer am Boden. Das musste ich mir merken, dachte ich, doch so wie es aussah, müsste ich es mir wohl nicht sehr lange merken.

Selbst mit meinem angeschlagenen Kiefer konnte ich ein Lachen nicht unterdrücken und sah, wie Bruno die Stirn runzelte.

»Du brauchst jemanden zum Prügeln?«, fragte ich. »Hol die Handschuhe!«

Aus dem Augenwinkel sah ich, wie sich der Vorschlaghammer wieder hob.

»Kemal!«, warnte Bruno, und Kemal erstarrte.

»Ich habe eine Menge Laster«, erklärte Bruno leise. »Aber Eitelkeit gehört nicht dazu. Nicky ist mir egal. Ich war nicht da, um sie zu beobachten.«

Er richtete sich wieder auf und wartete geduldig, bis ich mir die Sache zusammengereimt hatte.

»Du hast mich beobachtet?«, fragte ich.

»Ich wollte wissen, aus welchem Holz du geschnitzt bist. Zuerst dachte ich, dass die Berichte über dich falsch waren. Er ist groß und tough, aber ein Idiot. Er kann nicht lesen und hat keinen Sinn fürs Geschäft.

Sein Geld wird in einem Jahr weg sein. Und da hatte ich die Idee.«

»Dass Nicky das Klientenkonto plündert.«

»Wie dein Freund Delroy zu sagen pflegte – wenn du einen Mann wirklich kennenlernen willst, setz ihn unter Druck«, zitierte der Türke. »Und jetzt, wo ich gesehen habe, zu was du fähig bist, muss ich zugeben, ich bin beeindruckt. Jetzt verstehe ich, was er in dir sieht.«

»Wer?«, fragte ich. Doch im Innersten wusste ich es bereits.

»Finn, was glaubst du, warum du noch am Leben bist und noch in einem Stück? Ich habe einen Job für dich.«

»Ich stehe nicht zur Verfügung.«

»Natürlich nicht«, meinte Bruno. Er griff in die Tasche, nahm ein Smartphone heraus, entsperrte es und tippte auf den Bildschirm. »Du brauchst kein Geld, du hast nichts zu verlieren und es gibt niemanden, an dem dir etwas liegt.«

»Nicky ist weg«, bestätigte ich.

»Und ihre Schwester ist tot, ich weiß. Ich dachte eher an die hier.« Er hielt mir das Telefon hin, sodass ich das Bild sehen konnte.

Die Aufnahme war gestochen scharf, wer die gemacht hatte, war so nahe gewesen, dass er nicht zoomen musste. Nahe genug, dass ich das Piercing in Zoes Nase sehen konnte, die über einen Scherz ihrer Freundin lachte. Die beiden saßen in einer großen Cafeteria – vielleicht in der Mensa ihrer Uni. Jetzt kam sie aus einem alten

Haus, schob ein Fahrrad vor sich her und kämpfte mit einer großen Büchertasche.

Jede ihrer Kopfbewegungen und jedes Zucken ihres Mundes brannten sich mir ins Herz und meine schmerzenden Eingeweide verkrampften sich vor Angst. Ich konnte den Türken nicht ansehen – den Triumph in seinen Augen wollte ich nicht sehen.

»Was willst du?«, fragte ich.

»Ich möchte, dass du jemanden triffst. Einen Freund von dir. Ich möchte, dass du ihm einen Vorschlag unterbreitest.«

Irgendetwas sagte mir, dass dieser Vorschlag viel Blei und Sprengstoff beinhalten würde.

»Ich möchte, dass du mich dem Guvnor vorstellst«, erklärte der Türke.

Harlan Coben

Butterfly Code

ca. 360 Seiten
ISBN 978-3-570-30919-3

Nachdem sein Vater bei einem Autounfall stirbt, muss der 14-jährige Mickey Bolitar zu seinem Onkel Myron, seines Zeichens Anwalt und Privatdetektiv, ziehen, mit dem seine Eltern seit Ewigkeiten keinen Kontakt hatten. Immerhin trifft Mickey am ersten Schultag Ashley, und die beiden verlieben sich. Doch dann verschwindet Ashley spurlos. Mickey will herausfinden, was mit ihr geschehen ist. Und stößt auf eine Spur, die in die finstersten Gegenden der Stadt führt – und eine ungeahnte Verbindung zum Tod seines Vaters aufweist …